书房系列 | 在毁灭前被毁灭　　明阿星 绘

DUKU

读库

2302

主编　张立宪

新 星 出 版 社　NEW STAR PRESS

DUKU
读库

特约编辑 杨 雪
装帧设计 艾 莉
图片编辑 黎 亮
助理美编 崔 玥

特约审校：吴晨光｜朱秀亮｜潘艳｜黄英｜马国兴｜刘亚

目录

改革初年

李景阳

"改革开放初年"，是个常用的词语，专指二十世纪七十年代末八十年代初。

所谓"初年"，是个启动的概念。这启动，很重要。飞机起飞，全在引擎发动。腾空到天上去了，才有以后的万里航程。

改革开放的启动，首先是思想观念的启动。中国启动改革的时候，外界发生了太大的变化。西方世界不说，光是身边"亚洲四小龙"的出现，就对我们很有刺激。四小龙已经突飞猛进、鸟枪换炮了，我们还在搞内斗，还在搞"突出政治"，搞"政治冲击其他"，搞"阶级斗争，一抓就灵"，即使搞生产，也是"抓革命，促生产"。结果却是，吃的，穿的，用的，买啥都凭票，正所谓"短缺时代"。

跟外面世界的对比，对比出了压力和动力，我们惊呼"落后了三十年"，于是反观自己的不足之处。这正是当时最流行的一个字眼——反思。

反思首先从高层开始，起于1978年末具有里程碑意义的中共中央十一届三中全会，这反思，包括否定"以阶级斗争为纲"的错误口号；纠正"两个凡是"的错误方针；撤销有关"反击右倾翻案风"和1976年4月5日天安门事件的中央文件；否定一批给予高级领导人的错误结论，等等。

进步，是因为"知不足"。我们从那时开始谦虚了，于是"谦虚使人进步"，于是要改革。怎么改，第一件事就是"开放"，打开门窗，让室外的新鲜空气吹进来。那时人们反思时最常用的话语是：闭关锁国、故步自封、墨守成规、坐井观天。出路是什么？就是打开国门，不再做井底之蛙。反思之后怎么付诸行动？一言以蔽之：拨乱反正。而拨乱反正的思想前提，就是十一届三中全会提出的那句震响中华的鲜明口号：解放思想，实事求是，团结一致向前看。

同时还有一件急迫的事，就是经济建设。急迫，是因为"国民经济已经到了崩溃的边缘"，于是，第一个该干的实事就是，把工作重心转移到以经济建设为主的轨道上来。这转轨，按说是遵循一个基本常识，一个国家，不搞经济建设干什么？但那时，我们却把"与人斗"放在了首位。所以，在那个"初年"，思想观念的大转变，真是以后四十年取得的所有成就的关键。

我有幸经历了那个伟大的年代，现在还能忆起四十年前的那种感觉。怎么说呢？就是"日新月异"。

但这日新月异，不是"高楼平地起""麦浪滚滚"或

"铁水奔流"，不是物质生产的"捷报频传"，而是新思想、新理念此起彼伏地被提出与传递，这传递，如清风拂面，甚而振聋发聩，让人应接不暇。凡是关心"国事天下事"的公民都会感到，那个不平凡的年代里，理论思考或大政方针的确立，总有新的表达时时扑面而来，令人眼前一亮。套用现在的话说，就是页面不断刷新。而那时的页面刷新，都是举足轻重，掷地有声。

我最想说的是那个年代里"意识形态"各方面的变化。不要以为社会意识是一种虚的无形的东西，一个社会全方位的变迁，包括看得见摸得着的物质成果，都是思想观念变革的产物。改革开放初年对后来的发展进程之所以重要，就是因为思想观念的启动，而这种启动又是多么艰难。那时的中国仿佛一只翅膀被打湿的鸟，欲高飞，必须抖掉羽上的拖累。观念的更新是采取新行动的前提，而新观念的树立是要经过与旧观念的缠斗的，这也是"破旧立新"的道理。

在述及意识形态各领域的变化之前，先说一个新气象，就是出版业的空前兴盛。

这应是社会生活巨变的一个最鲜明特征。出什么书，书中宣扬什么思想，书籍中思想开放的程度，应当是那场史无前例的思想变革的综合表现。

那时，一个直观的感受是，书，破天荒多起来了，曾经被屏蔽的"洋书"经过文字的转换——翻译，一下子在书店或书摊上变得琳琅满目。国人对于书的饥渴，至少忍受了十年（"文革"时期）。这种饥渴，甚至可以从"以阶级斗争为纲"的六十年代初起始，因此看到久旱不雨猛然间变为"大水漫灌"，没法形容这内心的欣喜感受，就我来说，就跟阿里巴巴见山门大开，顷刻间一大片光灿灿的珠宝惊现眼前一样。

曾经只有三种书："红宝书"、鲁迅杂文和浩然的小说，加上八个样板戏，或再加上越南、阿尔巴尼亚的电影以及《地道战》《地雷战》等有限的几部国产电影，这就是"文革"十年供给全民的全部精神食粮。国门一打开，以往只能在私下传阅的所谓西方的"资产阶级"小说，一开印就是数万、数十万册，都摆在新华书店里卖了，此外还有海量的西方社科理论书籍的译本。"三论"（信息论、系统论、控制论）一时成了"时尚"，这些字眼之所以感觉新鲜，是因为过去耳鬓厮磨的，都是"学大寨""学大庆""斗私批修""反帝反修"之类。我在"文革"期间，读过托尔斯泰的《复活》《安娜·卡列尼娜》，读过雨果的《九三年》，读过左拉的《娜娜》，但都是从朋友那里借来的，这些书经过辗转传阅，有的甚至没了书皮。而国内在民间传阅、广受欢迎的小说也大抵只有一种，就是张扬写男女情爱的《第二次握手》。然而改革开放了，新华书店的架子上忽然变得那般琳琅满目，那些曾经"可欲而不可求"的书，还有书皮上那些可敬然而难得一见的大师的名字，顷刻间扑入眼帘、赫然在目。这种感觉，对于从封闭环境走出来的人来说，简直是惊心动魄。

盛况空前的书市，是改革开放初年的一大风景。后来的人们已经对最初的书市规模无所记忆。我在一篇文章中纠正了当今的"集体失忆"：

> 现在一说起京城书市，只说地坛一处。其实早先是"多点开花"。有文称，"北京书市1990年创办"，"除首届冬季书市是在劳动人民文化宫外，从2002年起春秋冬三季书市都改在地坛"。我想更正：京城书市的创办至少要往前推五年。这事平时不留意，恰有拙文做了历史记录。翻出《散文》杂志1986年第一期，我的《书市视角》一文有这样的记载："有一天我上街办事，走到琉璃厂十字路口处，发现中国书店一侧院门上横着一条大红匾：'北京古籍书市'。……这样的书市我今年已是第三次参加了。前两次书市，一次在劳动人民文化宫，一次在中山公园。"文章写的是1985年的事，书市地点，则讲了三处。其实白石桥书市（首都体育馆对过曾有的空地上）也蛮盛大的，它与劳动人民文化宫书市同时举行，时间在五一和十一，地坛的春、秋、冬三季书市被称作"京城文化的传统名菜"，其实是后来的事。书市，还有"工体"（工人体育场）一处。那时书市的盛况不细说。眼下书市成了地坛独家，其实是萎缩了。（《身心浸润在"书都"》，载《北京日报》）

论读书风气，当今可真是不能比。一则，当时还没有网络跟纸媒抢阵地；二来，人们刚从"文革"中走出来，对那场浩劫的全民性反思还带着一种惯性，保留着关心"国事天下事"的习惯，更何况那场运动留下的隐痛，也让人们不免痛定思痛。再加以闭塞多年之后的求知渴望和对世界的新奇感，都促成了空前的读书热潮。

说到书市，我想起当时印象最深、充满新鲜气息的一套丛书，就是四川人民出版社出版的总标题为"走向未来"的一套丛书。小三十二开，书很薄，每本约一百多页。书皮为白色，装帧图案为单一黑色，但图案设计很"前卫"。内容通俗易懂，分门别类地介绍西方社科知识。那时我虽然有了一个研究生身份，但因是从那个禁锢时代脱胎出来，除了读"雄文四卷"，对西方的社科思想实在知之甚少，因此觉得这小书特具吸引力。我买了四五种，现在能从书堆里翻出来的有三种，即《人的发现》（副题为：马丁·路德与宗教改革）；《增长的极限》（副题为：罗马俱乐部关于人类困境的研究报告）；《在历史的表象背后》（副题为：对中国封建社会超稳定结构的探索）。这三种均出版于1983年。现在这些书，书皮有点发黄了，其袖珍的块头也大不如现今动辄十六开本书籍之神气，但我还是把它们看成那个不平凡时代的有价值的遗存。

美学的兴起，是当时书市的一大亮点。1950年代中期曾争论过的美学，忽然成了新宠，而且从一个"哲学分支"的象牙塔里走出来，呈现出与大众结合的面貌。这大概因为，闭塞时代里，"美"这个字眼是让人肉麻、难于启口的，而今，敢红着脸说一个"美"字了，于是曾经很思辨的"美学"陡然井喷，成了风起云涌的百样新学科的领头羊。美学不光讨论"美是主观的还是客观的还是主客观统一的"，还派生出许多平易近人的主题，于是，"人怎样才美"之类的书如雨后春笋。孟子的话"爱美之心人皆有之"也搬出来，为所有爱美而不敢美的人壮胆。美学方面的译著颇为丰富，现在仍屡屡再版的丹纳《艺术哲学》，在那时已经走红。大概因为朱光潜颇重视西方文艺心理学的研究，克罗齐的美学著作也风行一时。记得在1985年的《读书》杂志上，我还对陈平原将克罗齐的"直觉即艺术"的美学命题写为"表现即艺术"提出过质疑。

给我留下宝贵记忆的，是大约1980年代中期来华的美国心理学家哈伯德的一次签名售书，地点是老王府井新华书店。他的书是讲自我心理调节术的，书名我甚至不能准确地说出，但那书我仍保留着，却不知压在哪里。那时心理学还是个生疏的学科，记得当时的签名售书全无大场面，哈伯德不过站在紧贴书店门口的一张桌子后面，为买书人签字。那一次，是不是"洋人"在中国签名售书的首例呢？我看差不多。

"意识形态"各方面的变化，还得说说美术。

大概因为最直观，美术总是在观念革命上打前阵。美术是视觉艺术，可以比文学的表达模糊些、含蓄些，然而也颇具冲击力，所以这种不使用语言符号的艺术，在改革开放初期，便莽莽撞撞地向社会传达出一种挣脱枷锁、走向自由的信号。以往画上只有粗壮的工农兵形象，一律红膛脸，手里不是握镰刀锤头，就是大把抓住小如老鼠的"美帝苏修"，而今美术的视角全然转到了崭新的领域。

美术解放的突破口，应是裸体画。裸体画不再被认为是有伤风化，而成了向"禁欲主义"的宣战，成了彰显人性的宣言。至于以此为开端的美术革命走着怎样的路径，不妨从两个方面看。一个是画什么，另一个是怎样画。画什么，只要不违背美术的审美特性，可以说无任何规定和限制。譬如人物画，可以画很阳光的形象，也可以画很阴郁的人格，或许这阴郁里有画家寄托的同情，甚至反映一种人生或社会的困境。在画法和流派上，那自然是甭管中国的、西方的，一切有表现力的方法尽可拿来。就是国画，也加入了抽象派的行列，用水墨画颜料，完全可以画出近似西洋油画的肖像画。及至后来，则可以让树仿佛从墙上横着长出来，在下未必欣赏这类画，但这类画也传达着一种创作的自由。总之，西方绘画史上的抽象派、野兽派、未来派、立体主义、达达主义以及更早的印象派，一齐登上舞台、集体亮相，是从那个时候起始。

说改革初年的美术，开天辟地的"星星画展"是不能不说的。星星画展是改革年代美术界的一场革命，也吹响了整个文艺界改革的号角。当其他各个新鲜品种尚未出炉时，星星画展已经于1979年夏（9月26日，一说为27日）横空出世。二十三名未受过专业美术教育然而也没有任何思想框框的毛头小伙子聚集起来，先在中国美术馆东侧的街头花园里搞起了美展，画作就挂在铁栏杆上，总共一百六十三件。三天后被叫停。接着，星星画展转移到北海公园画舫斋，展期一个月。而后，这一年的12月，星星画展正式登上了中国美术馆的大雅之堂。我是在中国美术馆看到画展的，记得同时展览的还有方成漫画展。

　　画展序写道：过去的阴影和未来的光明交叠在一起，构成我们今天多重的生活状态……而此前这个画展在街头露面的时候，画家们则用高呼口号的方式申明他们的艺术主张，谓曰"柯勒惠支是我们的旗帜，毕加索是我们的先驱"。给我印象很深的是黄锐的《琴声诉》，画了一群男女青年，其中一位男青年在弹吉他，脸上露出哀愁的表情，一位穿紧身衫的女青年坐在前排，似乎在聆听。画法是西方现代派风格，使用勾线，吉他也故意画得变形，有点后期印象派塞尚的影子。现在看来这画面很平常，但相较此前僵硬的革命题材绘画，已算是大胆突破了。作家阿城会写也会画，不过我倒不记得他展览的是一幅什么画了。

　　后来，1985年又在北京举办了"85新潮画展"，与星星画展一脉相通，画风仍是西方现代派。

　　星星画展是一场抗争，是刚刚启动思想解放时对陈旧文艺观念的一次奋力抗争，也因此，它成了那场文艺运动的先声和里程碑。

除了提倡新理念、敢于往前闯的一支青年生力军之外，老画家们也有对历史的重新思索。以董希文的名画《开国大典》为例。历史的变迁，让这幅画几经修改，1955年高岗事件发生后，董希文去掉了画面上的高岗；"文革"时"打倒刘少奇"，董希文又去掉了刘少奇的形象，画面上本来站在后排的董必武往前移了一下，遮住了刘少奇原来的位置。按说，应当尊重历史，维持原貌，但"极左"思潮下是做不到的。1978年十一届三中全会做了一系列拨乱反正的决定之后，该恢复这幅画的原貌时，董希文却去世了。现在我们能看到的《开国大典》，其实是另一位画家靳尚谊用临摹方式所做的复制品。我在中国美术馆看过这幅画，但它所经历的风风雨雨是后来才得知的。

常挂在人们嘴边的大众歌曲，也成为改革的急先锋。

先是歌唱对象不同了。以往歌唱的是党和领袖，这时歌唱的是百姓生活，比较典型的是《妹妹找哥泪花流》《我们的生活比蜜甜》《太阳岛上》等。唱法也变了，音调变得亲切、柔和，不再那么雄壮、高亢。最前卫的是李谷一，借鉴邓丽君，大胆使用"轻声""气声"。不过，我还是把这阶段的唱歌称作"过渡期"，就是歌曲风格基本延续了以往的"创作歌曲"，只是有了局部的变革。1980年在白石桥的首都体育馆，由《北京晚报》主办的那场"新星音乐会"上，推出了八位年轻歌手，我记得有苏小明、朱明瑛、郑绪岚、吴国松、远征等，其风格也仍是"过渡性"的，尽管令人耳目一新。我平生写的第一篇评论，是在《北京晚报》上发表的评苏小明歌唱的文章，这文章就写在听了"新星音乐会"之后。

我还在《中国青年报》上发表了一篇《让歌子好听又好唱》，说的是易上口的歌子容易在大众中普及。那个时候，每隔一段时间，就有一支新的歌子流行起来，这流行，是在大街上，在公共场合。在街上哼唱歌曲，是那个时候的风气。大街上走一走，若连续听到一个歌子的哼唱，便可断定这支歌子就是当前的新宠了。《洪湖水浪打浪》曾独霸一时，渐渐的，港台歌曲占了上风，再后，内地通俗音乐雄起，来自黄土高原的"西北风"好一阵子占了压倒性优势。

然而，若说颠覆性的，还得是在"让世界充满爱"世界和平年演唱会上的崔健，那是中国化的土生土长的"摇滚"。不过崔健最初的出场，并非摇滚形式。那天看电视，一个塌鼻梁的个子不高的男人走上台来，肩上斜挎一个西班牙吉他。他连舞台妆都不要，一身街头小青年打扮，衣服都有点皱巴巴。他自弹自唱，唱的是《一无所有》。以前唱者与伴奏都是分开的，而这自弹自唱本就让人感觉"破天荒"，等那从未听过且极具平民味道的调门一出现，更让所有的人惊呆、陶醉了。那歌声是彻头彻尾的平民化，充满着俚俗社会的气息，然而又有种契合所有人心灵的时代感。这对听惯高亢激昂革命歌曲的人们的听觉来说，简直是陨石撞击地球般的新奇和震撼。这首歌，该说是开了通俗音乐的先河，以后的歌曲都放下高贵的身段，愈发接近大众。以《黄土高坡》为代表的"西北风"雄霸一时，《小草》则是更接近港台风的一路，再往后，通俗歌曲就不光是学港台了，欧美风也糅了进来。

改革初年，还有另一路歌曲，可以说是时代的"最强音"，它们是直接反映社会变革的。代表性歌曲是施光南创作的《祝酒歌》。歌曲抒发了粉碎"四人帮"之后百姓获得"第二次解放"的欢情。后来我才知道，这样一首歌曲的出台，竟然也是战战兢兢的，其实不过使用了"朋友啊请你干一杯""杯中酒满幸福泪"这样的歌词。首唱这首歌的李光曦介绍说，检查节目之前，创作团队怕惹麻烦，用了个小招数，就是不把这首歌写在节目单上，而是在审查时用临时加唱一曲的方式，有点"临时袭击"的意思，却未想到担心是多余的，顺利通过。这个事例说明，经历过多次政治运动的人们总是"心有余悸"，或用当时的一个通行说法曰"如惊弓之鸟"。

改革开放初期，央视出了不少思想性很强的专题片，如《话说长江》（1983年播出）、《让历史告诉未来》（1987年播出）等。我还有幸受邀参加央视举办的《让历史告诉未来》讨论会，第一次面对既晃眼又有炙烤感的聚光灯。我跟央视的情分源自一篇文章，女作家张辛欣写了一篇

《我想告诉你》，登在《电视周报》（《中国电视报》前身）上，我跟了一篇，题目是《我也想告诉你》，从此成了《电视周报》的通讯员。那时的《电视周报》有两个专版是后来没有的，一是评论版，对于电视剧可褒可贬，自由议论；二是每期都有一个"海外"专版，专登出国人员发来的谈国外观感的文章。

改革初年的央视有种朝气蓬勃的姿态，以开创性的思维和活泼的文艺形式促进了那场史无前例的思想变革。

在反思历史方面，电影也不甘落后。诉说右派遭遇的如《牧马人》《天云山传奇》不必说，也反思"封建意识"，我忘记是哪部电影了，有个场面是山沟沟里，一对男女在湖塘里戏水，大老远村民见了，骂他们伤风败俗，一齐向他们投石子，简直把他们当成了妖怪。稍后电影《血战台儿庄》横空出世，据说这电影开启了两岸交流，原因是台湾当年抗日的老将军们看了这片子老泪纵横。最早涉及两岸关系的影片，应是1980年由张瑜和郭凯敏主演的《庐山恋》，女主角是侨居美国的国民党将军的女儿，这在"文革"时得算"里通外国"，可在影片的故事里，竟然跟大陆青年恋爱了，也算重大的突破。留下宝贵记忆的是，我的第一篇影评就是关于这部电影的，题目是《爱情怎样写——〈庐山恋〉观后》，发表在《电影评介》杂志上。

改革开放以来，电影的一大变化是娱乐化。当今的娱乐化简直有点过火，而当年娱乐因素的加入也经历了许多艰难。我们的传统观念是寓教于乐，文艺作品的首要功能是教化，"乐"是手段，无教化而纯娱乐是不成的。为防止寓教于乐的僵硬呆板，曾有一个新的提法叫"有益无害"论。八十年代初期，电影有强烈的时代特征，反映着时代的情绪，还未来得及走向娱乐化，等到八十年代中期娱乐化才抬头，且限于少数影片。作为非电影圈人士，我有幸于1985年参加了一次电影金鸡奖评奖。当时用油印的小纸片投票，一连串看了二十天的电影，老演员陶金主演的《海瑞骂皇帝》，应是新时期娱乐电影的急先锋，不过我却在《大众电影》发文对这部电影提出了批评（《关于电影"滑稽"的三个问题》，1986年第六期）。这部电影的主要问题就是语言调笑成分过重，把滑稽搞成了油滑，譬如下臣对皇上说"启奏皇上"，嘉靖皇帝说："怎么，你要揍我？"又如唯一同情海瑞的某官表达无能为力时说"膀胱无力""肾脏亏损"等。然而这是电影娱乐化的最初尝试，联想早于赵本山和陈佩斯在八十年代初期春晚上近于滑稽剧的表演，这些演员在打破传统文艺作品的僵硬刻板方面，实属功不可没。

不用说，以文字为工具的文学，更是发生了一次史无前例的"蜕变"。

这个话题很大，似乎得由文学史家去说，我只能凭感觉说说它在崭新时代的"变身"。第一个印象是，文学由于思想的内在推动变得魅力无穷，当时一个时髦的词儿叫"轰动效应"，"轰动效应"一个个地接连发生，以致牵动着社会的神经，总让读者不断有所期待。改革时期的深沉思索，让文学的身价倍增，人们紧盯着它，期望着它，还因为它出现时的崭新姿态。

这姿态之新来自纵向对比，以往小说的大宗，是以文学图解政治，主旨是塑造英雄人物，那英雄人物个个铮铮铁骨，走起路来两腿生风，说出话来如铜铃如炸雷，支持这种文学笔法的，是背后的"高大全"原则。改革时期的小说则一反常态，一下变得人情味十足。写上山下乡知识青年悲惨遭遇和心灵创伤的"伤痕文学"风靡一时，小说《伤痕》是代表作，更早的是刘心武的《班主任》（1977 年 11 月发表），作者在小说中大声疾呼：救救被"四人帮"坑害的孩子！

《伤痕》讲的是一个叫王晓华的女中学生的故事。王晓华的母亲被打成"叛徒"，她听党的话，与母亲划清界限，下了乡；却没想到，当时风行的"血统论"使她背了黑锅；粉碎"四人帮"之后，母亲写信要她回城，然而她迟了一步，回城时饱经磨难的母亲已经过世，于是她心中留下了永久的伤痕。

除了回归人性的文学之外，还有其他反思历史的，"直面生活"的如"问题小说"。那时的文学带着明显颠覆与反叛的色彩，这跟多年来被压抑的创作冲动有关，一个基本的理念就是"让文学成为文学""让文学回到自身"，一反"公式化""概念化""为政治服务"的陈腐教条，"个性化""个体化"成为创作者的主观诉求。这是一种革命性的变革，"以人为本"的理论形态到二十一世纪初才出现，然而强调人的价值的理念，从1980年代初就在文学里开始孕育。

创作手法、文学形式和文学流派也是崭新的，多样的，现实主义之外，意识流、意象派、象征派、荒诞派和稍晚的魔幻现实主义都出现了，诗歌中的朦胧诗也粉墨登场，诗歌还有阶梯式、无标点式等等。其实许多文学写法和流派是欧洲二十世纪初就有的，不过在我们这里初次露面，就感觉新鲜无比。不管怎么说，这百花齐放、百家争鸣的局面前所未有。有一个说法叫"人文关怀"，缺了这个，文学休谈魅力，而在那个改革时代，"图解政治"代之以"关注人生"，思想解放给文学插上了自由的翅膀，文学也不辜负时代，在很深的层次上给了时代以强大助力。

末了，还得说说粉碎"四人帮"之后文学刊物的繁荣景象。"文革"当中，"横扫"之下，文学刊物只剩了《解放军文艺》一家，打倒了"四人帮"，《人民文学》最先复刊，而后《文艺报》复刊，接着"冬眠"十年的《文学评论》《收获》《萌芽》相继复刊，同时还创办了一些新刊物，如《当代》《十月》《花城》《钟山》等。我1985年搬到京城锡拉胡同去住，一个最深的印象就是文学刊物的空前繁盛。记得八面槽十字路口有家小店，本是卖百货的，却在门口陈列着几十种文学刊物，各省的文学期刊一应俱全，每种杂志都做封面展示，蔚为壮观。自然还有王府井大街与长安街的交口处，那里有邮局开设的卖文学杂志的报亭，我总在那里购买《散文》与《随笔》。

还想起一件事。1981年，北京市西城区文化馆主办了一次长达三个月的文学讲座，那应是粉碎"四人帮"之后面向社会的最早的文学讲座，搞得很郑重，结业后发结业证书，证书上有照片。我那时虽然已就读哲学专业研究生，但从小培养起的文学兴趣难以舍弃，因此也成了讲座的学员。我还帮助做了一件事情，轮到冯至讲课的时候，我陪着讲座主持人到社科院外国文学研究所去接他，冯至先生年事已高，我们搀扶着他上了轿车。那次参加讲课的老一辈文学家还有丁玲、吴祖光，红极一时的青年作家刘心武、从维熙、陈建功、李陀都承担了讲课任务。参加讲课的还有搞电影文学的著名作家，一个区文化馆能请来这些大腕，说明文学在当时的火热程度。从"文革"后期开始，直到启动改革开放之后，对国家命运的全民性关注，很大程度上凝聚在处于剧烈变革中并不断传达新理念的文学上。1983年有了首届春晚，稍早有了比较普及的电视播放，但新媒体并未夺去文学的风光，思想性是文学生命力之所在。文学在当时享有的崇高地位可谓空前。

当时讲课的内容大半忘记了，只记得刘心武举过一个有趣的例子。他的用意是，写作要善于抓住有思想意义的生活细节。他说：有一处屋檐上的瓦快掉下来了，人们从这里经过，发现了险情，本应提醒后面的人小心被砸，但谁也没有这样做，只因已经走过去，与己无关了。这样一个小小的细节，反映了人们缺乏社会责任感的自私心理。类似的事情，我也在报章见过一些批评，譬如说到上公交车，有人上去了，就堵在门口不往前走，不再管后头的人能否上车，说这是"上了车就变心了"。现在想来，刘心武以及其他人注意到这些生活细节，并把它提出来，说明那个时代的人们关心公共事务。普遍良好的精神状态，也是我怀念那个时代的原因之一。

教育新理念的提出和教育体制的改革，也为后来国家的长远发展奠定了基础。

改革初年的教改，首先是对"文革"中正常教育系统崩溃的一种拨乱反正。一度鼓吹的"读书无用论"，以致造就了大名鼎鼎的"白卷英雄"张铁生，此人考试一道题都答不出，却在试卷上写了一封信，讽刺"大学迷"和"书呆子"；还有日记里质问班主任的黄帅，以及交白卷却在卷子上写打油诗（"不会ABC，也当接班人"之类）的张玉勤，都被当成了蔑视知识体系的"反潮流英雄"。那时还有一个现象，就是许多以工人阶级自居的人，喜欢自称"大老粗"，以没文化为荣。正常的招生制度也废弃，代之以靠关系、靠出身的所谓"保送"，而初中生和高中生毕业后的上山下乡，更使青少年大面积地失学。1977年10月国务院批转教育部两个重要文件，一个是关于大学生招生的，一个是关于研究生招生的，恢复了考试制度，且对所有人一视同仁，体现了教育公平。因"文革"十年的荒废，大学生招生年龄放宽至三十岁，甚至婚否不限。而研究生的招生，据我身边所见，四十岁的也有。

再说说我自己。我于1966年大学毕业，毕业后走了大多数毕业生的共同道路——"所学非所用"。1978年6月，我在《保定日报》上看到中国社会科学院招研究生的通告。这种面向全社会的招生是史无前例的，同时还有各大院校的研究生招生启事，只是我没看到。那年，全国总共招了九千多名研究生，报考的面相当广，从年轻的工农兵学员一直到1960年毕业的大学生（据我所见）都可以报考，年龄差距大约在十五岁以上——这也是我之所见。既然是大撒网式的招生，一切的限制条件当然全无，那种看出身、看成分、看社会关系的旧模式，自然而然地被这种变革了的招生方式所否定，大学生与研究生的招生也是一次思想的变革。曾经"老子英雄儿好汉，老子反动儿混蛋"的荒谬逻辑，自然也随之无影无踪。

恢复高考和招研究生，这两个重大举措是在1977年末由党中央同时做出的。招研究生虽然不如招大学生涉及的面广，但社会轰动效应是蛮大的。人们认为这是首创，其实"文革"前也招研究生，只是人数很少。而今，研究生若被录取，所享受的光荣犹如解放区戴大红花参军的青年。我有幸成了"文革"后的第一批研究生。

给我留下深刻印象的，是中国社会科学院研究生院的开学典礼。印象深刻，并非只因成为研究生的新鲜感，更重要的是我闻到了一种从未有过的清新气息。开学典礼上，时任中国社会科学院副院长兼研究生院院长的周扬宣讲了许多令人耳目一新的学术原则，譬如他讲学风时说，"我们研究生院要有自由讨论的风气。学生可以不同意导师的意见，可以不同意院系领导的意见。有不同的意见都可以提出来，要思想见面，要交流思想，要思想交锋"。他还讲了犬儒学派哲学家第欧根尼的一个小故事。第欧根尼让一个学生回答问题，当这个学生表示同意他的意见时，他就拿拐杖打学生的头，说，我讲的意见你为什么不反驳？然后周扬说："我们研究生院的导师们，将来学生完全按你的意见回答问题，你也可以拿拐杖敲敲学生的头：你为什么和我讲得一样？"跟老师讲得一样，反而要受责罚，此中提倡的，正是那个时代所崇仰的精神——独立思考。倡导这样的学风、校风，正与十一届三中全会所确定的指导方针"解放思想、开动脑筋，实事求是、团结一致向前看"一脉相承。

　　因为研究生院刚刚组建，没有校舍，开学典礼是借用北京电影制片厂演员剧团剧场举行的。典礼上，我坐在第一排，颇能感受到从讲台上不断拂来清爽的风。我还用笔记本认真做了笔记，更记得周扬对这批研究生寄托的殷切希望，说由于"四人帮"的破坏，我们的理论队伍出现了"青黄不接""后继乏人"的情况，培养新生力量，是"百年大计，千年大计，万年大计"。当时有句最流行的话，叫"百废待兴"，百废待兴需要承上启下的一代，而我们这些人就被称为承上启下的一代，当时的自豪感和责任感可想而知。事实上也是，"文革"后的第一批研究生成为各学科顶梁柱甚而泰斗的太多，至于那几届大学生，也是人才辈出。可以说，教育制度大刀阔斧的改革，那种"不拘一格降人才"的举措，为国家后来几十年的发展储备了人才，这是改革初年最可圈可点的一个方面。

社会科学新学科雨后春笋般建立，也是改革春风劲吹的表现之一。现在我们看到的社会科学的庞大"体量"，就是在改革开放初年形成的。此前，中国的社会科学根本不能构成完整的体系，而朝气蓬勃的社会科学，应当说是改革开放初年结下的最丰硕的果实。宗教研究原来是空白，此时有了；政治学，也有了；经济学原来只有以马克思《资本论》为范本的"政治经济学"，而从"初年"开始，经济学出现了许多分支，诸如工业经济学、农业经济学、技术经济学、数字经济学、管理经济学、经济社会学等等；社会学，苏联建立于二十世纪六十年代，西方国家则更早，八十年代以前的中国社会研究，基本上只有费孝通一人的单打独斗。不用说，社会科学向广度、深度的进军，极大促进了整个社会人文文化的勃兴，甚至可以说改变了民族的思维方式：使一切工作建立在科学和理性的基础上，而不是经验主义的"想当然"。那个时候的社会科学一面提出改革的"创意"，一面将改革思维理论化，开了时代风气之先，功不可没。

所有的这些改变，多亏了尚在世的老一代学人。荒废了十年的文化，有赖老一辈学人的健在，学术才接上了茬。解放后对知识分子实行"赎买政策"，那些从民国过来的老学究们，经过"文革"的风暴，终究还有坚强地留存于人世的。他们，以及他们培养的新中国第二代学人，支撑起了"文革"后的学术重建。我是在1966年学业期满，这一年6月，未及分配工作，吹响"文革"号角的聂元梓一张大字报就把我关了在大学校园之内，往后的使命就是所谓"留校搞文化革命"，直到1968年8月，因此，我这样的"文革"前毕业生，并没有承担"承上启下"的大任，倒是比我早几年毕业的大学生，成了"文革"后延续中国学术的中间链条。举例说，吴敬琏当时还是"小字辈"，记得1978年末（或1979年初）他给我们这批研究生讲基础课《资本论》的时候，传说是个助理研究员。而比他资格更老的经济学家许涤新，也担当了这门课的教学（他们用搞研究之外的时间给研究生院兼课）。那时，我还听过任继愈讲公共课，关于佛教。老一辈哲学家贺麟的课我没有听过，但他也担任了培养研究生的导师工作。

我特意查了一下《中国社会科学院研究生院1981届研究生毕业论文简介》（中国社会科学出版社，1982年版）这本书，当时担任研究生导师或答辩委员的有不少学界名流，包括哲学界的任继愈、贺麟、朱光潜、李泽厚、王若水，文学界的唐弢、冯至、季羡林、吴伯箫、吴世昌、卞之琳、李健吾、吕叔湘，史学界的侯外庐、尹达、白寿彝、翁独健、黎澍，经济学界的吴敬琏、詹武、蒋一苇、吴大琨等。后来我在另一份材料《中国社会科学院研究生院博士生导师简介》（中国经济出版社）中又发现，担任社科院研究生院博士生导师的还有于光远、刘国光、资中筠等，这应是在招首届研究生之后，因为首届研究生只有硕士生，博士生则是以后的事。在社科院，实际上还有未担任研究生导师的各学科老一代学者，如钱锺书、孙冶方、许涤新、骆耕漠、钱俊瑞、刘大年、张友渔等。

也顺便说说我自己。我研究生毕业时写了一篇毕业论文题曰《艺术是什么》，这是个太大的题目，且与我的苏联当代哲学专业离得较远，因此请来了李泽厚先生做答辩委员。当时他五十多岁，二十世纪五十年代中期就以少壮派角色参与了美学争论，与朱光潜和蔡仪"三足鼎立"。在"百废待兴"的年代里，这些老学人的存在真是中华民族的福分，倘若"文革"再延续上若干年，那中国文化真可能彻底断裂了。解放后"赎买"过来的老学人们，以及他们带起来的"文革"前毕业的一批大学生和研究人员，就这样完成了学术修复和学科新建的伟业。

那时学术思想的活跃，再给我多少字的篇幅也说不完。好多年的学术禁锢之后，西方有着多年雄厚基础的社会科学学科，在我们实行了"解放思想"的大背景下蜂拥而入，一时间让年轻学人应接不暇，也使他们的思考空间十分广阔。一个突出的表现是，无论哪个学科，都有不同观点的交锋，其中有新思想与旧思想的碰撞，也有因为看问题角度不同而形成的观点差异和派别。

试举几个例子。关于人性论的讨论，就有十种观点，诸如自然本性说、社会属性说、阶级属性说、双重含义说、共同本性说、两个基本要素说等。再如社会学，改革初期，关于社会公正、平等与效率的问题很引人关注，这方面也有争论，比如关于公正，一种意见认为，社会公正特指社会分配问题；另一种意见认为，社会公正的含义是为人的各种需要的满足和潜力的发挥创造机会均等的条件。而关于平等，一种意见认为，平等的内容不是收入均等而是机会平等、人格平等和权利平等；另一种意见认为，平等就是指结果平等。

再如政治学。这门科学曾经沉寂多年，从解放初期大学院系调整起始，政治学一直被视为资产阶级的"伪科学"，大学也取消了政治学系和政治学专业，等改革开放了才恢复。政治学一恢复，就讨论了许多国家政治生活中的重大问题，如政治民主化、社会主义再认识、权力分立与制衡、党政分开、"一国两制"、废除干部职务终身制、跨越论、新权威主义、政治文化、政治生态主义等等（参见《中国八十年代人文思潮》，学林出版社1992年版），每个问题的讨论，都有不同观点的交锋。

列举这些旨在说明，改革初年思想的活跃，尤其表现在学术观点的自由讨论方面。那时的思想环境比较宽松，基本做到了"知无不言，言无不尽"，对于倾向西方的观点不再扣上"资本主义"或"资产阶级"的帽子，而学术界这种各抒己见的自由讨论，又为国家决策提供了理论和思想依据。

杂志报纸是传播思想的载体，社会政治思想的活跃也一定会催生报刊业的蓬勃发展。在我的印象里，走进图书馆，可见满眼的社会科学杂志，各大院校的学报也占了相当大的地盘。《南方周末》在1984年就异军突起。新名目的杂志里，对我来说印象最深的，应是湖南人民出版社新创的《生活方式》杂志（创建于1985年），因为我是这份杂志最早的撰稿人之一。大概因为我投稿比较踊跃，杂志主编彭穗四来北京联络作者，竟让我配合她做些组织工作（记得是在1986年），当然，人员都是她确定的，我不过替她选择餐厅。当时选的是东四路口处的青海餐厅，记得包间里摆了两桌，主持《人民日报》"金台随感"栏目的蒋元明出席，那是我初次见到这位很活跃的改革开放初期的年轻杂文家。前来参加聚会的，还有《红旗》（1988年更名为《求是》）杂志的牧惠先生，他递给我名片之后，我才知道他的真名叫林文山。被誉为"当代杂文八大家"之一的牧惠先生给我留下的印象就是很健谈，当时他已近花甲，然而精神矍铄。

较早创办的《生活方式》，我以为很"前卫"。创办者敏锐地觉察到改革必将同时带来国民生活方式的变化，其实那时，鉴于物质生活水平还没有明显的提高，生活方式的变革并没有真正到来，杂志担负起的任务，应当主要是"引导"。譬如它较早使用了"生活质量"的概念，过去我们只用"生活水平"的概念，而这个概念只反映收入水平，显然是不够的。实际上，"生活方式"和"生活质量"都属于西方社会学的概念，属于"舶来品"。当时国内新的生活方式刚露端倪，譬如穿衣观念的变化，"短透露"的出现，"新三大件"对原有三大件的更替，生日习俗的西化，甚至于前所未见的"易拉罐"也给人带来一种新奇感。我还在1987年参加过一次由天津社会科学院召开的"生活方式讨论会"，可见"生活方式"问题已进入社会科学的视野。

《生活方式》杂志的诞生，正是勇于思想探索、敏锐催生新事物的时代精神的表征之一。

思想的活跃，还表现在报纸上经常有的争鸣或讨论栏目。我没有见过这方面的统计数字，也不必到国家图书馆去专门查阅，就举自己的例子罢。我给报社投稿，就有编辑以我的文章为由头开了讨论栏目的。其中一次是1986年9月25日，我在《中国青年报》上发了一篇文章，题为《"吃亏""傻子"精神与道德评价》，对"勇于吃亏"和"做革命的傻子"的一贯提法提出质疑，说这是只讲义务不讲权利，不符合权利与义务统一论。编者在一旁加了这样的按语："《学习与思考》自今日起开办'抒己见'栏目，发表探讨性的、带一定理论色彩的个人意见，以活跃思想、促进理论繁荣。凡投往这个栏目的稿件，如不采用即退还作者，欢迎读者来稿，请在稿件上方注明：《学习与思考》收。"现在想来，那时的编辑是很注意捕捉具有讨论或争论意义的话题的，尽量营造观点交锋的氛围，以增加报纸的看点。当然这样做的前提是，全社会要有宽松的思想和舆论环境。

那时的思想活跃表现在各个方面。1982年，我在中国社会科学院下属的一个研究所工作。某日听同事传说一个"上层"的消息，说是那年年末的五届全国人大第五次会议上，在表决通过《中华人民共和国宪法》时，有三个人投了弃权票。后来得知，有位叫李尚志的新华社记者要求报道此事，却受到大会某副秘书长的阻挠。而邓小平、胡耀邦和陆定一得知此事后，却表示支持。弃权票，曾经是非常稀奇的事，得到最高领导人的首肯，也是"开天辟地第一回"。

改革开放初期，若说社会科学有什么重大进展的话，我觉得应是关于人的观念的进步。在这方面，文学与哲学相互呼应，文学紧紧抓住人性的主题，哲学则开展了广泛的关于人道主义的讨论。

文学与哲学的这种努力，为后来"以人为本"为核心的科学发展观做了理论准备。人道主义、人性和人权问题的提出，并不是一帆风顺的，起初，我们把"人权"当作了资产阶级的概念，批判所谓"资产阶级的抽象人性"。后来感到应当厘清这个理论的时候，又提出"民权"概念，以便与资产阶级的"人权"相区别。又过了好久，才明确提出了"以人为本"。因此我想到，我们不能忘记改革开放初期对于这个理论问题的卓有成效的探讨。

值得一说的是，我们研究所的一帮青年学者组织了一个青年研究会，某日，把王若水请到所里来搞了一个座谈。总共不过十来个人的小型会议，能把这"大腕"请来，大概靠的就是社科院的这个牌子。王若水是个了不起的报人和学者，他是改革初期思想解放运动的领军人物，曾任《人民日报》副总编。他重点关注的是人道主义问题，七十年代末刚刚提出"思想解放"的时候，他有篇文章给我留下了深刻印象。记得他做了个比喻，说有一口井，怎么判定这口井的水，不能看一旁的牌子上写的是好水还是恶水。他的意思是，凡事不要看标签，要看实质所在。这种思想跟邓小平不争论"姓资姓社"的思想是一致的，而且提出得更早。好多年来，我们的思想一直被一种固定的概念束缚着，两个阵线分得极清楚，凡物，要么是资产阶级的，要么是无产阶级的，这种看问题的方法又跟"世界观无非两家"的意识形态说相关。只要是资产阶级的，那就坚决反对；只要是无产阶级的，那就坚决拥护。遇到一件事，先照着固定标准做界限划分，然后再论其是好是坏，那"姓资"的自然就是"万恶之源"，"姓无"或"姓社"的，肯定是一好百好。至于"实事求是"及科学判断，那就不必了。或者，用一种更简单的"敌我观念"来判断，先分清敌我，就分清了是非。

那次座谈，若水先生谈了什么，只大略记得，还是讲他的关于人的观念，此外就是社会主义"异化"问题。常挂在口头上的字眼，则是"反思"和"启蒙"。他认为五四运动的启蒙任务没有完成，今日需要"新的启蒙"。他引用亚里士多德的话，我记得清楚，即"吾爱吾师，吾尤爱真理"。跟王若水一起奋力呼吁人道主义的，恰恰是我们研究生院的院长周扬。周扬做过一个倡导人道主义的报告，题为《关于马克思主义的几个理论的探讨》，王若水的代表作则是公开出版的《为人道主义辩护》（1986年）。

偶读《读书》杂志（1995年第12期），我见到一篇署名"若水"的文章，根据内容判断，应是他的笔名。不妨将这篇不足千字的文章看作杂文，题目是《学者与骆驼》。

他先讲外文书上有一则故事，讲的是一个法国人、一个英国人和一个德国人怎样各自搞关于骆驼的研究项目。法国人去约旦，用了半个小时，扔面包给骆驼，用伞尖捅捅它，然后回到家中，写了一篇论文，其中"充满犀利和机智"的评论；英国人则去东方，带茶具，住帐篷，历时两三年，最后搞了"厚厚一大卷调查成果，其中充满了原始的、未经整理的、没有结论的事实材料"；德国人呢，"既瞧不起法国人的浅薄，又蔑视英国人的缺乏思想，他把自己锁在房间里，起草了多卷本的著作，题为：《从自我的概念推导出骆驼的理念》"。而后，他写道："译完了以后，觉得这个故事还缺乏中国人，未免不足，于是续写了一个尾巴：'文革'期间，中国人得知西方学者正在研究骆驼的消息，立即成立一个大批判组，首先做准备工作，把法国、英国、德国人的有关骆驼的著作翻译出来（内部发行）……然后，这个大批判组用了三个月时间，写出一篇摆事实，讲道理，引经据典，头头是道，立场鲜明，火药味十足的文章：《西方资产阶级骆驼学是帝国主义的工具》。"

这是哲学家王若水的另一面：他也很幽默。

念叨完意识形态的各方面，我想说一个大话题，就是那时的时代精神。这仿佛是个大氛围，笼罩着一个国家，也笼罩着每一个人。那时的时代精神，我想归纳为三点，一是开放，二是反思，三是奋起直追。

开放，就是打破闭关锁国，放眼看世界。反思，是对既往的反思。反思的最初"引擎"，是各种迷信和框框的打破。曾经，人们对国家政治生活的坚信不疑，"文革"后期，这种坚信开始动摇，由此生发出对历史的重新考量，先是对十年"文革"的再认识，进而向更远的方向伸延。

然后是"奋起直追"。从国家层面看，不断出台新的举措，新举措后面藏着的是新理念，真的是"紧锣密鼓"。于是，一面是国家层面改革开放的"加速度"，一面是国民意识到"时不我待"之后的奋起直追。

那种"急不可待"的奋斗冲动，恐怕只有那个时代才有。国家层面惊呼"落后了几十年"，个人层面则是惋惜已经逝去的蹉跎岁月。"蹉跎"这两个字或"蹉跎岁月"这四个字，是那时特有的热词。"文革"十年，造反、武斗、抄家、砸四旧，国家乱了套，文化中断了，每个人的学业和专业自然也中断了。改革开放之后，每个人都面临着追回耽误的时间、将中断的事业接续下来的问题，自然还有我这样1966年的大学毕业生，未曾将所学的专业使用过一天就转行。不管怎样，承认并允许"个人奋斗"了，可以"大干一场"了。

从这个时候起，个人奋斗不再被视为"白专道路"了，于是徐迟报告文学《哥德巴赫猜想》中的陈景润一时成了"时代楷模"。当所有的人都被裹挟到"文革"洪流的时候，这位书呆子竟然躲在不足十平米的小屋里，两耳不闻窗外事，搞起了玄而又玄的数学"猜想"，而其人，也被人们看作不谙人事。改革开放了，社会观念变了，这个本应为"白专道路"典型的陈景润才成为时代英雄。这种追回逝去岁月的表达，在报章上有很多。

为说明那时候知识分子的心态，还是不揣冒昧展示一下我的一首不成熟的诗作罢。这诗写于1979年，攻读研究生的第二年，我与几个考上研究生的同校同学聚会时，写了这首表达心情的诗：

满斟酒呵，快举杯，
难得今日巧相会。

十年别酒一饮尽，
醉意来时叙欢悲。

十余载啊，梦中飞，
几番风雨人憔悴。
昔别留影天真笑，
而今对坐两鬓灰。

忆往事呵，多惭愧，
黄金时代空留岁。
寒窗心血何处去？
所学不用所用非。

莫惋惜啊，今快慰，
学海无涯终有归。
青春负我三十载，
难得壮年发新蕾。

须痛饮啊，纵千杯，
除妖才有今相会。
请把金樽高举起，
美酒共祝比翼飞。

纵千杯啊，莫陶醉，

科学之门待我推。

休笑老九书生气，

敢闯禁区问是非。

当努力啊，趁春晖，

莫等银色染须眉。

正闻四化呼声切，

快为宏图点新翠。

今饮酒啊，初相会，

二〇〇〇再举杯。

当有一代新人起，

试看全球谁为最！

那时我三十五岁，几位同学也大体上是这个年龄。我们都是半路出家，蹉跎十年后，拾起了一个新的专业，一切从中年时候开始。我们这批人好多成了学术界的中坚力量，但其实都生生葬送了十年的宝贵光阴，因此到现在，我都羡慕当今的青年人，他们二十几岁到三十几岁的人生黄金时段没有荒废。

说到"奋起直追"的精神状态，"摘帽右派"应该是一个广大的人群，是许多人当中的幸存者。我的年龄比

"右派"小十来岁，没有亲身经历过，但在读书时见书籍上的作者介绍，时常有"曾被打成右派"的字样。但看书籍即可知，有过牢狱经历的"老右派"是改革开放以后国家文化发展的生力军，毕竟他们被打成"右派"的时候（1957年），正是智商很高的一群青年。他们的蹉跎岁月应当说是最长的，"地富反坏右"的名声从1957年一直伴随到"文革"十年之后。然而，不管是他们，还是未曾遭遇反右斗争的我这一代人，都经历过了青春的"断档"，一生成就被打了折扣，即使在改革开放初年不要命地"奋起直追"，也不能完全挽回。

七十年代与八十年代之交，是人人都铆劲要大干一场的年代，这首先是人们的思想得到了解放，精神挣脱了枷锁，另一个重要的动力，应该就是被人性的本质一面所推动：人人都有自我实现的愿望。然而，"文革"十年使每个人失去了他们生命的不同阶段，不同年龄的人们都有一段丢掉的时光，都有不同的惋惜。曾有"老三届"的说法，这是指六六、六七、六八三届初中或高中毕业生，他们的共同命运是"文革"伊始便上山下乡。略有不同的是六六届高中毕业生，若无"文革"突袭而来，他们是该考大学的，然而理想被阻断。这些人当中有曾经的高才生，粉碎"四人帮"之后重获升学机会，日后成了国家栋梁，然而他们中的大部分因为缺乏专业知识，就业艰难，社会处境不佳。这是被剥夺了青春的一代人。

说老几届，还应包括六六、六七、六八直至七〇届的大学毕业生，但因那时大学生数量少，也就没人注意这个群体了。这些人在"四人帮"倒台、改革开放之后，已处在创造黄金期的尾声或已超过创造黄金期。这批大学生，除了我这样的1966届毕业生算是"修业期满"外，其余各届都是"文革"前入学，都把求学阶段献给了"轰轰烈烈的文化大革命"。他们虽然都领到了毕业证书，也因为不是中学生而逃脱了上山下乡的命运，但他们的大学阶段其实是被"掏空"的。还有正读小学、初中或高中就赶上"文革"爆发的青少年，缺少早期训练或基础训练，该怎样找回和弥补他们被荒废的生命阶段呢？我算是完整地大学结业了，好像是幸运的，但刚一毕业，就失去了运用所学知识的可能性。比我早毕业一两年的，刚起手工作就赶上"文革"，接着就去上"干校"，甚至进"牛棚"，事业中断，也是另一种"岁月蹉跎"。

　　还有更早的一批知识分子，即使他们侥幸逃过了"反右派斗争"的一劫，也来得及取得了一点成绩，但紧跟着就被"文革"切割掉了他们的"盛年"，他们失掉的不是求学阶段，却是发挥热量、出成绩的人生阶段。十年，在一个人的人生中真的不算短，除去儿童阶段，除去学习和退休阶段，人的工作期与创造期才有几个十年？因此，"文革"十年，不管是整人的还是被整的，不管是扬眉吐气的还是遭了殃的，都给自己的生命打了一个大大的折扣，无一例外。

也许正是由于以上因素，才有了那个时代人们格外"卖劲"的特征，敬佩这种积极奋进的精神的同时，也不免在心头泛起一种悲哀。然而，也正是国民边补缺边奋进的努力，才克服了人才的"青黄不接"（这也是当时的常用语），为荒废的田园播撒了日后丰收的种子。

那时有种新起的国民意识，不知算不算时代精神，但起码是时代精神的一个侧面。这种国民意识，就是渐渐滋长的每个人的自主精神。

这种精神的产生，是由于历史反思和思想解放焕发出来的，还是回归人性的文学及其他艺术培育出来的，我说不清。举例说，有一股"硬汉崇拜"之风非常强劲。这硬汉形象，先由日本输入，就是人人皆知的电影《追捕》中的高仓健。那位影星的一脸冷峻与刚劲线条成了"硬汉"标本。紧接着是国产的硬汉，即一时成为偶像的杨在葆。他在《血，总是热的》里面饰演一个处乱不惊、锐意改革的厂长形象，阳刚气十足。因为这样一个具有"压倒优势"的审美倾向，唐国强在演完《小花》之后，竟然因"奶油小生"的绰号而忍受了若干年的寂寞。

或许因为个性解放也促进了妇女解放，与"硬汉"并生的概念，还有一个前所未有的"女强人"。所有这些，都是改革开放以后的新现象，在"一切听从党召唤"的年代里，在"做革命的永不生锈的螺丝钉"成为人生理想的时候，不可能有这种个性的张扬。而现在想来，正是这种史无前例的个性张扬，才为以后的经济转型准备了精神条件。所有的自主创业的"成功人士"，无不具备鲜明的自主精神，如果他们不经过改革初年的精神洗礼而延续着旧时唯唯诺诺的心态，就不可能拥有今日的成就。

另有一种思潮，或许也是这种自主精神得以产生的土壤。"自我设计"，这个崭新概念在没有电视助力的情况下不胫而走。王通讯与雷祯孝合著的一本只有几十页、毫无装帧设计的黄色书皮的小册子《试论人才成功的内在因素》，不知为何一时成为抢手货，且渐渐形成了一门新学问——"人才学"。我就买到了一本，当时，三十四岁考上研究生的我正面临着半路出家之后的"自我设计"问题，我也照着这本书的思路，照着那里面关于"人生创造黄金期"的划分，思考自己是不是为时已晚，也照着那里面的主客观统一论规划着自己后半生的奋斗之路。作者的这个"自我设计"概念，是不是源于弗洛姆的"自我实现"？反正那时风靡于世的还有弗洛姆的学说。"自我设计""自我奋斗""自我实现"，这些字眼在今日看来不算新鲜，但在习惯于"为革命奋斗""为革命献身"的当时，还真是一个不小的突破。

全民都在思考，但新思想与旧思想也在角斗。与此相关，出了个新词儿，曰"代沟"，即易于接受新事物的青年人与思想陈旧的老一辈人之间的思想鸿沟。"代沟"，是社会意识形态剧烈变化时期的特有现象。好多我们现在认为不是问题的问题，在当时都曾经是问题。撇开思想观念的争论，单说一些生活细节，譬如女士的披肩发、男士的大鬓角。当时规定，女士不能留披肩发进机关。而男士的大鬓角问题，我就有亲身体会。我有次去理发店，让理发员把鬓角留得长一点，理发员说，刚接到上级通知，不能做。那一推子下去，我鬓角秃秃，也只好忍了。男子留大鬓角的问题，据说几经反复，某日说可以，某日又说不允许。从提倡"艰苦朴素"的时代走过来，还有一些有趣的现象。老人看不惯青年人在街头拥抱接吻，认为是有伤风化。老演员李默然率先拍了个电视广告，演艺界颇有微词。女子参加模特队，家长也普遍反对。

穿衣打扮的事情，也有过社会争论。我就参加过这种争论，在《北京晚报》"百家言"栏目质疑"奇装异服"说。穿衣的"短透露"，杂志封面上的"美人头"，都曾遭非议。我曾是"奇装异服"和"美人头"的辩护士，发文《审美观与词汇》说，"奇装异服"这个贬义词在新时代已经过时。当时晚报连发了几篇关于"奇装异服"一词溯源的文章，皆称这词为贬义词。我反驳说，"倘若在六七十年代，见穿喇叭裤、牛仔裤、蝙蝠衫的，不免有人撇撇嘴说'奇装异服'，并会得到众人的赞同……作为历史的产物，'奇装异服'一词大概可以从词典上取消了。一同取消的还应有'臭美''摩登''老来俏'之类"；"词义或褒或贬，或流行，或消失，或转化，皆因时代而异"。

《何来"美人灾"》一文发表于该报的"一夕谈"栏目（1985年6月15日），对该报《"美人灾"》一文提出异议，对杂志封面的"美人头"现象给予了正面评价，认为"美的造型，不外乎美的景物、美的人，而人又是一切艺术表现的中心……我们可以引导人们去分辨什么是人的真正的美，而不必与美和美人为敌"。

"美"这个今日看来很寻常的字眼，却在当时充满争论。"美"，曾经是个不好意思说出口的字眼，这样一件小事，也足见改革开放经历了怎样的思想蜕变。

1978年我从外地来北京，一头扎进学府，接触社会实在不多，对社会气氛的体验，只有在大街上。那时没有私车，地铁运营也不稳定，公交汽车包括北京特有的无轨电车，就是人们出行及交往的公共场所。那时人人晓得公交车的时间间隔应是三分钟，超过这个时间，等车的队伍就开始有埋怨之声，会听到有人说"给总站打电话"，"对，给总站打电话，这是怎么回事？"有人就会接着呼应。

公交车几乎是那时唯一的交通手段，因此在上下班的高峰期很拥挤。上车时，常常在踏板处出现多人堆叠挤不动的现象，着急的司机就喊："使劲推！"不用他喊，人们也晓得一个公共规则，就是上不去的人努力推手扶栏杆而后背悬在车外的那个人，否则车门就关不上。每当此时，总有明知自己上不去也奋力帮着推的人，也算一种"公益心"罢。

那时的公交车上总是人声嘈杂，为何？就是人们互相交谈，谈的都是公共话题。谈电视剧，谈球赛，谈春晚，谈刚刚开始流行的歌曲。发牢骚的也有，譬如某老先生说他的儿子刚参加工作开电梯就比他挣得多。改革初年，有这种老职工与新职业收入的"倒挂"，也有"脑体倒挂"（脑力劳动与体力劳动的倒挂）。还有一种现象也被人们议论，就是改革初期的"下海"。有人说，下海的都是释放出来的劳改犯和劳教犯。我未做过调查，但相信这是事实，因为那时国营单位的职工普遍不敢轻易辞职，怕丢掉"铁饭碗"，反而是解除劳改劳教或没事干的那些人毫无顾虑地"下海"。而且这时创业的前三年是不收税的。

人们在公共场合也表现出思想的活跃，这恐怕跟"文革"刚刚结束有关。这场被称为"浩劫"的运动，无论从哪个方面说都只能做负面评价，但只有一个"坏事变好事"的结果，就是"文革"后期辨识四人帮"祸国殃民"真面目的同时，人们形成了关心"国事天下事"的习惯。那时的人们关心公共事务，哪怕以发牢骚的方式。

民俗的变化，也值得一说，这也是改革初年的一个特征吧。眼下民俗中的"西洋"成分都从改革开放初年起始，过生日吃蛋糕、吹蜡烛、唱"祝你生日快乐"而不是吃长寿面，成了新习俗。探视病人，从来是送糕点送水果的，改革开放了，才送鲜花成风。圣诞节尤其为青年人所喜欢，博士服、博士帽也进入高校，美国的牛仔裤居然成了经典服装，男女无别。等经济有了相当的发展，人民生活有了一定程度的提高，走进家具城，你会看到中式家具之外，还有美式的、英式的、法式的、意大利式的。

甚至殡葬的移风易俗也是从那时开始的。火葬取代了土葬，国家领导人还带头海葬。长辈去世，留一个骨灰盒在家中，再配以一张黑白照片，就表达了思念。后来又有了新形式，将骨灰盒存放于殡仪馆，每逢清明去殡仪馆，放一束鲜花在骨灰盒旁，至少，我在北京见到的是这样。但不知从什么时候起，又有了土葬的变种，公墓里，每个逝者都要占一块土地立一个碑。

本文讲改革初年在意识形态各个方面的表现，其实还有一大块该浓墨重彩说一说，就是经济领域。

经济领域的变革，也有过剧烈的阵痛过程，但我不是经济方面的专家，且很少亲身参与，也就在本文中省略了。不过在我的经历中，也对经济涉猎了一回。

那是1984年。这一年的一个重大改革步骤是：改革从农村转向城市。1977年由时任安徽省委书记万里支持和倡导的农村"联产承包责任制"（或叫分田"大包干"），算是打响了中国经济改革的第一枪。以1984年10月20日《中共中央关于经济体制改革的决定》（十二届三中全会通过）为标志，则是打出了经济改革由农村转入城市的信号弹，那时的提法是，"加快以城市为重点的整个经济体制改革的步伐"。在这个节骨眼上，我这个搞文科的，由于某种机缘，竟然也参与了城市改革的某种试验。

那年由经济日报社牵头，搞了个其下属的"中国经济信息公司"，公司的批文上有国务委员张劲夫和陈慕华的亲笔签名，很是隆重。这时，中国还没有民营企业，这种挂靠于国家机关的"公司"，俨然是个新鲜事物。从后来的事实看，由于那时社会居民的构成为计划经济体制下的工人、农民和知识分子"三大块"，没有人拥有资本，所以最初的公司基本上都是"信息公司"，这种公司也被戏称为"皮包公司"，运行机制正如当时的流行语——"空手套白狼"。这个以"中国"打头的"信息公司"，除了一间报社给的办公室，并无一分钱"资产"，人员都是由牵头人临时召集来的。当时能做的事，都是不花钱的事。

我在那里临时帮忙，只做了两件事。一是组织了一个系列讲座，讲课的都是当时经济界的"大腕"，譬如钱俊瑞、季崇威、詹武，还有时任中组部副部长李锐等。刚刚宣布改革从农村转入城市，正处于"摸着石头过河"的阶段，对中央政策的阐释，也只能由这些人物来做。据我的记忆，这些经济界的高端人士对于尚未正式起步的城市改革，都有自己的独特理解。第二件事，是受国家体改委的委托，去常州用半个月的时间搞了一个关于常州"工业联合"的调研报告。当时，我国经济还是计划经济的大格局，各工厂企业在生产中根据需要实行企业间的自由组合、分工合作，譬如大厂让小厂加工一些零部件，这就是"工业联合"，堪称当时的新生事物了。十二届三中全会决定提出"增强企业活力是经济体制改革的中心环节"，具体来说就是"扩大企业自主权"，企业还不能完全自主经营，这是计划经济向市场经济转变的必经过程。

这家信息公司，或许是中国的第一家公司，然而是由国家领导批准，而不是在工商局注册的公司。说这或许是中国的第一家公司，还因为在十二届三中全会决定中没有"公司"这两个字，说到经济主体时只使用了三个概念——全民所有制经济、集体经济和个体经济。

如果将"改革初年"的概念扩大到二十世纪八十年代中期，还有个印象是该在这里说一说的，那就是我曾经生活在中国最核心的区域，这是我永远引为骄傲的一段记忆。

由于某种需要，社科院一位同事竟跟我达成了一个"换住"的约定，于是我从劲松生活区搬到北京的核心地段王府井锡拉胡同，"换住"维持了八年，从1985年至1993年，后来又调换回去。那时最惬意的记忆，就是每天写作之后的散步。

起初，从午门、端门到天安门那条约有三华里的通道上，原本是有驻军的，白天却成了自由市场，热闹非凡，因此姜昆在一段相声里打趣说，天安门广场要变自由市场。这三门之间，自然不能买菜，但旅游产品是可以进入的。士兵在甬道两旁的兵营边操练，全国各地的游人游动在甬道中央，经营小买卖的则簇拥在甬道两侧，把士兵操练的场地也占去一半。这种状况在1985年后持续了多久，我不记得了，因为我的散步总是在傍晚时候。

也在那期间，人民大会堂曾对外开放，我就在各省的会议厅里足转了一通。天安门和端门的城楼也曾对游人开放，我就登上过天安门城楼，站在城楼正面眺望广场，还扶着栏杆照了一张相，那感觉就仿佛是参加了开国大典。

改革开放初年，论物质丰富的程度，远不如现在，但那是个不满足于现成结论、思想活跃、充满激情与活力的年代。我只是启动自己的记忆，把曾经经历过的事情原本地陈述出来，希望未经历过那个时代的人们有所了解，从而晓得我们今日的事业是怎样从那个时候发轫和起步的。忘记了那一段，四十年的改革与成就便成了无源之水、无本之木。

两届而终

傅广超

上海国际动画电影节浮沉录。

当下，中国已有不少独立动画人活跃在国际动画影坛，他们又以空前的凝聚力在国内组织起了一个个动画节展，通过竞赛、放映和学术交流，将动画艺术短片及其作者一次次推入公众视野。这些"艺术沙龙"无疑是对昂西、萨格勒布、渥太华、广岛等国际动画节文化的自觉延续和继承。与此同时，年轻的中国动画人从外国师友那里，也反复听闻着关于上海国际动画电影节的种种"传说"。

没错，上海曾于1988年和1992年两次举办国际动画电影节。

上海国际动画电影节由上海市电影局、中国动画学会、上海美术电影制片厂联合承办，这不光是中国举办的第一个国际竞赛性电影节，也是国际动画协会（ASIFA）认证的亚洲第二个国际动画节。

第一届上海国际动画电影节的国际评委中，既有ASIFA的创始人之一、英国动画先驱约翰·哈拉斯（John Halas），也有日本"漫画之神"、时任日本动画协会会长的手冢治虫。参赛片导演中不光有中国动画界曾经的领航者特伟、爱沙尼亚动画名家皮特·帕恩（Priit Pärn），还有当时刚刚崭露头角的奎氏兄弟（The Brothers Quay），以及后来担任了皮克斯、迪士尼动画工作室首席创意官的约翰·拉塞特（John Lasseter）。而入围的影片中更是不乏名作乃至"神作"：《新装的门铃》、《草地上的早餐》（«завтрак на траве»）、《鳄鱼街》（Street of Crocodiles）、《独轮车的梦》（Red's Dream，又译作《红色的梦》《雷特的梦》）、《山水情》……

美国动画家大卫·艾力克（David Ehrlich）在新闻发布会上称，上海国际动画电影节是一次纯粹的艺术盛会，来自世界各地的动画家与中国同行、观众进行了前所未有的深入交流。在他看来，上海国际动画电影节组委会明智、开放地从其他动画节吸取了足够的经验和教训，能够充分地满足与会者的需求。他甚至说："对于那些举办了很多次但从没有像我们这次学到这么多东西的电影节，我们希望这次电影节能对他们有所影响。"

上海国际动画电影节并不只有国际友人看到的辉煌闪耀的一面。从筹办到落幕，屈指可数的两届动画节背后，饱含着中国动画人向外求索的渴望、反省，还有身处体制转型期所面临的种种辛酸和血泪。

正是在第二届上海国际动画电影节闭幕后，中国动画史在人们的留恋和喟叹下另起了一章。

在忧患中求索

据上海美影厂原厂长严定宪回忆，他下决心向上海市电影局提交报告申请举办动画节的时间，是在1985年下半年。

1985年是法国昂西国际动画电影节创办二十五周年，也是ASIFA成立二十五周年，所以那一届动画节办得比以往要热闹许多。5月28日至6月12日，上海美影厂顾问特伟、厂长严定宪及文化部外事处翻译蔡新明应邀前往这个法国东南部的湖边小城参加盛会。虽然中国动画片因提交逾期而没能入围竞赛单元，但规模不小的"中国美术电影回顾展"得到了组委会的重点推荐，《哪吒闹海》《鹬蚌相争》等影片应观众要求增加了多个放映场次，中国代表团成员还在开幕式后受到法国文化部部长的接见。

1970年代末至1980年代初，中国动画人的创作思维经历了一次大解放。他们在观念和技术上做了不少大胆的开拓和尝试，《画廊一夜》《狐狸打猎人》《哪吒闹海》《三个和尚》《雪孩子》《猴子捞月》《鹬蚌相争》等都是这个时期的代表作。拿得出手的作品一多，对外交流的机会也就多了，这些作品有着多样的艺术风格、独特的表现手法和鲜明的本土文化特色，在国际影坛摘获了不少荣誉。

改革开放以前，中国动画人很少有机会出国，即便他们的作品在国际赛事上获奖，领奖的事也多由相关部门领导代劳。改革开放以后，许多优秀的中国动画人走出国门，成为萨格勒布、伦敦、戛纳、柏林、渥太华、莫斯科、广岛、昂西、多伦多等动画节、电影节的常客。同时，外国的动画人也接二连三来到中国，罗马尼亚萨希亚电影制片厂、英国BBC、日本动画协会、萨格勒布电影公司、加拿大政府电影代表团都访问过上海美影厂。

在这样的历史背景下，ASIFA向中国动画家抛出了橄榄枝。1983年4月5日，文化部批准特伟、靳夕以个人名义加入ASIFA。第二年，阿达在好友的介绍下加入ASIFA。1985年6月4日，经文化部和ASIFA双向批准后，特伟、靳夕、王树忱、严定宪成为第一批集体加入ASIFA的中国动画家。6月6日上午，严定宪代表中国会员参加了ASIFA的例行会议，经过协商和选举，阿达当选为ASIFA理事会的第一位中国成员。在这次会议上，严定宪得以深入了解ASIFA会员的义务和权益，而最令他动心的，是关于在中国举办国际动画节的提议。一众国际同行认为，中国动画有着深厚的历史积淀和令人瞩目的成绩，上海美影厂的艺术创作也具备了一定体系和规模，完全有资格、有条件举办国际动画节。

回国后，严定宪将筹办上海国际动画电影节的想法与美

美術片在國際電影節榮獲的部分獎品

上海美影厂获得的部分国际电影节奖品。图片来源：《中国美术电影》画册

《狐狸打猎人》人景合成画面。空藏动漫资料馆供图

49

《猴子捞月》人景合成画面。空藏动漫资料馆供图

《三个和尚》法文版海报。空藏动漫资料馆供图

《鹬蚌相争》人景合成画面。空藏动漫资料馆供图

影厂领导班子做了沟通，大家一致认为这是促进行业交流的好事情。不久，严定宪开始草拟报告，又与上海市电影局局长吴贻弓做了一次长谈，较为顺利地获得了支持。很显然，从上级领导的立场来看，这是对外进行文化输出的绝好机会，还可以通过举办动画电影节为故事片、科教片电影节铺路。

事实上，文化部的领导多年前就有过举办国际动画电影节的构想。1981年5月26日，文化部电影局局长陈播到上海美影厂召开座谈会，明确表示"可以邀请拍摄动画片有成就的国家来中国举行国际电影节，以加强交流"，还要求"上海美影厂要有作战能力和侦察能力，自己能获多少奖要有个估计，为故事片电影节比赛取得经验，希望能拿出《大闹天宫》那样高质量的影片，也要有言简意深的短片，今年做不到，明年也要搞"。

就现存的记载来看，许多老电影人都在不同的场合有过类似提议，但囿于经济承受能力和各方面条件，这些提议被一次次搁置。直到1980年代中期，中国动画在国际上积累了一定的声誉，中国动画人通过频繁的出访、交流和参赛获取了大量的宝贵经验，而改革开放的步子也越迈越大——天时、地利得以交汇。中国的动画家们，早已迫不及待地要敞开大门，迎接世界动画艺术的新风潮。

还是在1985年，上海美影厂的元老靳夕在《电影艺术》杂志上发表了一篇题为《心音——美术片的独白》的文章。他长期主持美影厂木偶片组的业务，导演过《神笔》《孔雀公主》《阿凡提·种金子》《西岳奇童》等名作。他平时不光勤于实践，还十分重视经验梳理和学术交流。

靳夕在文中将自己化身为"美术片"，以第一人称强烈呼吁中国动画界进行全面的思想解放、观念更新和学科理论建设。尽管当时的中国美术片风头正盛，但他并不觉得中国动画人的前程是一片坦途。在他眼里，中国动画事业是一朵经历了"十年沉疴"的"过分羸弱"的小花。他认为，由于视野的局限和理论研究的缺位，中国动画的发展充满不平衡和不稳定的因素："偶然闪现的火花不足以使我作为一个片种从整体规模上跨出称得上里程碑的一步。然而没有这种整体规模的腾跃，便不能摆脱创作队伍的每一更替都得因袭从幼稚到成熟这种低级的循环。"

1980年6月15日至21日，靳夕、何玉门等人前往南斯拉夫参加第四届萨格勒布国际动画电影节，上海美影厂的《狐狸打猎人》斩获本届动画节分组奖①，可靳夕的心头始终缠绕着一丝愁云。在动画节上，他看到了来自二十六个国家一百四十多部最新的动画艺术短片。在这之前，他已经有十多年没看过几部像样的外国动画作品了。

这次观影经历带给他极大的震撼，他回忆道："除少数是故事性体裁外，多数是小品。这些小品不拘一格，形式多

①据萨格勒布国际动画电影节官网发布的资料，《狐狸打猎人》所获的是动画特别奖，而中方文献一直记载的是美术奖。

1980年6月，靳夕（右二）、何玉门（右四）在萨格勒布。
图片来源：《美影卅周年》纪念画册

样，手法新巧，反映了导演和设计者的艺术探索精神……在我们看到的美术片小品中有寓言样式，有讽刺画样式，有幽默画样式，也有科学小品和哲学小品。美术风格更是千姿百态，各成一家。"靳夕清楚地认识到，广阔的选题、突出的作者个性以及艺术构思中的现代意识，是当时的中国动画所缺乏的。

影片观摩之余还有业务交流。靳夕发现，在国外同行那里，人性、战争、人类命运及一切社会生活所带来的思考，都可以作为动画片的主题，一切材料工艺和技术手段都可以为动画服务，一切学术观点和艺术思潮都可以成为动画创作的养料。而在中国，相当一部分动画人还在因循着十余年前的创作惯性。

的确，中国动画自诞生之日起，对外交流的步伐便沉重而迟缓。

1949年之前，中国动画先驱们的创作生涯一波三折，直接对外进行行业务交流的渠道少之又少。好在电影市场有一定包容性，哪怕好莱坞商业片大行其道，欧洲的艺术短片也能在夹缝中求生存，这就使得身处大上海的第一代中国动画人见多识广。万氏兄弟曾在1936年第一期《明星半月刊》上发表《闲话卡通》一文，明确表示了对于苏联、德国动画片的偏爱："美国'活动漫画'片①并不是世界第一流的。以世界艺人批评起来，认为美国活动漫画片已带上生意眼，离艺术本质太远而太过商业化，俄、德活动漫画片比较最佳……"

新中国成立以后，动画人本应"长江后浪推前浪"，但他们的视野并不比前辈们更开阔。钱运达和马克宣对此有过全面的回溯："建国初期，我们曾看到过几部战前美国动画片的不完整的拷贝，对美国战后三十多年来拍摄的动画片，我们几乎一无所知。五十年代，我们看到过较多的苏联动画片，对我国的动画电影艺术产生过较大的影响。六十年代以后的苏联动画片，对我们来说，几乎也是一片空白。六十年代初期，曾经看到过一批波兰、捷克等东欧国家的动画片，对我们也有过一定的影响。那时，还看到过一部日本在五十

①1949年以前，Animated Cartoon在国内有"活动钢笔画片""活动墨水画片""活动滑稽画片""活动漫画片""卡通片"等多种译名。

年代拍摄的动画长片《白蛇传》，就当时的水平来说，还是比较低的。'十年浩劫'期间，当然是两眼一抹黑。只是在十一届三中全会以后，这种完全闭塞的状况才逐渐改变。"

外部环境的闭塞使得中国动画艺术家自力更生，造就了独树一帜的艺术风格和创作体系，但视野上的局限性和艺术观念上的长期近亲繁殖，必然使创作陷入瓶颈，整个业界的发展也就缺乏活力。

于是乎，忧心忡忡的靳夕提笔写下了《心音——美术片的独白》。他疾呼："不要在我开始得到一些国外信息时，便过早地担心我'免疫力'之可靠程度，担心我模仿、吸收那些不适于我们国情的东西。我想即便在那些不足取的作品里，也未尝没有可资借鉴的东西。"

他不甘于让动画沦为"电影艺术大门之外的一颗孤星"，他痛心于媒体、影院乃至于整个文艺界和社会对动画艺术的漠视：

"给我严师和诤友、批评和剖析吧！"

"给我版面、篇幅和放映场所吧！"

"给我理论武器和充足的信息吧！"

……

二十世纪中期，动画艺术的发展进程全面提速，世界各地的动画人基于不同的诉求和观念，创作出大量类型多样、价值多元的影片，这里权且将其简单粗暴地区分为两大类。

一类是基于市场需求创作的商业动画长片或剧集，作品投放市场后还会随之衍生出相关的产业链条。要稳定、持续且高效地生产这类动画片，需要较好的市场环境和高度成熟的工业体系。美国的迪士尼、日本的东映，是典型的商业动画大鳄。

　　另一类动画片是由艺术家主导的，这类作品往往专注于主题立意、技术手段和表现手法的探索，有较强的作者性和实验性，目标受众也不仅限于少儿。有的影片是在政府机构、国营企业或事业单位的投资、扶持下制作的，有的是动画家独立创作。这些作品所能取得的经济效益远不能和产业动画比，但其先锋的艺术手法能够对产业动画产生影响。苏联莫斯科联盟动画电影制片厂、加拿大国家电影局、南斯拉夫萨格勒布电影公司，都投入了很大的力量来制作艺术动画片。而ASIFA的成立和各大国际动画节的陆续创办，为这些作品的传播提供了优质的平台，也为世界各地的动画艺术家建立了交流、切磋的渠道。

　　上海美影厂的创作模式大体可以归属于后者，但又有一定的特殊性。学者聂欣如曾供职于上海美影厂的文学组，他在《动画概论》（复旦大学出版社2005年版）中总结道，在新中国的文艺政策指导和计划经济体制运作下，美影厂的动画片"既不是纯商业的，也不是纯艺术的，往往处于一种兼有两种风格的中间状态。不过，在某些时期或某个人身上，它们也会出现倾向性，或倾向于艺术的表现，或倾向于为一般普通的观众服务"，所以，"在1949年新中国成立以后，适用于世界各国动画片的分类不能简单地套用到中国的动画片上，直到进入新世纪，这样的情况才较以前有所改变"。

老美影创作模式的特色还在于"艺术民主"，也就是以导演为中心的集体创作模式。在导演的带领下，摄制组的每位成员都有机会参与作品的原创，他们还常常邀请文学、美术、戏剧、音乐等领域的名家进行跨界合作。而艺术家们在追求个性化表达的同时，也要考虑到少年儿童的欣赏习惯和接受能力。所以美影厂的大部分作品哪怕在形式风格上很有实验性，最终还是要落实成工整的少儿动画[1]。

但美影艺术家并不希望将服务对象局限为少年儿童，于是提出了"老少咸宜，雅俗共赏"的主张，并且极力向社会各界展示动画艺术的潜力。由此，也就不难理解靳夕初访萨格勒布时领受到的那份震撼和惊喜。

事实上，在《心音——美术片的独白》发表之前，已经有许多位中国动画家活跃在国际舞台，并且不遗余力地向国内同行、观众推介最前沿的行业讯息。其中最为活跃的当数阿达。

阿达本名徐景达，父亲是毕业于美国密西根大学的银行家，母亲是毕业于南京金陵女子大学的知识女性。优渥的家庭条件，良好的文化熏陶，使阿达的艺术细胞得到了很好的

---

[1] 笔者采访过的八十余位不同岗位、不同工种的美影人，基本都提到自己深受"艺术民主"的福泽，很多经典作品的诞生也充分体现了"艺术民主"的优势。

1982年6月，阿达在萨格勒布。
图片来源：《上影画报》1982年第十一期

培育，并且打下了扎实的英文底子。阿达1953年入职上海电影制片厂美术片组（上海美影厂前身），虽然出身问题是他进阶的拦路虎，但也让他有机会长期跻身创作一线，遍历了包括描线、绘景、中间动画、动画设计、美术设计、导演在内的几乎所有动画中、前期岗位。

对于阿达来说，1980年，也就是靳夕初访萨格勒布那年，是一个厚积薄发的重要时间点。他独立导演的首部作品《三个和尚》一经问世便石破天惊，在短短四年时间里横扫国内外七个电影奖项，成为第一部获得柏林国际电影节银熊奖的中国动画片。传统得不能再传统的故事情节和视听元素，被赋予了极具现代意识的立意和节奏，在不少外国动画人看来，《三个和尚》使中国动画彰显出了别具一格的"国际化"。

此后，阿达在国际动画影坛如鱼得水，不仅多次应邀出国讲学、担任动画节评委，还通过《三十六个字》《超级肥皂》《新装的门铃》等影片的创作，实现了自我艺术风格的完善和超越。每次出访归来，他都发文向国内同行、观众详细介绍自己的所见所思。在这些文章中，被提及频率最高的一个流派是"萨格勒布动画学派"（Zagreb School of Animation）。

1959 年，法国电影史家乔治·萨杜尔（Georges Sadoul）的《世界电影史》出版。他在《动画片》一章中写道："在南斯拉夫，萨格勒布市有一个新的学派，从 1955 年起推出了几位杰出的动画片作家，他们有的受美国联合动画制片公司的影响，有的受西方某些绘画风格的影响，但他们都有一种独特的和吸引人的想象力。"此后，萨格勒布动画学派作为一个学术概念被广为传颂。

1920 年代末至 1930 年代，从苏联、德国等地移居萨格勒布的艺术家，为南斯拉夫播下了动画艺术的种子。可惜，战火侵袭下的南斯拉夫局势纷扰，经济条件极差，根本无法为本土原创动画的萌芽提供土壤。直到 1949 年，对动画艺术心怀向往的杂志编辑法迪尔·哈季奇（Fadil Hadžić）筹募资金、集结同好，绘制出一部片长十七分钟的动画片《大会议》（*The Big Meeting*）。这部作品的成功，促使政府资助哈季奇创办了杜加电影公司（Duga Film）。尽管这家公司的寿命只有一年多，却为南斯拉夫本土动画的成长提供了摇篮。

1956年，萨格勒布电影公司（Zagreb Film）创建了动画制作部门，以杜桑·乌科蒂奇（Dušan Vukotić）为代表的原杜加电影公司职工得以在此重新会聚。这五年多来，他们中的许多人穷尽一切力量继续动画艺术探索，在拮据的经济条件和有限的人才资源双重限制下，尝试建立一套既省钱又具备独特美学价值的创作模式。这时，经由美国联合制片公司（United Productions of America，简称UPA）发扬光大的"有限动画"（Reduced Animation）手法，给予萨格勒布动画人巨大启发[①]。

所谓"有限动画"，是相对于注重描绘写实、细腻的人物动作的"完全动画"（Full Animation）而言的。动画人为使笔下的角色动作趋于抽象化和风格化，会让角色躯体仅做局部运动，或减少每秒钟的平均作画张数、循环使用动画素材。同时，注重开发各种简约的动画技巧，运用丰富的场面调度和剪辑手法，并重视音响的创造性运用。这种操作方法客观上简化了绘制工艺，削减了制作成本，最终深刻地影响了1950年代崛起的电视动画。

"有限动画"手法的运用，对于UPA来说并不意味着粗

---

① 萨格勒布动画学派简史可参见黄玉珊的《萨格雷布动画电影》及史蒂芬·卡瓦利耶的《世界动画史》。

美国联合制片公司（UPA）出品的代表作。左上：《爵士熊与马古先生》（*The Ragtime Bear with Mister Magoo*, 1949）；右上：《杰罗·麦啵音－啵音》（*Gerald McBoing-Boing*, 1951）；左下：《噜嘀突突》（*Rooty Toot Toot*, 1951）；右下：《花园里的独角兽》（*Unicorn in the Garden*, 1953）

制滥造，而是一种追求现代主义美学的手段，同时还可以借此向迪士尼的工业化体系和写实主义美学发起反抗。正是基于这两点，萨格勒布动画人对UPA作品产生了非同一般的欣赏和认同，并且在此后的艺术实践中将其继承、发扬。

　　当时的南斯拉夫虽然是社会主义国家，却与苏联保持着距离，拒绝结盟，坚持独立自主的发展道路。在这样的环境下，萨格勒布动画人在文化生活方面相对自由，在创作上也拥有更多自主性。萨格勒布电影公司的动画部门成立后，这些动画人拥有了稳定的工作环境和资金来源，能够全情投入创作。但他们多数情况下不采用传统电影制片厂大规模、高密度的集体工作模式，而是由一个或几个动画家牵头进行独立创作。"有限动画"手法的普遍应用，使得动画家独立掌控一部影片的所有环节成为可能，进而一定程度上实现了"以艺术家为中心"的理想。

同时，参与萨格勒布电影公司动画创作的不少人是跨界艺术家，他们在漫画、平面设计、雕塑、舞台美术、抽象绘画等方面建树良多，因此能够从外部为动画艺术注入活力。在这里，每位动画家的作品都充满了个性，且彼此间风格迥异。这些作品大都是片长数分钟的短片，不追求完整、精巧的叙事，抛弃了自然主义的造型手段和工业化的动画技巧，着意于极简主义的画面风格和充满批判性的寓言式情节。萨格勒布动画学派应运而生，学者尼基察·吉利奇（Nikica Gilić）则将这种景象称为"集体主义语境中的个体诗性绽放"。

1962年，杜桑·乌科蒂奇的代表作《代用品》（Surogat）获得美国奥斯卡金像奖最佳动画短片奖，这是奥斯卡组委会首次把该奖项颁给美国以外的动画片。由此，南斯拉夫政府开始进一步关注动画艺术的发展，而在西方世界眼里，萨格勒布已然是"现代主义和作家电影发展的动画中心"。1969年，ASIFA的例行会议在伦敦举行，萨格勒布赢得了永久性国际动画节的举办资格。1972年，第一届萨格勒布国际动画电影节成功举办。

萨格勒布动画学派的代表作。左上：《代用品》（1961）；右上：《汪！汪！》（1964）；左下：《学走路》（1978）；右下：《鱼眼》（1980）

　　学者郭春宁认为，当时的萨格勒布在西方动画艺术家眼里成为一个动画文化的"避难所"，"不满于美国好莱坞主流模式的艺术家们经常拜访并影响这里。另一方面，在东欧剧变之前，很多社会主义国家的动画作品透过这个窗口向更多国际人士展示。甚至，萨格勒布动画节的成功申办也是一种'平衡'，在四大电影节中，似乎太需要一些不同的声音和意识形态的支持"。萨格勒布国际动画电影节"既可以展示美国好莱坞的动画作品，又有优先呈现东欧、亚洲社会主义国家作品的机会。当然，这个阶段的萨格勒布动画节也确实树立了一种先锋的态度，通过萨格勒布国际动画节，人们更为鲜明地感受到，动画节不仅仅是作品的展映和交流，它如同一种'政党'，因为自己的态度和主张，而获得人们的关注与支持"。在这样的互动中，萨格勒布逐渐树立起了自身的话语权。

也正是借助萨格勒布国际动画电影节这个平台，中国动画的面貌得以相对完整地呈现在全世界动画艺术精英面前。

1974年，上海美影厂的《小号手》和《东海小哨兵》获得第二届萨格勒布国际动画电影节奖状①。当时中国还处在"文革"中，中国动画人更不知萨格勒布动画学派为何物。这两部作品都完成于1973年，严格遵循着"以阶级斗争为纲"的理念和"两结合、三突出"的准则，影片几乎完全摈弃了以往建立在幻想、夸张基础上的动画特性，美术风格、人物表演都趋于写实，视听语言也极力向真人电影靠拢，开拓出一种具有本土特色的现实主义动画风格。这一系列实践，于中国动画人来说实属无奈之举，但外国动画家却看出了这种风格和技巧的可贵之处。许多年后，大卫·艾力克就曾对《小号手》导演之一严定宪表达过自己对该片的赞赏之情。当时，日本、欧洲的现实主义动画风潮尚未来临。

1978年6月，被尘封十余年的水墨动画片《小蝌蚪找妈妈》在第三届萨格勒布国际动画电影节上惊艳亮相。转

①萨格勒布国际动画电影节官网发布的1974年获奖影片名单中并没有这两部中国影片，据此推论，《小号手》和《东海小哨兵》应该只是入围，并没有获分组奖。

获得第二届萨格勒布国际动画电影节奖状的《小号手》。空藏动漫资料馆供图

过年来的6月，杜桑·乌科蒂奇等两人访问上海美影厂，参观了美影厂的工作室、设备，还观看了几部影片。他们预言，水墨动画片《牧笛》肯定能在国际影坛载誉而归。果然，两个月后，《牧笛》获丹麦第三届欧登塞国际童话电影节金质奖。

1980年6月，第四届萨格勒布国际动画电影节为上海美影厂设立单元展映活动，面向所有动画节来宾推荐了中国动画，靳夕、何玉门二人也同时得以"睁眼看世界"。1981年8月，上海市人大常委会第十四次会议决定，同意上海美影厂参加1982年在萨格勒布举办的"中国文化周"，并与萨格勒布动画制片部门开展友好交流。

1982年6月16日至30日，上海美影厂副厂长张松林和导演阿达、周克勤携《三个和尚》《猴子捞月》《南郭先生》参加第五届萨格勒布国际动画电影节，并访问了萨格勒布电影公司。杜桑·乌科蒂奇热情地带他们参观电影公司和动画工作室，甚至连自制的特殊摄影装置也做了展示。乌科蒂奇

获得丹麦第三届欧登塞国际童话电影节金质奖的《牧笛》。
空藏动漫资料馆供图

对阿达说道："对中国同志我们没有任何秘密，你们想看什么就看什么，想什么时候来就什么时候来，我们的大门永远为你们敞开……"在近两周的时间里，张松林一行去了三次萨格勒布电影公司，除交流艺术和技术方面的问题，还希望在管理体制上得到一些启发。截至此时，有机会与萨格勒布动画人直接对话的美影艺术家不超过十个，萨格勒布动画学派在绝大多数中国动画人头脑中还是模糊的概念。

转折点在一年以后。

1983年6月，萨格勒布电影公司总经理携代表团及三十五部动画片访问北京、上海，并前往美影厂与多位中国动画家座谈。上海市电影局还在上海展览馆电影院举行了展映活动，请多位萨格勒布动画艺术家与观众见面。此次展映的《学走路》（*Learning to Walk*）、《鱼眼》（*Riblje Oko*）、《汪！汪！》（*Vau-Vau*）、《游戏》（*Igra*）等多部萨格勒布动画学派代表作，很大程度上刷新了中国电影、动画从业者和观众对动画艺术的认知，也直接或间接地在美影厂内部掀起了一阵锐意革新甚至激进的思潮。

以胡依红为代表的一批"学院派"新秀认为："狄斯耐（迪士尼）影片的全盛期已慢慢地被封闭在遥远的过去之中，看起来就像博物馆里挂着的一幅祖师爷的画像，使我们觉得更亲切一点的是乌库梯奇（乌科蒂奇）的影片。南斯拉夫萨格勒布动画导演最近为我们提供了有关动画电影的最

1982 年 6 月，上海美影厂副厂长张松林（左三）和导演阿达（右二）、周克勤（左二）在萨格勒布。左一、右一分别是迪士尼动画大师弗兰克·托马斯和奥利·约翰斯顿，他们撰写的《生命的幻象》（*The Illusion of Life: Disney Animation*）获同年萨格勒布国际动画电影节学术著作奖。图片来源：《美影卅周年》纪念画册

1983 年 6 月，上海市电影局在上海展览馆电影院举行萨格勒布动画作品展映活动，电影局局长张骏祥（左一）上台致辞。
图片来源：《上影画报》1986 年第十期

新信息。这批影片中的大部分导演已经离开了通常以改编经典神话、小说和幽默故事，使观众暂时逃避严峻的现实生活的那种人人都走的旧路，他们开辟了通常适合现代人精神需要、能够引起现代观众的联想与思考的新的途径。"

而为美影厂面临的改革困境操碎了心的靳夕，自然对萨格勒布电影公司的经营方式和创作模式多有赞赏："即便仅仅简化工艺流程以求得某种特殊美术效果的尝试，也有一定借鉴意义。我这个片种，因'大锅饭'而造成的弊病可谓多矣。学学人家'小日子小过，穷日子穷过'的精神又有什么不好呢？我们比人家并不富有，如果我们的事业家和艺术家处在人家那种少数人集资经营美术片的地位，不是也要想方设法创造一些又省、又快、又好的办法么？"

可见，上海美影人开始自觉地以萨格勒布动画学派为镜，他们能够从中照见自己已拥有的，发现自己尚缺失的。也就是在这前后，"中国动画学派"一词在国内流传开来。据当时任职于北京科学教育电影制片厂的曹小卉回忆，阿达在受邀前往北京讲座时曾谈起这个词的来由。在国外参加活动时，阿达与外国同行聊起了萨格勒布动画学派，外国友人则对阿达说，中国动画的创作理念与其他国家不同，并且风格迥异，完全可以称作中国动画学派。

也就是说，外国艺术家是带着一种欣赏鼓励的态度，私下里提出了所谓中国动画学派。这个词在国际上并没有得到很大范围的传播，不少活跃在国际动画影坛上的外国动画家也能证明这一点。但阿达把"中国动画学派"的提法带回了国内，带回了美影厂，随着他前往各地交流、讲学，这个概念也就传播开来，形成了一种认同。今天看来，当时的所谓"中国动画学派"，称作"上海美影学派"似乎更合适一些。只不过在那时，中国大陆只有上海美影厂一家专业动画制作机构，享誉国际的中国动画作品绝大多数都出自该厂，所以自然而然就把上海美影学派等同为中国动画学派了。

由一家制片机构开创出一个艺术流派，基于一个艺术流派的成就创办起一个举世闻名的国际动画节，这是何其相似的历史命运。据严定宪说，他们在筹备上海国际动画电影节时，首先对标的就是萨格勒布国际动画电影节。

与此同时，美影厂的学术空气也在一定范围内变得浓郁起来，许多美影人纷纷就动画艺术的本体特性、受众范围、材料工艺、形式语言、美学趣味以及民族化、现代化怎样结合等问题展开讨论，靳夕、阿达、钱运达、马克宣、胡依红、强小柏、金柏松等都是参与其中的积极分子。一时间，美影人撰写的文章接二连三地登上各大电影刊物，既有经验的梳理，也有观点的论争，好不热闹。而《美术电影创作研究》《从三句话到一部动画片——〈三个和尚〉》这两部专著的出版，意味着中国动画理论研究的星星火种终于聚拢成了火把。

聂欣如认为，在相对宽松的政治经济氛围下，这一阶段的中国动画理论超越了意识形态的规训和功利性目的，开始建立起"为艺术而艺术"的本体理论自觉。身处计划经济体制下的上海美影厂拥有较为富裕的劳动力，创作人员在生产活动之余完全有条件进行理论研究，自然也当仁不让地包揽了国内绝大部分与动画相关的社会活动。

经中国电影家协会书记处1984年10月4日批复同意，1985年11月28日，中国动画学会在上海美影厂宣布成立。特伟被推选为第一任会长，严定宪、王树忱、阿达、胡进庆、詹同渲任副会长，张松林任副会长兼秘书长，万籁鸣任名誉会长。学会宗旨是"促进中国美术电影（包括电视动画）的创作生产、理论研究和教学等各方面的繁荣"。

实际上，中国第一个动画学会成立于1945年7月，由中国动画教育事业奠基人钱家骏参与发起，可惜由于时局动荡，学会在刚刚成立不久就归于沉寂。值得注意的是，广义的"动画"一词，从这时开始逐渐作为学术名词，与"美术电影"并驾齐驱。

1946年12月，钱家骏发表《关于动画艺术及其学习方法》一文，力主将"动画"作为专业名词引入现代汉语。其实，"动画"一词早已出现在日语中，由日本动画家政冈宪三于1937年推广开来。但是从钱家骏的行文来看，他当时并不知道日语中已经有了"动画"。随着钱家骏辗转多地开展教学，"动画"一词在长江以南得到传播，逐渐取代了"卡通"。1949年以后，"美术电影"或"美术片"一度成为不同形式的动画片的总称，并与英文中的"Animation"相对应，而"动画"则退居二线，通常情况下仅代指动画原理、技法和狭义的二维手绘动画片。但是自1980年代中期以后，广义的"动画"开始回归，不论是学会还是赛事都以"动画"命名，大众传媒也似乎更加青睐"动画"一词。

1980年代中期，阿达做过一次题为《美术电影在国内外的发展》的讲座。他认为国内对于"美术片"的理解过分聚焦于"美术"，又常常将美术狭隘地理解为绘画性，从而忽略了"动"的无限可能，也使得"美术片"这个概念有了局限性。早在走出国门之前，阿达就对"美术片"的"美"拥有较为全面的认识，他更倾向于将"美"理解为"较高的造型与视听表现趣味"。

从特伟、持永只仁、靳夕等美影奠基人留下的口述史料和回忆录来看，他们倡导使用"美术片"这个词，并非想把美术风格的探索定为动画创作的首要方向。他们所说的"美术"应该是广义的，不论角色和环境空间造型以什么样的风格、技术手段呈现，归根到底还是要依托"美术"形式来实现某种美学追求。同时，美术还指材料或媒介，比如手绘、剪纸、立体偶等，运用不同材料进行创作的动画影片有不同的工艺流程，自然也就可以成立不同的部门，便于管理。

然而从美影厂1960年代以后的创作路径和惯性来看，美术风格的探索是一大重点，甚至有个别作品因过分聚焦于美术上的求新而使作品的其他方面有所偏废。正因如此，特伟才对一些"美术行伍"出身的导演做了提醒，并强调动画创作的"总体构思"。由此看来，"动画"的回归，一定程度上是中国动画人对动画艺术本体进行重新思考之后的自觉选择。

1986年10月，国际动画协会理事会决议成立中国分会（ASIFA-CHINA），严定宪任负责人。此时，上海国际动画电影节的审批工作已经在进行当中，作为主要承办方的上海美影厂也稳步展开了筹备工作。

万事俱备，只欠东风。

世界就在眼前

1987年，是上海美影厂建厂三十周年，就在美影人热火朝天筹备庆祝大会时，国务院批复了《关于举办上海国际动画电影节的请示》。

当年6月，国务院副总理万里在广播电影电视部广发影字（1987年）390号文件上批示："同意拟于1988年11月在上海举办国际动画电影节。"

7月下旬，上海国际动画电影节第一次组委会会议和第一次新闻发布会陆续召开，动画节组委会主席、上海市副市长刘振元又抛出定心丸："随着我国经济对外开放，必将出现文化艺术上的交流，中央已经给上海放权……"

发布会上公布了上海国际动画电影节的会标。会标的整体形象是一个头戴遮阳帽的小孩，由多个色块组成的帽子和帽檐，寓意着全球各地的动画人将于1988年会聚上海。最能够体现动画设计思维的是小孩的脸部——用装饰的手法将脸部造型的正、侧面巧妙地并置在一个平面上。在前后两届动画节期间，根据会标制作的徽章和立体衍生品大受欢迎，多数宣传海报也是围绕着会标的立意和元素进行设计的。

　　会标的设计者是上海美影厂的资深动画设计师庄敏瑾。她是上海电影专科学校动画系第一届毕业生，1961年进入上海美影厂工作，从实习期的描线、上色、中间动画，一直做到动画设计、导演。作为动画设计，她从《画廊一夜》开始崭露头角，此后创作了一系列经典的角色动画场景，例如《哪吒闹海》中的"哪吒出世"，《三个和尚》里的"长和尚出场""两和尚抬水"，《天书奇谭》里的"聚宝盆变爸爸""呆傻小皇帝"等。

　　因为和王树忱、阿达这两位极具个性且兼善漫画的导演长期合作，庄敏瑾在美学观念和艺术趣味上深受他们的影响。当时她是上海美术家协会漫画组为数不多的女性成员之一，在动画工作之余创作了大量幽默、讽刺漫画。她的漫画作品多以生活场景为题材，视角独特，笔触辛辣而又不失温情。由她担任首席动画设计师的《超级肥皂》和《新装的门铃》是"姊妹篇"，也是阿达导演的最后两部动画作品，前者在第二届日本广岛国际动画电影节上获得教育片组二等

1988 年第一届上海国际动画电影节会刊封面，画面居中的是上海
国际动画电影节会标。

上海国际动画电影节会标设计者庄敏瑾在电影节海报前留影。庄敏瑾供图

奖，后者入围第一届上海国际动画电影节。同时，由王树忱导演、庄敏瑾任执行导演的《选美记》，也是第一届上海国际动画电影节的参赛片。

据动画节组委会办公室主任金国平回忆，动画节的各项视觉设计方案是面向社会和艺术院校公开征集的，会标是重中之重。应征的作品不在少数，但经过反复评选，组委会还是选中了美影厂内部提交的方案。毕竟在当时的国内，真正熟悉动画艺术元素并且能够运用其灵活创作的，还是动画人自己。

上海大学美术学院的师生们踊跃参与了动画节海报、奖杯的设计。海报的设计有会标做启发和参照，但奖杯就不好再重复同样的视觉元素了。脱颖而出的奖杯造型是一个扭曲、变形为阿拉伯数字"8"的动画定位尺，螺旋状的立面

"8"既有"1988"的意思，也呈现出SHANGHAI的首字母"S"的形态。这尊奖杯获得组委会评选专家的一致认可。

奖杯的设计者许宙当时就读于上海大学美术学院雕塑系，可他的身份远没有这么简单。1980年，上海美影厂和上海市华山中学联合开办了动画专业职业班，那年初中毕业的许宙考入了动画职业班，一边学习高中课程，一边接受动画职业训练。1983年毕业后，许宙被分配进入上海美影厂，与他一起进入美影厂工作的同学中有他后来的人生伴侣胡甜，还有后来成为电影导演的娄烨。

参与《黑猫警长》等多部影片的动画制作后，许宙于1986年考入上海大学美术学院雕塑系，但他并没有因此与上海美影厂"脱离关系"。就在上海国际动画电影节开始面向全世界征集动画作品的时候，许宙也希望和恋人胡甜合作一部艺术短片。他想要绕开传统的动画制作工艺和常见的叙事技巧，通过结合西方现代艺术的表现手法来表达有关人类命运的哲思。他为这部作品起名《安宁》，并且把影片的创作提案交到美影厂的领导手里，得到了厂长严定宪的鼓励和支持。

虽说《安宁》是由上海美影厂投资、中影公司收购发行的，但在创作理念和方法上，这部影片与当今的独立动画并无二致。当时的中国刚刚经历改革开放，各种眼花缭乱的物质文明成果令人目不暇接，但随之产生的生态恶化和精神层面的种种动荡也令人心生不安，而《安宁》表达的正是

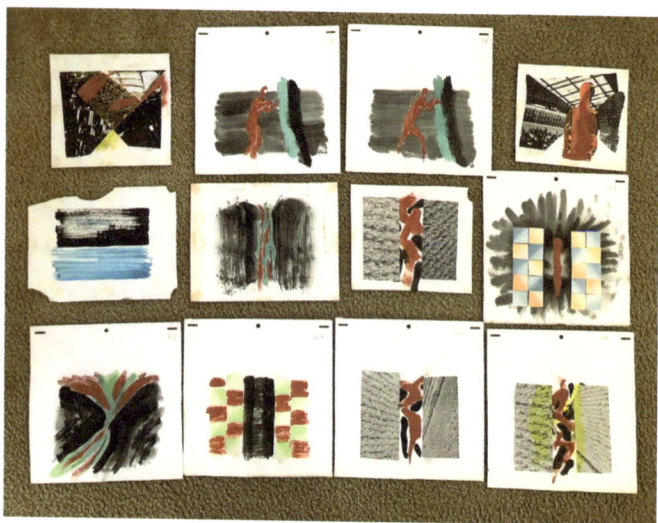

许宙和胡甜两人合作绘制的《安宁》手稿。许宙供图

许宙和他设计的第一届上海国际动画电影节奖杯。许宙供图

胡甜正在创作《安宁》，画桌上有一尊动画节会标的立体模型。许宙供图

"八十年代新一辈"身处其间的所感所思。

构成《安宁》一片的七百余张画面，由许宙和胡甜两人合作绘制完成。在打了定位孔的画纸上，他们以现代绘画的造型手法作画，但使用的工具却是毛笔和中国画的色彩，为使银幕上的色调呈现出敦煌壁画的情调，又请摄影师做了特殊的技术处理。他们还使用照片剪贴的手段将电子计算机、证券交易所和各类现代建筑交互穿插，以此表现眼花缭乱的工业社会图景。

强小柏是经验丰富的剪辑师，他非常愿意支持有想法的年轻人，所以很乐意为许宙、胡甜助力。为遵循编导的总体构思，该片的剪辑手法极力回避一般电影中常见的视觉标点，对于节奏感的把控也恰到好处。这种抽象动画在国际上曾一度风行，但在上海美影厂却是绝无仅有的。片长三分零九秒的《安宁》，最终作为赛外放映片在第一届上海国际动画电影节上公映，得到了大卫·艾力克的特别推荐。

据金国平介绍，动画节办公室的工作地点就设在美影厂内，常设班子不到十个人，都是美影厂的职工。大家平时只领一份厂里的基本工资，在前期筹备阶段省下了不少开销。

上海国际动画电影节组委会主席是当时的上海市副市长刘振元，吴贻弓、成志谷等上海市电影局主要领导担任副主席。动画节的实际组织工作基本由美影厂承担，厂长严定宪作为组委会副主席和秘书长亲自挂帅，厂长助理金国平兼任副秘书长和办公室主任，统筹一系列具体事务，副主任孙照亮负责协调赞助和票务方面的事宜，陈桂宝主管送选影片的清关、出关、进关、报关，以及动画节期间的人员接待。

在此之前，中国还没有筹办国际电影节展的经验，活动的策划、组织、章程、邀请信的起草，国际评委的遴选，评委工作的流程，会场的协调，外宾接待工作的落实等等，一切只能从头干起。除了昂西、萨格勒布两大老牌动画节可以对标外，刚刚崛起的日本广岛国际动画电影节也成为上海国际动画电影节组委会的学习对象。

早在1985年8月，王树忱就受邀担任第一届广岛国际动

《火童》剧照宣传画。空藏动漫资料馆供图

画电影节的评委，上海美影厂副厂长王柏荣、导演常光希以及北京电影学院教师蒋采凡等人代表中国动画界出席广岛动画节，王柏荣导演的《火童》获得C组一等奖。在新生的广岛动画节上，各种活动进行得井然有序，与会者体验甚佳。应动画节主席、广岛市老市长荒木武的要求，中国动画家把获奖影片拷贝留在了广岛，事后荒木武又专门致信感谢。

1987年8月21日至26日，特伟受邀担任第二届广岛国际动画电影节评委，严定宪作为特邀嘉宾出席动画节，胡进庆导演的《草人》获儿童片组一等奖，阿达、马克宣导演的《超级肥皂》获教育片组二等奖。令人痛惜的是，阿达于当年2月15日突发脑出血逝世，没能出现在领奖台上。

那次，金国平作为代表团成员也来到了广岛，并且背负着"取经"的使命。他说："我本人在上海国际动画电影节举办以前也就参加过广岛国际动画电影节，所以在我脑子里对标的就是广岛。因为广岛国际动画电影节当时也是新创办的，那时候日本的经济正是比较好的时候，亚洲人办事的风格跟欧美又不太一样，所以他们各方面都做得很完善，能够让我们直接吸收的经验很多。"

尽管上海国际动画电影节组委会已经和ASIFA建立了工作上的联系，可以通过组织渠道向全世界的动画家发出邀请信，但他们还是想进一步扩大覆盖面，增加送达率。"我们准备了很多印刷好的邀请信、章程，直接在会场发放，广岛国际动画电影节的主办方也为我们提供了很多便利。每个来

《草人》人景合成画面。空藏动漫资料馆供图

《超级肥皂》剧照。空藏动漫资料馆供图

到广岛的艺术家在前台签到处都有一个邮箱，我们都往里面塞了邀请信，有些重点的艺术家我们还当面邀请。"金国平回忆道。

从广岛归来后，上海国际动画电影节的组织工作就紧锣密鼓地展开了。组委会主要的对外通信工具还是电话传真和邮政信件，美影厂甚至连电传机都没有，每次电传都得跑一趟电影局。接收世界各地邮寄过来的影片，也是一项烦琐的任务，金国平说："总共有将近三十个国家的三百部影片送来，每一部都要从海关提过来，要出各种各样的证明，然后要把这些片子在技术上都过一遍，保证能放映。初选之前，一般是送录像带，如果影片入围的话，他们再寄胶片拷贝，所以整个过程比较复杂。"

1988年盛夏，大量影片拷贝陆续运到了上海。胶片必须在恒温恒湿的环境下存放，可美影厂一时腾不出专用的片库，只好特批了一间十分稀罕的空调房用来做临时片库。那年金国平正好三十岁，干劲十足，他说自己差不多有几个月的时间都跟胶片睡在一起。

更令人头疼的是各种涉外事务。按照ASIFA的惯例，他们会在各个动画节的举办城市举行理事会，1988年要来上海。理事会中有一位理事是以色列人，而中国当时还没有和以色列建交，于是组委会专门打报告给上海市人民政府外事办公室，外办再报给外交部审批。不久，外交部批准了上海市外办的申请，然而以色列到上海没有直通班机，外交部只能通过新华社驻香港分社为这位理事先生办理前往内地的签证，他要先飞到香港拿了签证才好进入上海。

1980年代末，苏联进入动荡时期，很多加盟共和国开始争取独立，波罗的海三国的动画家在报名参加上海国际动画电影节时不再以苏联为国籍。动画节组委会和苏联驻上海领事馆进行磋商、协调，为使这些动画家能够顺利参赛，仍旧将他们作为苏联公民接待。

承办一次高规格的动画节耗资不菲。据金国平介绍，这些费用大部分是上海美影厂承担的，电影局也专门拨了一部分款项。当时美影厂通过承接外国动画片加工项目，积攒了不少外汇，在经过外汇管理局批准后，他们可以将这些资金用于支付国际评委的机票、酬金和相关接待费用。除国际评委外，动画节组委会还要为入围影片的导演提供食宿。金国平说："我们给每部入围影片的导演都发了邀请信，每部片子给一到两个包食宿的名额。国际旅费原则上是导演自己承担，也有特殊情况。"

一开始，上海国际动画电影节组委会也想参考国外电影节的做法，通过拉赞助来筹集大部分资金。然而当时国内还不太具备相应的环境和条件，在金国平的印象中，愿意出资的大企业很少，最终拿到手的赞助费都是一些中小型企业出的。他说："很多事情我们都是依靠志愿者来做，志愿者们也没有什么大的报酬。海报之类宣传品的印刷方面，厂商给了一些优惠，也算一种赞助吧。"

上海国际动画电影节会刊内页，动画角色纷纷为商家代言。

　　锦江集团作为大型国有独资企业，为动画节提供了鼎力支持，对会集锦江饭店的所有来宾给予高规格接待。"当时上海有高水平接待能力的宾馆也不是太多，我们一开始就锁定了锦江。在我印象中，我们的整个接待预算也就大概八九十万，锦江给了很多优惠。动画电影节的闭幕式晚餐是在锦江小礼堂举行的，那是《中美联合公报》签字的地方。他们把中楼的几个总统套房都提供给我们的国际评委住，主要的参赛片导演住宿条件也很好，这些要是算钱都很难算的。"金国平说，"这些套房中间还有大的客厅，他们有时候晚上就在那边喝酒、聊天、开party，很热闹。"

　　然而锦江方面没有料到，来上海参加动画节的外宾居然多达一百五十余人，当组委会将外宾的信息汇总到锦江时，他们才发现预留出的房间根本不够。上海那时候除了有老锦江饭店外，还有尚未营业的新锦江饭店。情急之下，市政府出动武警，把新锦江饭店好几层楼的房间都收拾出来。新锦江的餐厅也是临时开放的，锦江集团的董事长任百尊是动画节组委会成员之一，为保证菜肴品质，他还亲自负责试菜。

锦江饭店对动画节组委会的外事接待工作评价颇高，光是外宾接待表格的专业程度就令他们惊讶——每个外宾的国籍、护照号码、航班、入境时间、入住天数、离境时间，都一目了然。他们很难想象这是一个初次接手外事工作的团队做出来的。除了国际评委和参赛导演，动画节组委会还要安置好来自各个国家的代表团。在所有代表团中，日本代表团的人数最多，为方便统一接待，他们都入住了新锦江饭店。国内的不少艺术院校、团体也派人来观摩，他们的住宿主要被安排在上海音乐学院招待所，由组委会预订的大巴每天按时接送。

动画节期间，美影厂的许多业务骨干也加入了组委会，强小柏、胡依红负责终审评委工作组的各类事务性工作，摄影师楼英、朱毓平负责新闻图片的拍摄，文学组的贡建英则带领着一个小组每天按时编印新闻简报。来自加拿大的特邀嘉宾戈登·马丁（Gordon Martin）自荐加入新闻组，义务参与了新闻稿英译文的修改、校译工作。据简报编辑小组的朱淑琴回忆，他们密切地注视着整个动画节期间的最新动态，每天都会迅速地将采集到的信息、图片汇总，及时递送到与会来宾的手中。组委会还招募了很多外语水平较高的大学生志愿者，负责不同语种的接待工作。

可以想见，这样一场举国体制下的动画盛会，能够带给国际友人多少前所未有的体验。面对自己的宿处，来自加拿大的动画导演戴夫·思拉舍（Dave Thrasher）有些受宠若惊："天啊，我把自己关在一间又小又脏又闷的小阁楼里，像苦行僧似的干了几个月，现在你们把我'捉'到一个富丽堂皇的宫殿里……我发觉我紧张得不知自己是谁了。"此外，由市政府专门安排警力负责会场安保的阵势，也是很多外国动画人没有见过的。国际评委、参赛导演和嘉宾们都表示，这趟上海之行大大地改变了他们对于中国的认知。

要说第一届上海国际动画电影节的组织工作有什么大的遗憾，那就是没有一个固定的放映场所。金国平说："住宿是在锦江，看片是在国泰电影院和（延安中路上的）儿童艺术剧场，从酒店到会场要步行六七分钟到二十分钟不等。"然而这已经是他们在电影局的支持下能争取到的最好条件了。

第一届上海国际动画电影节的初选评委共有五位，分别是来自美国的大卫·艾力克，来自日本的铃木伸一，来自瑞士的乔治·史威兹贝尔（Georges Schwizgebel）和中国的钱运达、张松林。

第一届上海国际动画电影节初审评委，左起：乔治·史威兹贝尔、钱运达、张松林、大卫·艾力克、铃木伸一。图片来源：《88'上海国际动画电影节会刊》

三位外国评委都和中国有着不解之缘。

初选评委会主席大卫·艾力克时任ASIFA理事，是一位独立动画家。艾力克的经历在体制内的中国动画人看来多少有点不可思议，他获得过哥伦比亚大学电影学艺术硕士、加利福尼亚大学戏剧艺术硕士和康奈尔大学国际政治关系学学士，还在印度学习过音乐和雕塑。其动画生涯开始于1975年，作品多是极为先锋的抽象动画和全息动画。他的生活非常随性，每年里有半年时间在大学教书，剩余半年时间一边种菜耕地，一边进行动画创作。1982年，艾力克和阿达相识于萨格勒布，两人一见如故，成为挚友。此后，艾力克邀请阿达共同组织了国际儿童动画工作坊，并且邀请中国、瑞士、波兰的动画家合作《学院变体立达》（*Academy Leader Variations*），斩获了戛纳国际电影节评委会动画短片大奖。为实现阿达的遗愿，艾力克在参与上海国际动画电影节筹备工作之余，还组建了一个儿童动画工作室，带领着中国的小朋友创作了一部动画短片。

和许多日本动画人一样，铃木伸一也是一位漫画、动画双栖艺术家。他在很小的时候就看过万氏兄弟导演的动画长片《铁扇公主》，并且和家人在中国东北的鞍山生活过五年，直到日本战败后才随父母返回日本。他从十几岁开始创作漫画，还从事过商业广告设计。1955年，他成为第四个入驻日本漫画史上的"圣地"常盘庄的漫画家。后来，他与藤本弘（笔名藤子·F·不二雄）、安孙子素雄（笔名藤子不二雄A）、石森章太郎、角田次朗等创立了动画工作室。《哆啦A梦》迷对于铃木的二次元形象应该不陌生——不论是漫画原作还是动画版中，都有一位酷爱吃拉面的"黄金龙套"小池先生，这个角色就是以铃木为原型的。1980年11月，以手冢治虫为首的代表团访问上海美影厂，铃木伸一也在其中，此后他们便和中国动画人结下了深厚的友谊。

乔治·史威兹贝尔毕业于日内瓦装饰艺术专科学校和装饰艺术学院，早年从事广告设计。1971年，他与友人合作创建GDS工作室，从此专注于个人动画短片创作。史威兹贝尔的大多数作品都是非叙事性的，影片画面常常兼具流动感和音乐性。他擅长使用丙烯、水粉颜料在赛璐璐片或玻璃上直接逐帧作画，创作一部不足十分钟的影片大概需要花费两年时间。《伊卡洛斯之翼》（*Le vol d'Icare*）、《透视画法》（*Perspectives*）、《越位》（*Hors-jeu*，又译作《犯规》）、《78转》（*78 Tours*）等优秀作品接连推出，使他很快蜚声国际动画界。同样是因为阿达，史威兹贝尔对中国心生向往。1983年，史威兹贝尔持奖学金前往复旦大学学习中国古典文学。留学期间，他有了中文名字"史梁"，还邂逅真爱，成为一名中国女婿。

初选评委中的两位中国动画家同样成就非凡。

钱运达是新中国首位动画专业留学生。1954年，他作为公派留学生前往捷克布拉格工艺美术学院动画电影专业就读，1960年入职上海美影厂。他是美影厂为数不多的跨片种（手绘动画片、剪纸片）导演，代表作中既有《丝腰带》《红军桥》《张飞审瓜》《女娲补天》等个性十足的短片，也有开中国现实主义写实风格动画先河的《草原英雄小姐妹》，还有《天书奇谭》《邋遢大王奇遇记》这样娱乐性十足的长片和剧集。

1950年，十八岁的张松林怀着对动画艺术的热情从苏州美术专科学校肄业，加入上海电影制片厂美术片组，从最基础的技术工种一直做到动画设计、导演、编剧。1959年到1962年，张松林担任上海电影专科学校动画系副主任兼专业教师，参与培养了一大批优秀的学生，著名的《没头脑和不高兴》就是他作为导演带领1962届毕业生完成的毕业创作。之后，他还担任过上海美影厂文学组的负责人，参与了《半夜鸡叫》等文学作品的动画剧本改编工作。

1988年8月22日至31日，初选评审工作如期展开。据金国平回忆，"工作氛围很好，前后用了差不多一个星期，将近三百部影片每一部都看。不像现在有些电影节，可能很草率地过一下就算了，当时我们的初审评委基本上把每部片子都看了。除非哪个片子看了一半，五个评委都说这个不需要再往下看了，才会中断"。

然而究竟有多少部影片报名参加了第一届上海国际动画电影节，一直众说纷纭。同样是官方公布的数据，大卫·艾力克的新闻发言、《88'上海国际动画电影节会刊》及《中国电影年鉴》中收录的相关文章采用的是"来自二十六个国家的二百八十六部影片"，而组委会于1988年8月10日发布的新闻公报以及《解放日报》等媒体发布的报道、《92'上海国际动画电影节会刊》（第一届动画节回顾页面）和《上海电影志》采用的是"来自三十个国家的三百八十六部影片"。此外，传抄中出现的各种讹误更是不胜枚举。

根据章程规定，参赛的影片必须是1986年1月1日以后完成的片长三十分钟以内的影片，评委会把参赛片分为六个组。A组为放映时长五分钟以内的影片，B组为放映时长五分钟至十五分钟的影片，C组为放映时长十五分钟至三十分钟的影片，D组为导演处女作，E组为儿童类影片，F组为教育类影片。

谈到评选过程，大卫·艾力克说道："人们期望得到来自评委们的不同意见，因为他们的文化和政治背景各不相同。但奇妙的是在计算选票时，委员对上映的一些影片发表了几乎是一致的观点，特别是在影片的想象力、完美性和精湛的技术以及思想力度方面。"

评委们最终选出了二十个国家的五十二部影片作为竞赛片，又将来自十六个国家的二十六部影片定为赛外放映片。其中进入竞赛单元的中国影片共有八部，分别是上海美影厂的《不射之射》《螳螂捕蝉》《补票》《山水情》《选美记》《新装的门铃》《鱼盘》，以及来自长春电影制片厂的《蜗牛飞上天》。而被选入展映单元的两部中国影片《强者上钩》《安宁》悉数来自上海美影厂。

据组委会的新闻公报显示，报名参赛的影片中有百分之二十曾在其他国际赛事上获奖，其中包括连续斩获昂西、奥斯卡、广岛等多个赛事奖项的加拿大影片《种树人》（*L'homme qui plantait des arbres*，又译作《种树的牧羊人》《栽树人》）。按照国际惯例，凡在国际电影节、动画节上获奖的作品，不能再次入选同洲际赛事的竞赛单元，于是《种树人》与曾在广岛一同获奖的《草人》《超级肥皂》等影片列入第二届广岛国际动画电影节部分获奖影片展映单元。

对于组委会的工作效率和执行力，大卫·艾力克持高度赞赏："这个非常专业化的组织在评选结束后，马上与制片厂和电影厂取得联系。从来也没发生过（这里我说的是许多其他电影节出现过的）一些不愉快的经历，从来也没有。一个电影节工作组如此快地在评选后的几天之内发出了他们的邀请信，而通常这工作需要两到四星期，有的甚至需要六到八星期。"

1988年11月10日，第一届上海国际动画电影节正式开幕。来自二十多个国家的一百八十余位动画从业者齐聚沪上，当时刚接任上海市委宣传部部长的陈至立也来参加了开幕式，广播电影电视部副部长陈昊苏则专程从北京前往上海参加开幕式、闭幕式和一系列重要活动。

开幕式上，十余位身着白色连衣裙的翩翩少女登台演唱了金复载作曲的动画节主题歌："你的画笔流淌着我的欢乐，我的线条闪耀着你的追求；你的色彩美丽我的幻想，我的画面飞起了你的歌声，Animation!Animation! 创造一个童话世界，Animation!Animation! 创造一个未来的世界，友谊伴随着和平……"

在动画节开幕式上演唱主题歌，那时国际上还没有先例。金国平说："其他国际电影节的开幕式几乎是没有什么演出的，我们也不想搞得太花哨，但是想有所创新，就排了这么一个小节目。这个歌一唱，开幕式的气氛就上来了。日本朋友还跟我说这个歌很好，他们对我们的开幕式也表示了赞赏。我们的指导思想就是要尽可能跟国际接轨，一面学习人家的先进经验，一方面在章程上尽可能比他们做得更简练。"

在为期五天的动画节上，儿童艺术剧场和国泰电影院除了上映五十二部参赛片和二十六部赛外放映片，还举行了"1987年广岛国际动画电影节获奖作品选""美国独立制片人作品选""加拿大国家电影局历年名作选""国际评委代表作品选""上海美术电影制片厂作品选""南斯拉夫萨格勒布动画电影回顾展"等多个专题展映活动。正如张松林所说："如果说我国动画片已经走向世界，那么世界动画片以其完整的形象走向我国，这恐怕还是第一次。"而当时中国观众欣赏到的许多最新力作，后来都成为不朽经典。

费德里克·巴克（Frédéric Back）导演的《种树人》改编自法国作家让·季奥诺（Jean Giono）的同名小说，讲述一位与俗世隔绝的牧羊人通过坚持不懈地植树，将一片荒芜死寂之地改造为世外桃源的故事。这部三十分钟的影片是右眼失明的巴克花五年时间创作的，其中百分之八十的关键张和中间张画面都由他亲笔完成。在美术上，《种树人》吸收了包括印象派在内的多种流派风格，运用蜡笔和彩铅绘制。

《种树人》影片画面。

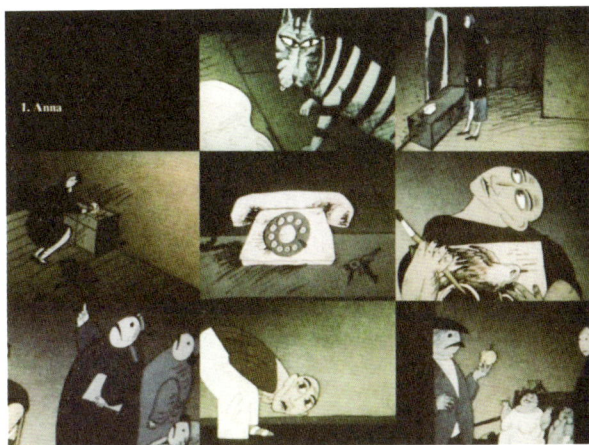

《草地上的早餐》第一章节画面。

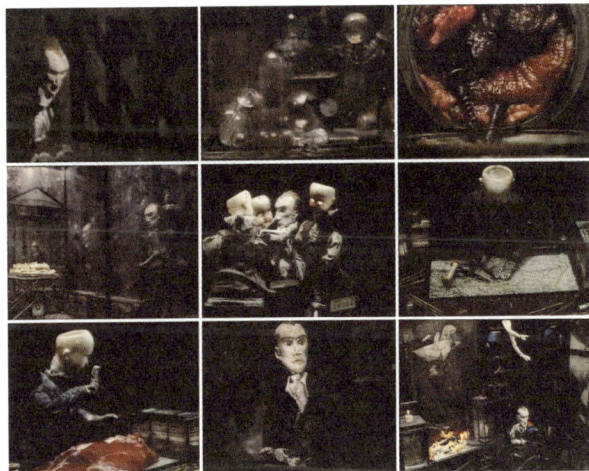

《鳄鱼街》影片画面。

《独轮车的梦》海报。

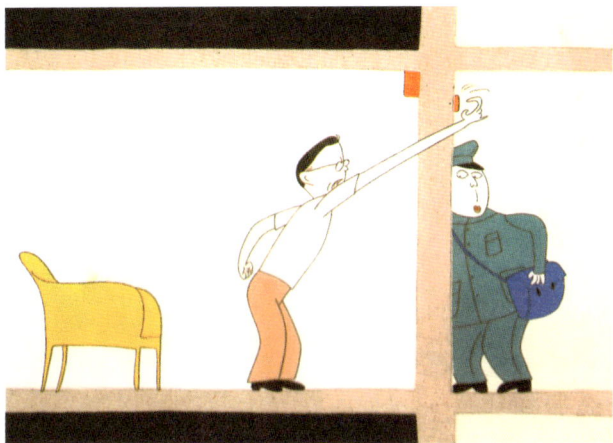

《新装的门铃》人景合成画面。空藏动漫资料馆供图

《不射之射》影片画面。

《螳螂捕蝉》人景合成画面。空藏动漫资料馆供图

《山水情》剧照。段孝萱供图

在镜头处理方面，大量使用多层画面、多角度叠加的技巧，"使影片的视觉效果始终处在缓慢的流动感之中，这既应和了风沙中的景物特征，也加强了在细微的陈述中逐渐沉淀的力量感"。这种画面表现力曾是宫崎骏极度想要追求的，却囿于赛璐璐动画的局限性未能实现，而当他看到《种树人》时，当即大加赞赏，称该片在影像上"堪称旷世之作"。更令宫崎骏感动的是，在这个人人为未来惶恐不安的时代，还能看到像片中主人公那样坚定、淡然、享受孤独的人。凭借《种树人》，巴克赢得了自己的第二个奥斯卡奖和其他三十多项国际奖。

《草地上的早餐》是皮特·帕恩在爱沙尼亚正式脱离苏联前执导的作品，因为主题具有极强的讽喻性，这部作品经历了四年的审查。又因其表现手法较为抽象、晦涩，画面风格粗犷，使得欣赏、理解这部影片的门槛高了一些。《草地上的早餐》分为几个独立而又有着内在勾连的章节，分别讲述安娜在物资匮乏、贫困潦倒的境遇中舍弃尊严，乔治在资产阶级物质生活破碎后徒劳挣扎，伯特在孩子出生后丧失自我，爱德华在政坛失势后通过灰色渠道谋得公园管理职位的故事。随后，四位主人公进入了具有象征意味的公园纵情声色，画面定格，爱德华·马奈（Édouard Manet）的名画《草地上的午餐》（Le déjeuner sur l'herbe）浮现出来。而见证这一切的一名画家，在影片的末尾失去了右手。《草地上的早餐》可以说是皮特·帕恩的转型之作，他此后的作品大都具有强烈的现实批判性。爱尼玛·穆迪（Anima Mundi）说："他的作品之所以独特，不仅在于曾经的社会主义形态和冷战中社会问题的揭示，也在于它所处的环境让他有不同的视角去思考我们的世界。"

《鳄鱼街》改编自波兰籍犹太裔作家布鲁诺·舒尔茨（Bruno Schulz）的同名短篇小说，导演是一对孪生兄弟狄莫瑞·奎（Timothy Quay）和史蒂芬·奎（Stephen Quay）。很多观众在初看《鳄鱼街》时会感到十分费解，甚至产生生理上的不适感。一个男人冲着一台放映机镜头吐了口唾沫，随着唾沫的下行，观众的视线被引入破旧的机械内部，又进入一个斑驳污秽的地下世界。接着，螺丝钉从金属构件里自动旋转而出，怀表的外壳突然打开并露出里面的鲜肉，一个想要穿越封闭空间的木偶被一群废弃的维多利亚式玩偶进行肢解……整部影片笼罩着一层颓废、阴郁、令人悚然的气氛。对于这个"透过肮脏的玻璃看到的世界"，奎氏兄弟很少去做解释，他们欢迎观众进行各种解读。阅片无数的动画家史蒂芬·卡瓦利耶（Stephen Cavalier）也看得不明所以："影片的极度晦涩意味着你很难分辨出本片究竟有多少成分是在像 MV 一样进行单纯的风格练习和致敬，又或是像史云梅耶（Jan Švankmajer，捷克动画名家）的作品那样是在尝试传达一些思想及黑色幽默。"尽管如此，卡瓦利耶依旧认为《鳄鱼街》是一部"氛围浓重、令人难忘的佳作"。

入围竞赛单元的影片中有一部令人耳目一新的三维电

脑动画短片，正是来自美国皮克斯动画工作室的《独轮车的梦》，导演约翰·拉塞特。该片情节很简单，一辆怀揣明星梦的独轮车在一个雨夜里做的美梦，以及伤感的梦醒时分。令人叫绝的地方在于，片中鲜活的角色动画全部是使用三维数字技术制作的。在此之前，已经有电影人和动画人尝试过三维动画技术的开发和使用，但制作纯三维数字角色动画的历史，还要从皮克斯说起。在时任美影厂副厂长常光希的记忆中，第一次前来上海参加动画节的拉塞特还是一个瘦小精干的年轻人，言谈举止中透着腼腆和局促。除了已经参赛的《独轮车的梦》，拉塞特还为在场的同行们放映了著名的《顽皮跳跳灯》（*Luxo Jr.*）。当时，大多数人都以为三维电脑动画技术不过是为动画家族开辟了一个新的园地，丝毫没有觉得这种技术会挑战二维手绘动画的主流地位，更不会想到拉塞特和他的团队用不到十年的时间就在动画界掀起了一场革命。

海外佳片令人目眩神迷，几部入围竞赛单元的中国动画片也备受瞩目。这些作品在结构、形式和手法方面的探索，既保持了上海美影厂一贯的民族化创作传统，也在很大程度上对国际上的"现代动画艺术语言"做出了响应。

《新装的门铃》由周锐编剧，阿达、马克宣合作导演。影片中，主人公家里刚刚装上门铃，他迫不及待地希望来客将门铃按响，可一拨又一拨的客人都忽视了门铃的存在，只是一味地敲门。经过几番心理角力，大失所望的主人公瘫坐在椅子上。在动画艺术语言的兼收并蓄和开拓求新方面，阿达一直是中国动画人中的先行者，在这部作品里，他将蒙德里安的平面分割构成融进影片的视觉造型中，进而把一个"楼层横断面"设置为故事发生的舞台，通过开放的情节、荒诞的情境、别出心裁的间离效果，"把笔触指向人们的内在心理活动"。

方润南从创作《瓷娃娃》开始，就尝试着将景德镇陶瓷工艺与动画艺术语言相结合，而《鱼盘》正是对这一探索的延续——影片中青花鱼的动作全是逐张绘画后烧制在瓷盘上的。素雅的青花瓷盘、古朴的青铜鸟、精致的博山炉，以及象征着中国古典哲学的阴阳鱼，在导演的巧妙构思下展开了关于"人与自然"的对话。

胡进庆在完成中国首部剪纸动画连续剧《葫芦兄弟》后，又为动画节专门制作了《斗鸡》《螳螂捕蝉》《追鼠》《强者上钩》等多部剪纸动画小品。一如他此前的多部短片代表作，这几部小品同样着意于形式趣味和材料工艺的探索。博采广收的美术风格，细腻的水墨拉毛剪纸工艺，灵动的角色表演，是胡进庆艺术短片的三件法宝。

《不射之射》讲的是纪昌拜名射手飞卫为师学习射箭的故事，意在表现《列子》中"至为为不为，至言为无言，至射为不射，不射之射"的哲学思想。这部作品可以说是中日文化艺术交流的沉淀物。影片情节改编自日本作家中岛敦的《名人传》，《名人传》又取材于中国的典籍和传说，而该片编剧、导演川本喜八郎曾经师从的持永只仁，同样是新中国动画事业的导师之一。1987年，川本受美影厂的力邀与中方合作制片，川本负责编导和人物造型设计，美工制作、动作拍摄、配乐以及后期全部在中国完成，这种有趣的合作模式使《不射之射》具有独特的魅力。

由王树忱编剧，特伟、阎善春、马克宣导演的《山水情》，是上海美影厂推出的第四部胶片水墨动画片，讲述一位少年在老琴师的指引下，从听琴、试琴、学琴到出师的故事，意在表现造化与心神的互动。摄制组邀请了新浙派画家吴山明、卓鹤君担任美术设计，作曲金复载则邀请了古琴名家龚一来演奏琴曲。动画设计师们也按照导演的要求，尽可能"以写意的手法展现中国传统表演艺术特有的从容不迫、稳健含蓄的审美情趣"。2006年6月，法国昂西国际动画电影节评选出了"动画的世纪·100部作品"榜单，《山水情》是唯一入选的中国动画片，足以证明国外同行对《山水情》美学意趣的高度赞赏。

金柏松时任美影厂理论研究室负责人，他对当初的观影体验做过总结。在他看来，以苏联为代表的社会主义国家的影片，多"思想性较强，注重影片的社会功能"；美国、西欧的影片则更多倾向于表现形式的开拓；而中国的大部分影片力求体现传统的东方民族形式，"带着自信，带着对千年文化的留恋"。

如果说动画从业者已经对这场艺术洪流有所预期，那么其他文艺领域的人士和普通观众则毫无防备地感受到了猛烈冲击。评论家成谷说："人家在无限开阔的领域里，从文学艺术的角度，探索与寻找动画电影应有的位置。他们的思想与手脚，是彻底放开，充分自由的。艺术家们用实践回答：凡文学艺术所能表达的，动画影片基本上都能如实地反映、涉及和表现……"

顾晓鸣则直接以《动画片不都是拍给儿童看的》为题，分享了自己的观影感受："半是观看学术性故事片的感觉，半是欣赏抽象派绘画的味道，真是与平常看到的儿童动画片大相径庭，别有一番异趣。静下心来，扬弃其情节因素，脑海中凸显的却是独特的个性、独特的视角、独特的制作……"他称动画语言为"极有发展前途的特殊的艺术语言"，并且将这次动画节视为一个"预兆"："表明我国成人动画片的创作和鉴赏将会出现一个新的转机。"

在人们的普遍观念中，动画片是"小儿科"，成人是极少愿意掏钱去电影院看动画专场的，但上海国际动画电影节的放映会场却出现了少有的盛况。靠着口口相传，"非同一般"的动画艺术片撩拨起了人们的好奇心，这些"冷门"佳作的票房价值也逐日上升，参赛片放映场次甚至出现了一票难求的情况。11月13日晚，儿艺剧场举行最后一次参赛片放映，观众们提前十五分钟就挤进了影院，楼上楼下的空位几乎都被占满，以至于作为贵宾到场的动画泰斗万籁鸣难觅"一席之地"。

一些往常很少看动画片的观众给出了积极的反馈："刚才看了一些动画片，使我有信心断言，以后我会是一个动画片爱好者的。因为刚才我看到的几部动画片实在太精彩了。这些动画片的美术风格都各有特色，表现形式比现实生活夸张，但又有现实依据，最重要的还是这类动画片富有哲理性，对现实生活有启迪意义……我期望着在第二届上海国际动画电影节上能看到中国也有这一类的优秀动画片问世，这样动画片在中国将会有更多的观众。"

但对于大部分普通观众来说，这场艺术洪流来得还是有些突然，于是不可避免地引发了各种尴尬。时任ASIFA秘书长的尼柯尔·沙乐蒙（Nicole Salomon）便向组委会反映道："中国儿童真是活泼可爱，来参加电影节的外国客人的相机中留下了他们的千姿百态。可是当你正聚精会神地想给参赛影片打分的当口，背后孩子们的叽喳声却会使你走神，尤其是当他们的父母也想加入讨论时，台下的戏就比台上的戏更热闹了。既然有些影片学龄前儿童理解起来怕有些困难，所以组委会是否能考虑谢绝幼童入场。"

组委会对上述意见表示虚心接受，但他们也有苦衷。金国平说："因为当时社会上普遍认为动画片就是给小孩看的，而我们又要对外售票，将近几百个位子的大剧场要尽可能坐满，主要就是靠大人带着孩子来。但是那些作品中真正适合儿童看的片子很少，这在当时也是很难办的事。在影片初评的时候我们也考虑到了类似的问题。比如一些北欧的片子是表现性内容的，它也不是色情，有的是讲性教育的，有的是会出现性器官的。当时我们是第一次搞这样的国际电影节，出于各方面的考虑，评委们也觉得这类作品不太合适参赛，有些类似的作品在初评的时候就pass掉了。"

看来，中国成人动画片的传播和鉴赏道阻且长。

数十万上海观众享受这场饕餮盛宴的同时，上海国际动画电影节竞赛片的终评工作也展开了。

五位终审评委分别是英国的约翰·哈拉斯，日本的手冢治虫，加拿大的科·霍尔德曼（Co Hoedeman），南斯拉夫的兹拉特科·帕夫林尼克（Zlatko Pavlinić）和中国的靳夕。

终审评委会主席约翰·哈拉斯是英国动画史上举足轻重的人物，也是ASIFA的发起人之一。他出生于匈牙利，曾在布达佩斯、巴黎、伦敦等地从事包括动画在内的各种艺术工作。1940年，他与妻子乔伊·巴契拉（Joy Batchelor）创建了哈拉斯&巴契拉工作室，除了为英国政府制作动画宣传片，还致力于现代主义动画的实验性创作。1954年，他们导演了英国第一部动画剧情长片《动物农场》（*Animal Farm*），此后还创作过不少商业动画剧集，并且是世界上最早尝试三维电脑动画技术的艺术家之一。早在1946年左右，哈拉斯就接触到了中国动画先驱万氏兄弟的作品，但真正得以全面了解中国动画的发展情况，则是通过1980年代的各个国际电影节。在1986年10月举办的加拿大汉密尔顿国际电影节上，他亲手将"特别荣誉奖"授予上海美影厂。

手冢治虫不光是日本战后漫画、动画产业的开拓者，也是一位钟情于短片创作的艺术家。早在动画剧集《铁臂阿童木》问世前，他的虫制作公司就推出了第一部实验动画片《某个街角的故事》（ある街角の物語）。他在1984年导演的短片《跳》（ジャンピング）先后摘获萨格勒布、广岛两大动画电影节奖项。因为儿时钟情于万氏兄弟的《铁扇公主》，手冢对中国一直抱有特别的情愫，自1980年首次访华后，便经常奔走于日中之间，积极地推动两国动画业界的交流。到1988年，手冢已经被胃癌折磨得瘦骨嶙峋，但他依旧拖着病体赶赴上海参加动画节，还带来一个精干的工作班子。据强小柏回忆，手冢来到上海以后保持着高强度、高效率的工作状态，除了参加动画节的评审及相关活动，还要兼顾日本国内的漫画连载及诸多业务。每天的评审工作还没结束，手冢工作组的成员就已经早早地候在会场门外了。此次上海之行也是手冢最后一次参加国际活动，最后一次与心目中敬仰的前辈万氏兄弟会面。

科·霍尔德曼出生于荷兰阿姆斯特丹，早年做过图片排版工，参加过电影特技制作，后来前往摄影学校进修深造。1965年移民加拿大后，霍尔德曼进入加拿大国家电影局从事动画创作。1970年后，他专注于定格动画的研究，并且将玩具积木、沙子、泡沫橡胶、电线等形态各异的材料应用于创作，不断地开发定格动画的艺术表现力。截至1980年代

第一届上海国际动画电影节的五位终审评委在开幕式上。左起：
兹拉特科·帕夫林尼克、科·霍尔德曼、手冢治虫、靳夕、约翰·哈
拉斯。空藏动漫资料馆供图

1988年11月，手冢治虫（左）、严定宪（中）、金国平在锦江
饭店留影。金国平供图

末，他有十二部作品在各大国际电影节上获奖四十次，其中包括1978年获得奥斯卡最佳动画短片奖的《沙丘城堡》（*Le château de sable*）。动画节结束后，霍尔德曼还在上海留驻了一段时间，他希望有机会与中国的动画家展开合作，创作出一些能够突破中国偶动画传统表现手法的作品。

任职于萨格勒布电影公司的兹拉特科·帕夫林尼克是土生土长的萨格勒布人，电气工程专业出身，1960年代末开始创作动画。他的作品大多短小精悍，并且喜欢通过两性之间的矛盾冲突来传达生活哲理或黑色幽默。他导演的《好！》（*Okay!*）通常被列为萨格勒布动画学派的代表作之一，这部作品披着"荤段子"的外衣，实则反映的是"争论最终会使争论双方远离争论初衷"的道理。作为萨格勒布国际动画电影节成长史的见证者，帕林克对上海国际动画电影节这个后起之秀表示了肯定，尤其是对组委会的接待工作颇多赞誉，他开玩笑说生怕自己离开上海时体重暴涨。

此时，距离靳夕首次访问萨格勒布已经过去了八年，离《心音——美术片的独白》发表也过去了四年。越来越多的中国动画人拿起了理论武器，一大批严师和净友齐聚上海，许多家大型报纸、刊物开辟了版面专门报道和评介上海国际动画电影节，沪上两大影院连续五天放映世界各地最优秀的动画艺术片。而靳夕则以动画节终审评委的身份见证了这一切。此刻，他的内心应当是欣慰的。

在强小柏的记忆中，终审工作在约翰·哈拉斯熟练而又专业的带领下进行得十分有序。评委们依据六项标准——创造性和独特性、影片内容及视觉表现手法、艺术质量、动画技巧、制作技术、音乐和整体音响效果，最终评出动画电影节大奖一名、分组奖各两名以及评委会特别奖若干名。

评委们发现，随着文化交流和艺术观念的碰撞、嬗变，国际上的动画作品每隔一段时间就会呈现出新的发展趋势和面貌。哈拉斯总结道："从这次评奖中，我们也可以看到国际动画片趣味的演变，大概是五年一变。例如抽象主义影片的顶峰是在十五年以前，而这次我们又重新开始重视影片的故事性了。"

1988年11月14日，人们迎来了第一届上海国际动画电影节竞赛片评奖结果的揭晓时刻。获分组奖的影片如下：

A组：《鱼盘》（中国）、《我能看见什么》（*Co Oko Neuvidi*，捷克斯洛伐克）

B组：《乔治和罗斯玛丽》（*George And Rosemary*，加拿大）、《维克多·塔西》（*Vykrutasy*，苏联）

C组：《草地上的早餐》（苏联）、《战争》（*War*，苏联）

D组：《令人满意的桌子》（*Tables Of Content*，加拿大）、《天堂里的陌生人》（*Strangers In Paradise*，英国）

E组：《与小吉尔在一起干什么》（*What To Do With Little Jill*，挪威）、《猫回家》（*The Cat Came Back*，加拿大）

F组：《正在死亡的枫树》（*The Green Weeks The Dying*

Maple Tree，加拿大）、《螳螂捕蝉》（中国）

获特别奖的影片有《独轮车的梦》（美国）、《不射之射》（中国）

获评委会特别证书的有《新装的门铃》（中国）、《AB OVO》（匈牙利）、《拉·卢恩》（*La Lure*，澳大利亚）、《马丁柯》（*Martinko*，苏联）

最受瞩目的动画电影节大奖由上海美影厂倾力打造的水墨动画片《山水情》斩获。《山水情》的艺术品质是有目共睹的，可这毕竟是在自己家门口夺魁，难免遭几句闲话。在记者招待会上，有人就直愣愣地向国际评委发问："中国动画片获得大奖，是不是因为这届电影节在中国举办？"

面对这个略带挑衅意味的问题，约翰·哈拉斯从容作

约翰·哈拉斯为《山水情》导演颁发动画电影节大奖，楼英摄。左起：特伟、约翰·哈拉斯、阎善春、马克宣。

图片来源：《人民画报》1989 年第六期

答："这次中国影片《山水情》得了电影节大奖，不是哪一个评委的个人意见，而是全体评委的一致看法。每个评委都给这部影片打出了满分或接近满分。我们都为中国的审美趣味获得全球性的价值而感到高兴。这次《山水情》一片的得奖，是因为它的优美的艺术风格，娴熟的动画制作技巧同和谐的音乐形象。"

对于中国动画片呈现出的总体特色，哈拉斯有着精到的评价："中国动画片擅长开掘自然界中某些为一般人所不易察觉的关系……这些探索不仅能陶冶儿童心灵，而且对生活在现代社会中与大自然隔膜的成人也不无启示。中国书画六千年的历史更是为动画电影中线条的运用提供了无限可能性。"同时，他也对中国动画的社会效益给予了肯定："中国人口众多，动画电影在对人民进行教育、激发人民的生活热情方面必将起到越来越大的作用。"

但是，鲜花和赞誉并没有冲昏中国动画人的头脑。

动画节结束后，上海美影厂、中国动画学会和上海电影艺术研究所举行了动画艺术研讨会，针对此次动画节所带来的观念冲击进行"积极的反思"。有人用"喜忧参半"来总结所思所感："所喜的自然是此次电影节的极大成功和中国片获得殊荣……所忧者，就是我们已经取得的成就和形成的风格，如果把它凝固起来，就会僵死……如果我们安居于一个密闭的圆圈之中，而不去突破它，就不能继续发展。应当看到自己的不足和弱点，看到别人的优势和长处。"

关于"美术电影时代"中国动画的局限，许多业内外的专家、学者从1980年代初期就开始总结和反思了，而上海国际动画电影节的举办，无疑将这一系列讨论推向了高潮。这些观点可大致提炼为五个方面：

一、受众过于局限。对于"动画片的主要服务对象是少年儿童"这一点，大多数人都没有异议，但是将"动画片等同于儿童片"，将其教育功能理解得较为片面，在一定程度上束缚了中国动画的发展。虽然以特伟为代表的动画家提出了"老少咸宜，雅俗共赏"的主张，并且创作了少量专供成人鉴赏的艺术短片，但是能够达到《牧笛》《三个和尚》如此高度的作品并不多。

二、题材过于单一。现代的、现实主义的、科学幻想的和具有现代意识的题材少，这与中国当时的经济发展水平、历史条件以及创作人员的知识结构、视野格局、创作惯性都有关系。

三、部分作品单纯强调美术风格，而忽视了总体构思和动画语言，"美术思维大大胜于动画电影思维"，对于综合视听技巧的学习、掌握和探索不够。尤其在音画关系的处理方面，声音往往从属于画面，音响的效能未被充分发掘。

四、部分作品立意薄弱，主题重复，缺乏创作者的独立思考和个性化表达。在对传统神话、寓言、典故进行改编时，多停留在还原原作主题上，或将其做概念化处理，而缺乏深入的、具有时代意识和现实针对性的改造与开掘。尹岩认为，不少中国动画的立意"仍是童稚真理的翻版，表层善恶的劝诫"，在观念上较为保守、滞后。为此他援引了约翰·哈拉斯的话来说明传统动画与现代动画的区别："传统动画在描写人物时经常脱离生活，今天的艺术家则相反，他们极力试图表现挖掘人类丰富而复杂的潜力并展现其真正的性格……总之，全世界艺术家已经蔑视、抗拒线性结构，但愿他们不再去翻版童话，而是面对现实问题。"

五、在叙述方法上，习惯于平铺直叙。"主题先行而直露，意念大于故事和情节，由大及大，面面俱到，有头有尾。"而国外的动画片在成谷看来，"善于以小见大，'攻其一点，不及其余'，深刻的见解，藏于巧妙的构思，有趣的画面之中，让人感知、联想、回味与思索。"

遍览当时的评论，处处充溢着"爱之深责之切"的情绪，有些意见不免显得偏激，甚至有矫枉过正之嫌。但动画人面对这些刺耳的意见，显得十分宽容。因为他们内心也渴望着蜕变，期待着两年后以更新的面貌与国际友人相约上海。

可惜的是，事情没有按照人们希望的那样发展。

乍暖还寒时

按照ASIFA的章程，经协会认证的国际动画节必须每两年举办一次。1990年的冬天说到就到了，但第二届上海国际动画电影节并没有如期而至。

1989年3月，上海美影厂的领导班子换届，周克勤任厂长，常光希、陈锡强任副厂长。新一届领导班子要着手解决的行政事务非常繁杂，动画节组委会的工作也要进行交接，而美影厂此时面临的形势非常严峻，甚至可以说碰到了前所未有的危机。

那时，国营企业和事业单位都面临着经济体制改革带来的种种挑战，原本只需按照文化部要求限量生产，依赖中影公司统购统销，再用收购资金和微薄利润维持运营的美影厂，必须开始考虑经济效益。据严定宪透露，他在1984年接任厂长时，上层领导就已经放出了风——接下来的几年是过渡期，美影厂要做好迎接市场化运营的准备。与此同时，民间也呼吁美影厂改变原有的创作观念和生产模式，积极面对市场需求。美影厂别无选择。

1984年以后，美影厂开始集中力量制作原创的商业动画片，承接对外加工片、合作片，通过拥抱市场来探索可持续发展之路。同时改革薪酬制度，刺激生产人员的积极性，尽可能革除大锅饭时代生产效率低下的弊病。几年下来，种种革新手段取得了一定的成效，但外部的形势瞬息万变，商品经济的洪流汹涌无比，他们很快就顶不住了。

那时的美影厂已经不再是"一家独大"，全国各地尤其东南沿海一带成立了数家外资或中外合资的大型动画企业，以承接外国加工片为主要业务。对于正值壮年的动画人来

八十年代的上海美影厂开发部广告。

图片来源：《中国美术电影》画册

说，那里无疑有着更大的施展空间，能获得更优厚的待遇。从1986年至1990年，先后有一百多位不同岗位的美影人离职南下，以动画设计人员最甚。美影厂的人才结构出现断层，工作效率受到严重影响。再加上制片成本、各种物耗和税金逐年提高，影片发行渠道与分配上充满了各种限制，美影厂的经济效益严重受挫，创作队伍也失去了从前的凝聚力。

就在举办第一届上海国际动画电影节的同年，美影厂的年利润从前一年的一百四十万元猛跌至四十八万元，并有史以来第一次未能完成文化部下达的计划片生产指标。集中人力、物力、财力赶制动画节参赛短片，也作为拖了后腿的"罪名"，被写进《上海市电影局一九八八年工作总结》中。

被中国动画人引以为傲的象牙塔风雨飘摇，举办国际动画节的事只好延期。艺术至上的时代看来是一去不返了，美影厂这座曾经的"动画艺术研究所"注定要向现代文化企业转型，但坚守在美影的艺术家们不忍心让动画艺术片的创作就此中断。在他们看来，艺术片的创作是当仁不让的重任，舍弃了艺术片就是舍弃了前辈、同仁苦心构筑的阵地，也等于舍弃了美影厂在全国乃至全世界动画艺术领域的优势。

于是，美影厂推出了"以商养艺"的方针，一面深化体制内部的改革，发掘和培养青年人才，积极开发商业项目；一面投入财力创作少量的艺术短片，继续鼓励艺术形式和手法上的创新。

乍起的风波稍作平息后，第二届上海国际动画电影节的筹备、审批工作得以继续推进。1991年3月27日，广播电影电视部复函上海市电影局并抄送美影厂：经国务院批准，同意1992年12月在上海举办第二届上海国际动画电影节。函文中还指出，今后上海国际动画电影节将每三年举办一次。

从1989年至1991年，美影厂将主要的精力放在动画连续剧和系列片的制作上，并且引进国外商业动画剧集的生产模式，使尽浑身解数提高产量。八〇后和九〇后观众耳熟能详的《舒克和贝塔》《大盗贼》《葫芦小金刚》《魔方大厦》，都是这一时期的代表作，相比之下，能拿得出手的动画艺术短片少之又少。

第二届上海国际动画电影节已经决定举办，美影厂作为东道主总不能空着手参加，拿上海市电影局领导的话来说："我们准备好了炮仗，不能光让别人点。"——在接受笔者采访时，常光希、强小柏都提到了这句俏皮话。

中国的动画艺术家当然更不甘心，他们摩拳擦掌，将酝酿已久的题材和别出心裁的手法付诸实践。

1992年，美影厂选送的动画短片中有六部入围第二届上海国际动画电影节竞赛单元。这六部作品分别是钱运达导演的《OK》，胡进庆导演的《猫与鼠》，阎善春、姚光华导演的《漠风》，马克宣导演的《十二个蚊子和五个人》，胡依红导演的《莲花公主》，邹勤导演的《鹿和牛》。乍一看，这些作品不像美影厂从前的获奖影片那样恢宏大气或华贵精致，叙事性也被不同程度地削弱了，但如果暂时放下对于"美影制造"的固有期待，带着发展的眼光来打开这几部作品，观众们十有八九会被惊艳到。

1990年代初，西风东渐日甚一日，语言文化的碰撞首当其冲，"OK"作为最基本的国际通用语，也开始成为中国人的口头禅。这些转洋词儿的"新新人类"难免招来"保守派"的反感，目光犀利的动画人自然不会错过这个绝佳

《OK》人景合成画面。空藏动漫资料馆供图

《猫与鼠》人景合成画面。空藏动漫资料馆供图

《漠风》影片画面。

《十二个蚊子和五个人》人景合成画面。空藏动漫资料馆供图

《莲花公主》剧照。空藏动漫资料馆供图

《鹿和牛》剧照。空藏动漫资料馆供图

的题材，胡进庆、钱运达便合作编写了剪纸动画片《OK》的剧本。影片的主角是一只学舌鹦鹉，终日里不分场合大叫"OK"，在生日、婚宴上为主人讨了口彩后万分得意，可终究因为在葬礼上故伎重演而被主人打翻。主创们感觉一味揶揄似乎格局太小，又将主题做了个升华："如果面对这些外来的一切，人们也如这只鹦鹉一般的只会一味大叫'OK'，对美的、丑的没有分析力，那只能是像那只鹦鹉一样的悲剧。"该片的美术风格吸收了河北蔚县王老赏染色剪纸的特点，片中选用的世界名曲《摇篮曲》《祝你生日快乐》《婚礼进行曲》《葬礼进行曲》则分别用不同的中国民族乐器演奏，刻意营造出一种"既和谐又不太和谐"的效果。二十多年后再提起这部作品，导演钱运达已经对最初的立意不以为然："其实现在想想，我这个思想也不对，这个语言嘛，互相交流，人家觉得说'OK'很方便，也没什么好反感的。"

美影厂流传着一句口号，叫"不模仿别人，不重复自己"。毫无疑问，胡进庆自始至终坚守着这个理念，尤其热衷于对材料工艺的探索。早在1958年，他就参与建立和完善了美影厂剪纸动画片的摄制工艺，1970年代中期以后，又带头研发柔性剪纸动画工艺，创作了以《鹬蚌相争》为代表的水墨拉毛剪纸动画片。为创作《猫与鼠》，胡进庆再次"作茧自缚"。一般的剪纸动画纸偶是通过多个可拆分的部位和关节连缀而成的，角色的一整套动作要通过创作人员扳动纸偶的相应部位，并用胶片逐格拍摄下动作的变化过程才能实现，而《猫与鼠》要追求的是"纯刻纸"的艺术趣味——每一张画面中的角色动作都要单独用纸剪刻出来。为使视听效果单纯、统一，影片角色和场景都使用洋红色纸剪刻而成，再衬以纯黑背景，动作表演强调一气呵成，规避了花哨的镜头语言。胡进庆认为，动画艺术短片要想不断创新，就得学会"在限制中求得自由"。

早在创作《山水情》之前，阎善春就开始酝酿《漠风》了。1987年，他在《报刊文摘》上读到一篇报道，说的是解放军战士在大西北清扫原子弹试验场地时，在渺无人烟的沙漠腹地发现一架国民党飞机和几具僵尸的事。这篇短短的报道使他脑海中浮现出一组造型，唤起了许多联想。他马上意识到，这种时空转换强烈的题材非常适合动画片表现。经过数年的酝酿，阎善春写出了动画剧本《漠风》——一位深入荒漠探险的青年在战场遗址遭遇了阵亡将士的干尸，入夜后，狂风大作，干尸复苏，他们重整旗鼓，再起战事……阎善春将这部作品的风格基调定为散文式的、诗意性的。为提携后辈，他邀请姚光华来联合执导该片。

要呈现出深沉、厚重的质感，就必须突破一般手绘动画片单线平涂的工艺，主创们使用油性炭笔直接在赛璐璐片上作画，赋予画面中的造型以强烈的色彩反差和丰富的层次感。在《漠风》之前，中国动画从未正面表现过惨烈的战场厮杀和残阳如血的意象，如今已是一名"动画老兵"的苏庆，当年曾在影院观看过《漠风》，他说："第一次观看到阎善春老师这部迥异于其他中国动画画风的动画时，观感是非常震撼的！"

随着体制改革力度的加大，社会上对于平均主义思想的批评已经形成潮流，成长于体制内的作家周锐和动画家马克宣对"大锅饭"的消极因素再清楚不过，"好的大家都要有份，摆摆平，坏的也要大家都有份，这种情况，几乎已成了某一些人思维的定势，处事的准则，并且显然带有荒诞性"，《十二个蚊子和五个人》就是对这一批评潮流的呼应。五个人共处在一个生活着十二只蚊子的空间里，饱受叮咬之苦的人们大都没有去积极地消除蚊子，反倒替蚊子做起了参谋：十二只蚊子叮五个人，如何均分？在该片创作过程中，马克宣身兼导演、美术设计、动画设计三职，他对视觉造型、动作表演以及声音的处理都是趋于象征性的、符号化的。五个人物的造型元素一致，仅以高矮胖瘦和面部的数字符号做区分；仅以一块灰色麻布做背景，人物动作采用夸张、凝练的哑剧风格，甚至人物投影也参与到了表演中来；音响效果非自然音效的模拟，而是意在渲染人的内心活动。

胡依红毕业于北京电影学院动画专业，动画基本功出类拔萃，还锐意于动画艺术本体的理论探讨。她在大学本科期间就写出了极为扎实的论文《动画片的审美特征》，课余时间写作的动画影评还曾被美影厂印发传阅。入职美影厂后，胡依红长期跟随阿达进行创作，在艺术理念上深受阿达的熏陶。1989年，她执导了改编自冯骥才小说的动画短片《高女人和矮丈夫》，在表现手法上与阿达的作品一脉相承，和萨格勒布动画学派的《学走路》也有异曲同工之处。她对中国古代的老庄学说有着浓厚的兴趣，而《聊斋志异》中莲花公主的故事恰恰体现了"有无相生"的哲思，这种高品位的艺术表达促使胡依红将其改编为动画片。她邀请画家徐乐乐担任美术设计，以追求现代文人画的审美意趣，动作设计、音乐、音响也都趋于洗练、雅致。胡依红在片中大胆地使用了一个十多秒钟的纯手绘主观视点运动镜头，营造出主人公穿廊过亭时产生的梦幻感受，这样的技巧在此前的中国二维动画片中是极少见的。

邹勤是第二届上海国际动画电影节入围作品导演中最年轻的中国人，他和许宙一样，都毕业于上海华山中学动画职业班，曾担任过《阿凡提的故事》《大盗贼》等偶动画影片的动作设计师，《鹿和牛》则是他的导演处女作。此前，偶动画创作观念的滞后一度成为美影厂内部讨论的焦点，而邹勤创作《鹿和牛》的初衷，正是要避免经验主义先行，通过对技巧、手法的理性探索来突破原有的集体创作惯性。基于形式感的考虑，他看中了中国竹趣工艺的潜力，觉得运用竹子制作出的鹿、牛、狮子能够透出"似与不似之间"的意象性，而影片的一切视听表现手段都要围绕着这种独特的形式感来设计、调整。使用木料或混合材料制作的角色偶，要经过雕塑、雕刻、翻制、缝纫、化装等五道工序，由六至七人历时两周完成，而制作竹偶只需一道工序，一人一周即可完成，这样一来不仅节省了成本，缩短了周期，还能使艺术家将主要精力集中在创作手法的实验和探索上。

很明显，上述几部美影艺术短片在创作观念和呈现方式上，比之以往又有新面貌。就客观条件而言，当时的美影厂已经不再具备集中优势资源打造恢宏巨制的能力，像《山水情》那样的大手笔不可复现。在这样的条件下，不论是经验丰富的老将还是初出茅庐的新人，反倒有机会化整为零，各自组建起精干的小团队进行个人化的创作。这些作品不追求宏大叙事，卸下了宣教的包袱，受众更倾向于成人；主题立意开放且多元，给予观众较大的解读空间和回味余地；不再以讲一个完整的故事为首要追求，极其个人化的情怀、意象和单纯的形式趣味也可以构成一部作品。这些作品虽然在视听技巧的运用和整体完成度上未必都尽如人意，却为美影艺术短片的创作开辟出了新方向。

同样可喜的是，除上海美影厂以外的多家电影制片厂、动画制作公司乃至动画家个人，也新推出了不少艺术短片，并且纷纷报名参加第二届上海国际动画电影节。

如长春电影制片厂和北京科学教育制片厂分别制作了水墨动画片《雁阵》和《兰花花》，不光在摄制工艺上区别于美影，形式风格上也展现出一种粗犷奔放之美。八一电影制片厂的《毕加索与公牛》对毕加索的绘画艺术做了颇有妙趣的解析，北京辉煌动画公司选送的《小草》是青年导演孙哲的独立作品，李耕、戴胜英为白云边酒制作的广告动画片也应征参赛。而刚刚从美影厂退休的浦稼祥自费独立创作了一部纯手工绘制的水墨短片《看戏》，作为赛外放映片在动画节期间与观众见面。

看上去，中国动画艺术的春天似乎又到了。

第二届上海国际动画电影节的宣传活动在1992年前半年就铺开了，而且气势很足。

3月，动画节组委会联合中国福利会、雀巢中国有限公司举办了为期十天的"上海市少年儿童动画大世界"活动，不仅集中放映中外优秀动画影片，还设置了许多老少咸宜的趣味活动。比如面向儿童的命题动画创作，在辅导老师协助下进行的简易电脑动画广告编制，中国动画形象玩偶制作，动画歌曲卡拉OK演唱比赛等，参与活动的人数达十万人次。主办方还专门搭建了一个充满童话色彩的动画城堡作为活动空间，让众多中外动画角色与观众互动。

同时，组委会在上海市电影局的放映间召开各国驻沪领事影片招待会，美国、日本、俄罗斯等国家的领事及文化官员悉数出席。

5月31日至6月1日，动画节组委会、上海市电影发行放映公司、雀巢中国有限公司又与十家影剧院联合举办"雀巢六·一动画影片展映"活动，全市约八万名少年儿童集中观看了一大批新摄制完成的中国动画短片。

第二届上海国际动画电影节初审评委。左起：戴铁郎、古川拓、戈登·马丁、常光希、奥托·阿尔德。图片来源：《92'上海国际动画电影节会刊》

动画节的影片初选工作于9月10日至20日进行。初选评委分别是德国的奥托·阿尔德（Otto Alder），加拿大的戈登·马丁，日本的古川拓和中国的常光希、戴铁郎。

初选评委会主席奥托·阿尔德是所有评委中最年轻的，当时才三十九岁。他是工业经济专业出身，后来长期从事图片摄影和影视摄像工作，也拍摄过不少实验性的电影作品，参与过许多国际电影、摄影、戏剧节展的组织和评审工作。从其履历来看，动画在他的艺术实践中并不占主要位置，也正因如此，他能够更加包容地去鉴赏、评价不同类型与不同风格的动画作品。

戈登·马丁是一位学者，1965年进入加拿大国家电影局，专门从事纪录片的研究。出于对动画艺术的热爱，他投入很大精力去研究德国动画先驱洛特·赖尼格（Lotte Reiniger）及其作品，并且取得了不小的成绩。他平时一边从事影片创作，一边在大学教授电影课程，还是蒙特利尔中国电影节理事会成员。借由各种影展和交流活动，他与中国的动画家结下了友谊，因此才会在1988年请缨参加第一届上海国际动画电影节组委会的翻译工作。

古川拓既是一位作者型的独立动画家，也兼涉各类商业漫画、广告、插画的创作，他的动画短片作品曾在纽约现代博物馆举办的动画赛事及法国昂西、日本广岛等动画电影节上获奖。古川也是中国动画人的老朋友了，改革开放之初，他就随代表团访问过上海美影厂，此后对中国动画片产生了浓厚的兴趣。1981年春，中国动画家受日本动画协会邀请访日，中国美术电影展映活动在日本动画界引起了不小的轰动，古川拓与大冢康生、高畑勋、宫崎骏在动画杂志《Animage》的组织下搞了一次座谈，对他们看到的中国动画片发表了妙趣横生的评论。

常光希是上海电影专科学校1962届的毕业生，师从钱家骏、张松林等名师，在校期间参加了《没头脑和不高兴》的动画设计。入职上海美影厂后，担任过《哪吒闹海》《雪孩子》《金猴降妖》等名作的主力动画设计师，又与阿达合作导演了《蝴蝶泉》，与林文肖合作导演了《夹子救鹿》。1986年，常光希作为中国动画家代表之一参与了《学院变体立达》的创作，他创作的片段在立意和形式上都十分独特，博得国内外行家、观众的一致好评。当时的美影厂处在变革的紧要关头，许多业务骨干都被委任了行政职务，常光希自然也在其中。就在1991年的9月，常光希接任美影厂厂长一职。据他回忆，因为本届动画节的大部分筹备工作是在周克勤任厂长期间推进的，所以仍由周克勤担任组委会秘书长，他本人则当选为初审评委。

戴铁郎是北京电影学校（北京电影学院前身）动画专业的第一期毕业生，与严定宪、胡进庆、阿达、林文肖是同班同学，有人将他们五人称作美影厂的"五虎将"。和阿达一样，戴铁郎也在多个不同的创作岗位留下了代表作，由他担任主要动画设计的《小蝌蚪找妈妈》《牧笛》，以及由他设计角色造型的《小溪流》《草原英雄小姐妹》都堪称经典。而就在大多数中国同行热衷于从传统文化中取材时，戴铁郎将目光投向了科技与未来，他导演的《母鸡搬家》《我的朋友小海豚》《小红脸和小蓝脸》《黑猫警长》等，都是面向少儿普及科学知识和未来意识的益智类作品，同时恰到好处地迎合了孩子们的审美心理。如他所说："今天的创新，就是明天的文化遗产。"1991年，戴铁郎带着种种遗憾从美影厂退休，好在不久之后，他就受邀参与了动画节的评审工作，算是职业生涯的一次华丽谢幕。

据第二届上海国际动画电影节会刊显示，初审评委们从来自三十七个国家的三百五十四部影片中选出了五十九部作为参赛片，又将另外二十五部影片列为赛外展映片。该届动画节终审评委会主席爱德华·那扎罗夫（Eduard Nazarov）表示："本届电影节报名参赛影片的数量超过了上届。"若

第二届上海国际动画电影节会刊封面。

该项统计无误，那扎罗夫所述属实的话，1988年第一届上海国际动画电影节初选影片数量为二百八十六部这一说法相对可信。

第二届上海国际动画电影节于1992年12月5日开幕，为期六天。

组委会的组织、接待工作依旧保持了相当高的水准，各种硬件设施的水平甚至要远远高于四年前。嘉宾的住宿被安排在银星假日酒店，动画节的会场则设在刚刚建好的上海影城。上海影城是当时国内首屈一指的电影文化设施，集观影、会议、餐饮、娱乐为一体，总面积一万四千平方米。爱德华·那扎罗夫记得，四年前他来参加第一届上海国际动画电影节时，影城的位置还是一片堆满砖石的工地。如今面对豪华的影城，他不由得感叹："本来，我觉得莫斯科艺术剧院很不错，可一见到上海影城，我就没词了。"他还说："这样的电影节在世界上是不多见的，无论是获奖或不获奖，参赛者都应骄傲——有机会参加这样规模的盛会。"

在动画节会场，人们看到了许多熟悉的面孔。被称作"动画传教士"的大卫·艾力克风尘仆仆地从蒙古高原赶来，之前的一段日子里，他在教草原上的艺术青年创作动画。乔治·史威兹贝尔这次是以参赛片《绘画的主题》（*Le Sujet du Tableau*）的导演身份前来，约翰·拉塞特的新作《锡铁小兵》（*Tin Toy*）也入围了竞赛单元。八十一岁高龄

《1988 上海国际动画电影节简报》第四期封面，李凯雄绘制。金柏松供图

的约翰·哈拉斯没有理会医生的劝阻，坚持带着病痛从伦敦飞来上海赴约。和四年前相比，哈拉斯手上多了一根拐杖，并且需要一位青年的搀扶才能稳步前行。哈拉斯告诉人们，这是他第一百次参加动画界的国际活动。

一位手持摄像机往来穿梭的中年男子常常引起人们的关注，因为他看上去恨不得将动画节会场的所有瞬间都收入镜头。此人中文名叫李凯雄，是定居加拿大的华人，在温哥华

李凯雄作于第二届上海国际动画电影节期间的漫画。
图片来源：《上影信息》1992年12月15日

开有一家动画公司，名为枫叶动画。李凯雄与中国同行有着多年的深情厚谊，1987年3月，他与友人在温哥华组织了为期五天的"中国动画之夜"，中国的优秀动画片第一次在加拿大集中亮相。次年，李凯雄自费前来参加第一届上海国际动画电影节，他绘制的一幅漫画还被征用为动画节简报的封面——画面中，作者本人弹着吉他唱起动画节的主题歌，周边围绕着各国动画艺术家的头像，多个漫像旁边还附上了动画家们的亲笔签名。第二届动画节期间，李凯雄再次提笔作画，以《大闹天宫》中的孙悟空与《阿拉丁》中的猴子寓意东西方动画艺术的互通有无。

这届动画节上，女性动画导演作品备受瞩目，除了专题展映环节有加拿大女性导演作品外，竞赛单元中也有德国、波兰、日本、加拿大、中国的女性导演作品入围。金柏松面对大量女性动画家云集上海的盛况感叹道："她们那女性独有的细腻和创造精神，表现出女性对这个世界的特殊思考。这批作者几乎都受过良好的高等教育，她们在经济沮伤的动画业中，不是为了钱，而是（出于）敏锐的、深刻的内心思维有感而发。难怪这些作品十有八九会是高品位的。"

此次动画节共有十个专题展映，分别是"加拿大女性导演作品展映""德国优秀动画片展映""第三届与第四届广岛国际动画电影节获奖作品展映""中国美术电影回顾展映""中外儿童美术片专场""电脑动画专场""评委作品专场""约翰·哈拉斯作品回顾展""手冢治虫作品回顾展""王树忱作品回顾展"，其中最后两个专题历史意义尤为特殊。

参加第一届上海国际动画电影节后回国不久，手冢治虫便与世长辞。而在国际动画界同样颇有声望的王树忱也因罹患胃癌，于1991年11月去世。为纪念两位艺术巨匠以及他们之间的友谊，第二届上海国际动画电影节特别为二人设置了专题展映，同时邀请手冢治虫的夫人手冢悦子与王树忱的夫人陆美珍会晤。

谈到对于参赛影片的总体印象时，爱德华·那扎罗夫这样说："这次参赛的以各种手段制作的动画片，取材广泛，内容琳琅满目，有叙事的、哲理的、抒情的、情趣写意的、幻象再现的等等，这多种多样的形式都以民族文化衬景为载体，从而显示了特色和光彩。这种具有民族文化衬景的艺术珍品，既是本民族的瑰宝，对其他民族也有巨大的吸引力，构成了真正的文化交流和理解。"

爱德华·那扎罗夫时任ASIFA副主席，是来自莫斯科联盟动画电影制片厂的艺术家，兼涉动画设计、编剧、导演和配音等多个领域。他创作的《打猎》（OXOTA）、《老狗的故事》（«Жил-был пёс»）、《辛德洛夫·沃瓦的那些事儿》（«Про Сидорова Вову»）都是苏联动画史上的佳作。他的作品曾在十余个电影节、动画节上获奖，其中包括获得第一届上海国际动画电影节特别证书的《马丁柯》。那扎罗夫本人更是俄罗斯国家奖的获得者。

来自日本的终审评委是木下莲三，他是日本艺术动画领域的代表人物，也是广岛国际动画电影节的主要创办者之一，他与妻子木下小夜子合作的许多短片作品在国际上有着很高的声誉。挪威籍的终审评委居纳尔·斯特伦（Gunnar Strøm）既是一位艺术家，也是著作颇丰的评论家，当选为ASIFA的秘书长后，他主要负责安排协会成员的学术活动和观光考察。美国动画家乔治·格里芬（George Griffin）因突发疾病，没能按原计划履任动画节评委，于是评委会临时召开会议，推选来自英国的帕特·R.韦伯担任评委。帕特·R.韦伯是ASIFA英国分会的会长，也是ASIFA的副会长，自从1977年加入哈拉斯&巴契拉工作室，她就成为约翰·哈拉斯的得力助手，在策划、组织动画艺术回顾展和国际动画节方面有着丰富的经验。

作为上海国际动画电影节的缔造者之一，严定宪当选为第二届动画电影节的终审评委是顺理成章的事。1950年代后期，严定宪凭借着扎实的业务能力成为美影厂动画设计部门的骨干，担任过《小蝌蚪找妈妈》《大闹天宫》等影片的主要动画设计师。他擅长创作叙事性强、电影语言丰富、动画技巧严谨的剧情片，由他独立导演或合作导演的《小号手》《试航》《哪吒闹海》《人参果》《金猴降妖》等，都可以归入这一范畴。从特伟手中接过美影厂厂长的职务后，他积极地推行制度改革，加强美影厂的对外交流。第一届上海国际动画电影节落幕后，他向电影局递交辞呈，心无旁骛地回到了创作岗位。

第二届上海国际动画电影节的分组奖项增设了广告动画片组，获奖名额和上一届比有所调整——大奖一名，七个分组奖各一名，特别奖若干名。最终获分组奖的影片如下：

A组：《天鹅》（*Swan*，波兰）

B组：《亚当》（*Adam*，英国）

C组：《越野》（*Across The Field*，波兰）

D组：《鹿和牛》（中国）

E组：《四月四日的水仙节》（日本）

F组：《十二个蚊子和五个人》（中国）

G组：《白云边酒》（中国）

获评委特别奖的是《绘画的主题》（瑞士），获特别证书的影片有《蝗虫》（*Grasshoppers*，又译作《伟大的历史动画》，意大利）、《家有鸡妻》（«Его жена курица»，又译作《他的妻子是一只母鸡》，俄罗斯）、《姐妹俩》（*Two Sisters*，加拿大）、《雁阵》（中国）、《珀尔的正餐》（*Pearl's Dinner*，加拿大）、《最后一次》（*The Last*，俄罗斯）。

斩获动画电影节大奖的作品是英国的木偶动画片《剧本》（*Screen Play*，又译作《荧屏游戏》《偶剧》等）。导

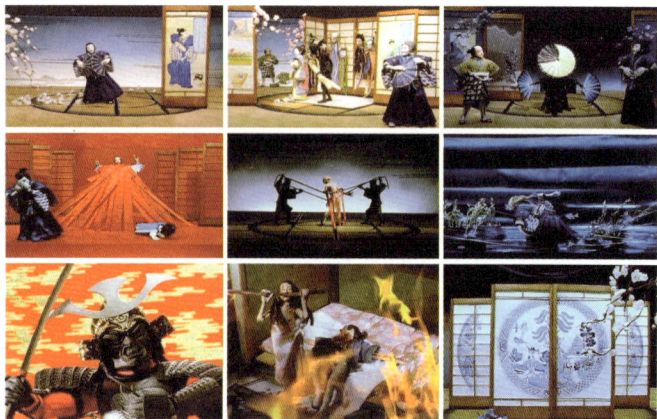

《剧本》影片画面。

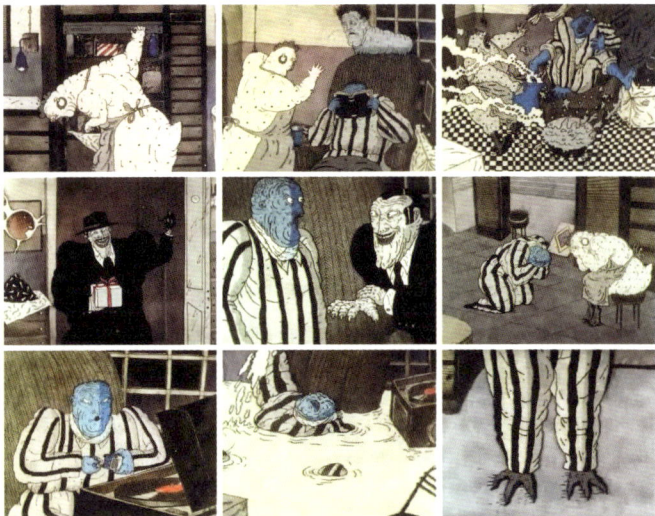

《家有鸡妻》影片画面。

《绘画的主题》影片画面。图片来源：《独立动画手册》

演巴瑞·普维斯（Barry Purves）曾是一名舞台美术设计师，在戏剧艺术领域造诣很深，同时对东方文化极有兴趣。《剧本》先是用一个九分多钟的长镜头来讲述一对年轻人挣脱门阀束缚追求爱情的故事，视觉呈现方面借鉴了日本歌舞伎的舞台表现形式。故事的讲述者在剧情内外自由地跳进跳出，所有的角色在一个旋转的舞台上登场退场，移动的屏风、折扇、雨伞，既是推进情节的道具，也是转场的装置，角色表演和走位的处理也是程式化的风格。正当观众以为故事要以一个俗套的大团圆结局收场时，屏风中闪出的武士将故事的叙述者砍为两段，电影化的场面调度和剪辑手法也像武士一样闯入，男主人公惨遭屠戮，女主人公则在奋力反击后殉情，故事在一片血光中落下帷幕。

借由这种颇具反讽意味的"复合式结构"，巴瑞·普维斯"将观众从旁观者拉入真实的血腥之中，那些木偶流出的鲜血和惊恐的表情似乎比真人扮演的角色更加震撼人心"。同样令人惊叹的，是一个成长于英语世界的动画人竟然能将古老的东方戏剧艺术融会贯通，使之呈现出全新的审美价值。就连木下莲三也说："这部影片让日本人自己制作，也不一定能达到如此水平。"

在上海国际动画电影节赢得"开门红"后，《剧本》又获得了二十多项国际奖，而普维斯的艺术道路也越走越宽，不仅长期坚守在定格动画创作的第一线，还参与了彼得·杰克逊（Peter Jackson）导演的《指环王3：王者归来》（*The*

Lord of the Rings: The Return of the King）和《金刚》（King Kong）等好莱坞大片动画部分的工作。

《家有鸡妻》是伊戈尔·科瓦廖夫（Igor Kovalyov）完成于1989年的独立导演处女作，此前曾获戛纳国际电影节最佳短片提名和渥太华国际动画电影节大奖。这部作品独特的视觉风格引起了好莱坞的关注，科瓦廖夫因此受邀前往美国工作和定居，自如游走于主流商业动画和独立动画之间。三十年来，人们对《家有鸡妻》主题所做的解读同样呈现出了多义性。影片中的女主人公为操持家务忙碌得不可开交，而男主人公则心安理得地享受着这一切，自顾自地陶醉在精神和欲望的满足中。一位黑衣人给男主人公带来一盒装满红色瓢虫的礼盒，同时透露了一个绝密消息——女主人公是一只母鸡。验明真相后的男主人公大惊失色，将妻子逐出家门，却又发现没有妻子的生活如同陷入沼泽一般绝望，不得不召回妻子。当女主人公回到家中时，发现丈夫也变成了鸡，惊慌得逃之夭夭……有人把这个荒诞的故事比作现代版《白蛇传》，这当然是一种戏谑的说法。更多人还是倾向于结合东欧剧变、苏联解体的历史背景，针对片中意象所可能影射的内容进行解读。

《绘画的主题》延续了史威兹贝尔一贯的风格，通过不停流动的视线引领观众进行了一次世界名画之旅。影片开场，画家以老人为模特作画，可画面中的主人公却是一位少年。少年刚刚起身走出画布，又闯入了马奈的《草地上的午餐》。导演时而让观众冷眼旁观，时而将观众的目光代入少年的视角，穿梭于梵·高、马蒂斯、籍里柯、霍普、委拉斯开兹等大师的名作间。最后，少年的到来引发了少女的惊叫，影片戛然而止。事实上，这部作品还隐喻了《浮士德》的情节，画家暗指魔鬼梅菲斯特，少年是返老还童的浮士德，少女则是玛格丽特。

谈到此次参赛的中国动画片，国际友人大多予以中肯的评价。奥托·阿尔德对中国动画创作观念的发展与变化持肯定态度："中国动画电影比较注重传统的形式，这并非坏事。不同的国家、不同的艺术家都可以拥有自己的独特的风格。近期中国动画电影的变化是，开始借鉴某些国外动画电影的特点，融进自己的艺术风格中。当然，这种借鉴是局部的，侧重点仍是依据自己民族的文化背景来创作作品。"

约翰·哈拉斯的观点则十分理想化，并且"老派"得多，他似乎更乐于见到中国动画按照自己独特的路径和节奏发展下去："中国的动画电影是非常有民族特色的，能够把自己的文化背景出色地反映出来，有杰出的成就，有很大的潜力，后起之秀也很多。相反，我倒认为，中国的动画片不必太多去学习外国的东西。"

爱德华·那扎罗夫早在1950年代末就和中国动画人打过交道。他说，中国动画之所以能取得令人瞩目的成就，不仅在于艺术家们的才华和勤奋，还在于时间的积累。苏联解体后，制片厂体制下成长起来的俄罗斯动画也面临着一大堆发展难题，正因如此，俄罗斯的同行很能理解上海美影厂的处境。但那扎罗夫并不为此感到灰心，他认为，新的历史机遇会为动画事业带来更广阔的发展前景，莫斯科已经有了十余家动画公司，俄罗斯动画未来可期。同时，那扎罗夫表示自己还会继续潜心创作，以后会带着新作品再来上海参加动画节。

可谁都没想到，第二届上海国际动画电影节的欣欣向荣竟是一次回光返照。没过多久，中国动画人眼睁睁地看着冲破黑夜的曙光再次没入灰暗的云层。

好几年过去了，没有关于第三届上海国际动画电影节的消息。很多外国动画家致信周克勤，询问新一届动画节的筹备情况，并要求参赛。周克勤感到十分无奈，因为实在有太多苦楚不足为外人道。

据常光希回忆，第二届上海国际动画电影节结束后，上海市电影局的领导向他传达了电影局的意见——希望今后取消动画节，把动画奖项的评选并入即将举办的上海国际电影节。将一个以动画艺术作为主体进行鉴赏和研究的学术性赛事并入一个大型的国际电影节，这意味着动画将被视为电影的分支而遭到边缘化，可常光希面对电影局的意见没有多少分辩的余地，只好点头。

事实上，上海国际动画电影节的命运从一开始就注定了，原文化部电影局局长陈播提议举办动画节时就曾讲过："为故事片电影节比赛取得经验。"而就在第二届动画节举办期间，电影事业家滕进贤又提起了这个话茬："两次国际动画电影节的举办，为更大规模的上海国际电影节做了铺垫，积累了经验，训练了工作人员……"这当然不能说明电影事业家们支持创办动画节的"动机不纯"，但电影局的这一决策却证明，在中国影视行业的大局观念之下，动画终究被视为"小儿科"。

可话又说回来，即便没有上级的干预，在商品经济大潮下自顾不暇的美影厂，也已经无力去承办那样高规格、高质量的动画节了。当时，体制内的动画制作机构即将"断奶"，未来的影片制作资金将由相关单位自主筹措，宣传、发行也要自行安排、解决。在这样的形势下，美影厂很难再从容不迫地创作艺术片，更没有底气去"赔本赚吆喝"了。

1990年代上海美影厂厂貌。
图片来源：《上海美影厂建厂四十周年纪念画册》

美影人当然想保住艺术片的创作阵地，但他们不得不面对现实：当一切受经济规律制约的时候，如果没有经济实力，艺术阵地也会岌岌可危。制作艺术短片无疑是赔钱的买卖，每一部都要投入优质的资源和宽裕的周期，可这些片子拿去参加完比赛后，影院不愿放，电视台不愿播，只能扔回仓库落灰。倾尽全力制作商业片尚不能够满足市场需求，哪还有心力去爬金字塔尖?

从1990年开始，美影厂为进一步创汇增收，稳定人才队伍，开始巩固工业化制作流程，全面贯彻工效挂钩的薪酬分配方式，同时开创了"一厂三制"的格局。美影厂以动画片制作车间为基础，联合港资企业成立了亿利美动画有限公司，同时扩充了厂办"大集体"上海美术电影绘制厂的力量。此后，美影厂本部的编导、设计人员集中精力开发原创项目，亿利美公司的动画设计、制作人员负责原创作品的生产和外来项目的加工，原创片、加工片的线稿复印、上色等纯技术工作由绘制厂承担。

这些决策有效地刺激了生产，活跃了经济，但也引发了一系列矛盾。具体到创作上来说，因为前期创作和中、后期制作分离，导演已经不能对影片质量进行全程的有效监督，创作意图更无法充分地贯彻。一旦某个环节出现质量问题，各部门之间难免推诿扯皮。制作人员也不会再像前辈们那样精益求精，因为每一次返工都意味着经济效益的损失。同时，原创片和加工片经济效益上的悬殊也导致了职工收入上的差距，滋长了创作人员的消极情绪，原创片的制作效率和艺术质量也出现了滑坡。此外，剪纸片、木偶片因为不具备市场竞争力而逐渐难以为继。

更尴尬的是，长期从事艺术片创作的动画家，很难完全认同和适应工业流水线的制作模式，而这种理念上的冲突在某些经营者看来是不可理喻的，并将其粗暴地归结为个人名利思想的泛滥："我国有几十年的动画片制作历史，有大批成熟的创作人员。他们习惯于以往分散的、短小作品的生产方式，一些人把动画片生产仅仅视为个人艺术表现的阵地，只顾创作个人喜好的短片，从事个体劳动，追求个人获奖，而不了解国内外影视市场对动画系列片的需求。他们也不能适应大型系列片制作的分工精细、流水作业的现代化生产方式。不少人不愿意与其他人配合或在他人总体设计之下工作。"

1995年1月1日，中影公司正式取消对动画片实行了四十多年的计划经济指标政策，动画片成为第一个被全面推向市场的片种。在这样的历史大潮下，体制内外都不再有艺术动画片的寄身之所，上海美影厂"以商养艺"的计划基本宣告失败，中国动画人在国际动画影坛闯出的通衢大道就此被阻断了进程。

1995年5月底至6月初，特伟、严定宪、周克勤三人受邀参加第三十五届法国昂西国际动画电影节。

这个由上海美影厂第一、二、三任厂长组成的高级代

1995年夏，特伟在法国昂西国际动画电影节上被授予"终身荣誉奖"。图片来源：《杰出动画艺术家特伟先生九十寿辰》纪念册

表团受到很高的礼遇，出访前，昂西动画节组委会主席亲自寄来邀请信，法国文化部和驻沪总领事馆也给予特别关照，破例在极短的时间内为代表团成员办好了签证。严定宪是以动画片《鹿女》导演的身份去参加昂西动画节的，同时作为ASIFA理事出席理事会。周克勤则作为亿利美动画公司总经理参加动画节交易会，而特伟是作为特邀嘉宾前去接受ASIFA颁发的"终身荣誉奖"的。

ASIFA的"终身荣誉奖"设立于1986年，又称"动画艺术杰出贡献奖"，专门授予那些德高望重的、具有开拓性贡献的动画艺术家。加拿大的实验动画大师诺曼·麦克拉伦（Norman Mclaren），参与过兔八哥、达菲鸭、汤姆猫和杰瑞鼠等经典系列动画创作的查克·琼斯（Chuck Jones），以及英国的杰出动画家鲍伯·加德弗瑞（Bob Godfrey）先后获得过这项殊荣，而特伟是中国乃至亚洲第一位获得ASIFA"终身荣誉奖"的动画家。

授奖仪式当天，会场座无虚席，特伟在乔治·史威兹贝尔的陪同下登上领奖台，从当时的ASIFA主席、法国动画艺术家米歇尔·欧斯洛（Michel Ocelot）手中接过"终身荣誉奖"证书。这件证书由欧斯洛本人亲自剪刻、雕镂，堪称一件精美的工艺品。会场掌声雷动，特伟高举证书，用法语"Merci Beaucoup"（非常感谢）向观众致意。手举相机候在主席台旁的周克勤当即按下快门，将这一历史时刻定格。

这一刻既是特伟艺术生涯的高光时刻，也意味着一个时代的终结。

那时，距严定宪等人下决心筹办上海国际动画电影节，刚好过去十年。

后记

2020年10月20日上午，我收到常光希老师发来的微信。常老师没说旁的，只是转给我一篇文章，讲的是贾樟柯团队退出平遥国际电影节的事。我一时有些蒙，平时我和常老师只互相分享动画圈的消息，他又没有群发的习惯，以常老师一向的严谨，不会平白发我文章还不置一词的。我有些狐疑。

过了好一会儿，我才猛然惊醒——上海国际动画电影节就是在常老师担任美影厂厂长期间被取消的。虽然贾樟柯团队退出平遥国际电影节的幕后隐情尚未可知，但见证了上海国际动画电影节的辉煌又曾肩负着美影厂中兴大任的常光希，应该很容易从这桩新闻联想到旧事。当初他被吴贻弓局长叫去谈话的经过早已对我讲过了，如今再给我看这篇文章，一切尽在不言中。但愿不是我自作多情。

几乎所有见证过上海国际动画电影节辉煌的人，都对动画节的两届而终表示出了深深的遗憾。如果动画节能够继续办下去，哪怕达不到前两届那样的规格和水准，中国原有的动画艺术片创作体系未必会彻底中断，很多年轻的中国动画家也会受到鼓舞坚持独立创作，随之而来的"闪客"时代很可能会在精神血脉上对老美影时代有所延续。

可惜，历史没有如果。

我大约从2016年开始将上海国际动画电影节作为一个专题进行研究，这个选题吸引我的地方很多。我们今天津津乐道的很多经典名作、冷门佳作乃至邪典之作，早在三十多年前就登上过中国的大银幕，如今已经功成名就的艺术家当年来上海参加动画节时还名不见经传。

许宙因为看了《独轮车的梦》而对三维数字动画心生向往，几年后成为中国大陆第一批专攻三维动画的"个体户"。大卫·艾力克与中国的缘分绵延至今，直到前些年还在中国传媒大学任教。山村浩二的大学毕设短片《水栖》曾入围第一届上海国际动画电影节，那次上海之行是他第一次出国旅行。三十年后，山村先生已经成为蜚声国际的名家，许多中国留学生东渡日本到他门下求学，而他则很乐意为学生们讲述自己的上海记忆。由此可见，许多动画人至今都在享受着上海国际动画电影节的遗泽，只不过多数人浑然不觉。

2020年初，费那奇动画小组的朱彦潼、卫诗磊、陈莲华等人，决定在第二届费那奇北京动画周召开前后，进行一次有关上海国际动画电影节的学术专题回顾。作为一个新兴动画节展的创办者，他们认为没有什么学习方式比"考古"更合适、更有趣了。我们一拍即合，决定共同做点事。为此，我将手头的相关文献和采集到的口述史料进行梳理，并进一步访问了多位历史亲历者、见证者，以这些素材为基础撰写了几篇文章发表在"费那奇动画小组"和"空藏动漫资料馆"的微信公众号上。动画周期间，我和卫诗磊老师又做了一次题为"美术片最后的荣光——上海国际动画节考古行动"的对谈，与年轻的动画作者、学子共同回顾这段尘封已久的历史。

在爬梳史料的过程中，我渐渐觉得，上海国际动画电影节留给今人的遗产，不只有堪以夸耀的成绩，更重要的是，当时的中国动画人在面对世界动画影坛的新风潮时，能够表现出强烈的忧患意识和反思精神，并且通过创作给予积极的回应。

令人痛心之处在于，原有的中国动画创作体系还没来得及经过系统的梳理和总结，"美影时代"就草草落幕了。老一辈动画人的许多观念、手法、技巧，在此后十余年的国产动画创作中很少有用武之地，自然得不到发展，新生代动画人的审美经验和接受的训练也与之不再有完整的延续性，于是"上海美影学派"成为过去时。而我们之所以不遗余力地对美影时代的遗产进行钩沉，就是希望前辈们留下的种子能够重新生根发芽。这个想法能否实现，恐怕取决于今人对这些遗产有多了解，多热爱，多珍视。

感谢接受过我的采访并对本文写作提供了支持的严定宪、常光希、金国平、金柏松、强小柏、阎善春、段孝萱、钱运达、胡进庆、戴铁郎、庄敏瑾、孙总青、朱淑琴、聂欣如、许宙等前辈。感谢空藏动漫资料馆团队的伙伴们，我撰写此文依据的大量珍贵资料是大家共同努力搜集的成果。

参考资料：

《动画电影探索》，黄玉珊、余为政编，台湾远流出版事业股份有限公司 1997 年版

《世界动画史》，史蒂芬·卡瓦利耶著，陈功译，中央编译出版社 2012 年版

《日本动画史笔记（番外）：有限动画的迷思》，马小褂著，AniTama 官方网站

《独立动画手册》，郭春宁著，山东美术出版社 2016 年版

《"自我"的揭示：从萨格勒布动画节透视东欧动画文化生态》，郭春宁著，《动漫研究》第五辑，四川动漫研究中心 2020 年编

《从〈画的歌〉看动画电影语言的突破》，胡依红著，《电影艺术》1984 年第六期

《中国动画民族化道路演进》，曹小卉等著，《当代动画》2019 年第二期

《妙趣横生的动画世界》，大卫·艾力克著，《文汇报》1988 年 11 月 8 日

《出发点：1979~1996》，宫崎骏著，黄韵凡、章泽仪译，台湾东贩股份有限公司 2006 年版

《〈新装的门铃〉和〈超级肥皂〉——阿达的自我超越》，胡依红著，《当代电影》1988 年第四期

《迸发的人类智慧之光——上海 88 国际动画电影节印象》，金柏松著，《上影画报》1988 年第十二期

《观念的冲击——上海国际动画电影节的宏观效应》，成谷著，《文汇报》1988 年 11 月 15 日

《动画片不都是拍给儿童看的》，顾晓鸣著，《解放日报》1988 年 11 月 10 日

《美术电影创作要重视总体构思》，陈剑雨著，《电影艺术》1982 年第六期

《中国美术片当代题材的断档》，金柏松著，《当代电影》1988年第四期

《"中国学派"的发展》，尹岩著，《中国电影年鉴1989》，中国电影出版社1991年版

《"美影"：难忘的1989年》，周克勤著，《中国电影年鉴1990》，中国电影出版社1990年版

《徜徉在上海的街头——本届电影节评委游览上海记趣》，《上影信息》1992年12月15日

《第二届上海国际动画节散记》（手稿），金柏松提供

《友谊·竞赛·荣誉——我与电影节》，周克勤著，《辉煌与奋进·动画少儿卷》，上海人民出版社1998年版

《滕进贤谈上海国际动画电影节》，《上影信息》1992年12月15日

《"一厂三制"的探索——上海美术电影制片厂体制改革调查》，顾光青、黄复兴、戴围城、张家林著，《上海经济研究》1991年第一期

《我国动画片制作单位的现状》，杨乡著，《中国电影年鉴1991》，中国电影出版社1993年版

无声之辩

唐 帅 口述 叶小果 采写

自己做律师的意义，不就是"替那些说不出话的人说话"嘛。

采访时间：2021年4月1日晚　　地点：重庆

请你先猜一个问题的答案：全国绝大多数的聋哑人对我的称呼是什么？

唐律师？不是。直呼名字唐帅？不是。

那叫什么呢？是一个很响亮很牛掰的名字，叫"唐法师"。

为什么会有这样的一个称谓呢？这足以反映出国内聋哑人法律知识淡薄的程度。

我从2012年开始做律师，更具体说是一名手语律师。我的初心是利用自己的双手，为全国约三千万聋哑人普法，让他们能够认识它、熟悉它，最终敬畏它、遵守它，并且能够运用它。

一

2018年，有一件轰动全国的非法吸收巨额资金案，各省市没有一个地方的聋哑人是幸免的，但在重庆市大渡口区，没有一个聋哑人被骗，因为这里是接受我普法服务最多的地方。

那个案件，在我办理过的案子中不算多么特别，只能算犯罪金额最大。但是，推进这个案子的立案和打击犯罪的过程，是最难的。

事情起因是这样的：

2018年1月，有一天凌晨，我正在熬夜加班，两点到六点，短短四个小时里，手机上的两个微信号很快被挤爆了——来自全国四面八方的陌生人添加我为好友，接着我又被新添加的好友拉进各种各样的微信群。微信上的好友申请，一眼拖不到底。我的脑袋一阵阵发蒙，感到很震惊。

在微信群里询问之后，我发现他们都是一起全国聋哑人"庞氏骗局"的受害者。很多聋哑人把自己的房子卖掉，或者将房子抵押变现，更有甚者，还有部分聋哑人用信用卡套现的钱进行所谓的"投资"。也许听到说我是中国唯一一位会手语的律师，那些聋哑人觉得看到一些希望，才争相添加我的微信。

我完全没想到，仅凭微信上的短暂了解，自己能得到那么多聋哑人的信任。震惊之余，我意识到问题很严重，就丝毫不敢懈怠，赶紧在视频中与一些聋哑人受害者用手语沟通，将案件的有关细节和情况进行了解。

对案件了解得越细致，我越是感到惊心。

这是一起专门针对聋哑人群体的诈骗案，诈骗犯叫包坚信，生于1972年，是浙江温州乐清人。在聋哑人圈子里，提起卖灯饰的"哑巴灯饰"创始人包坚信，几乎无人不知。他是湖南十大残疾人创业之星，还有一大堆头衔，而且有一些错综复杂的背景和关系。包坚信经常说，"我们不能给世界带来声音，但我们能给世界带来光明"；"上帝捂住了我的嘴巴，是希望我能少说多做"。

包坚信很聪明，会手语，和聋哑人可以无障碍交流，很多话可以说到聋哑人的心里面。聋哑人本来就普遍文化程度不高，防范意识很差，特别容易相信人，这便给了他可乘之机。他的诈骗做法，就是打着"拯救聋哑人摆脱贫穷"的旗号，凭借"包某带领大家奔向致富路""聋哑人创富机会即将迎来更大爆发"这样的虚假广告，非法吸收巨额资金。

我在网上找到包坚信的讲座。他是怎么骗人的呢？就是向那些聋哑人灌输概念，"现在是互联网＋时代啦，我们聋哑人也可以靠自己去创业"；"人人都可以是老板，赚钱会赚到手软"。他的会场每次布置得很好，有人气爆棚的感觉，往往还请来大量记者采访报道。加上他有自己的实体产业，显得可信度很高。而所谓的带聋哑人赚钱，具体来说就是，"你把钱放在我这里，投资五千元，我一个月给你赚两千元，绝对高额回报"。

这样的套路，有法律常识的人一下子就可以看穿，可聋哑人法律意识淡薄，他们相信那个会说手语、一口一声叫着"老乡"、坚持带他们发家致富的大哥不会骗他们。看到包坚信在朋友圈晒出叠成金字塔的人民币，他们分外心动，立马行动起来给他打钱，购买根本不存在的理财产品。

其实，聋哑人赚钱有多么不容易，我们可以想象得到。他们当中的大部分人只能做最底层的工作，辛辛苦苦工作赚到的工资低得可怜，说那是血汗钱丝毫不为过。包坚信拿到他们的钱之后，就吃香喝辣，开豪车住豪宅，过着纸醉金迷的奢靡生活，还包养了两个情妇。

他为什么那么有底气？因为他吃准了聋哑人不会说话，与公安机关沟通困难，维权无门。这叫哑巴吃黄连，有苦说不出。

等到一些聋哑人觉得自己被骗了，便到全国各地的公安机关报案，但由于跟司法机关工作人员之间无法正常沟通，报案很难。有的聋哑人在家人陪伴下到公安局报案，即使已经报案，一年多时间过去，案件也迟迟没有进展，那些人感觉很无奈。

有的聋哑人看不到希望，走上了轻生的绝路。有的被骗到倾家荡产，还因为借别人的钱投进去而欠下巨额债务。有些聋哑人被骗后，无家可归，几十个人一起结伴，挤在一个破破烂烂的廉租房里，那种场景看了让人触目惊心。

听不见，不会说，不懂法律，维权意识比较弱，他们被骗后只得做最底层的活，维持现状以及想办法还投资的欠款。直到重庆有个受害人知道有我这么一个全国唯一的手语律师，长期替聋哑人维权，于是一传十，十传百，找到了我。他们在微信上对我表示："唐律师，我所有积蓄都被骗了"；"唐律师，帮帮我"……

"从目前的情况看，包坚信采用的运作模式，毫无疑问涉嫌传销、非法集资等违法行为。"我很明确地告诉微信群里那些受骗的聋哑人朋友。

这属于刑事案件，必须向公安机关报案。我一夜没有睡觉，忙碌地向那些聋哑人收集信息。第二天，我带着沉重的心情，去有关部门反映情况。

车子停在政府大楼附近，我坐在里面连抽了几根烟，才走下车。

有个领导听完我的汇报，提醒说"小唐啊，这个案子轻易接不得"，原因是还有一个多月就要开"两会"了，维稳很重要。我跑了好几个部门，得到的都是一样的建议。我的内心五味杂陈，一方面，这个案件数额巨大，社会危害极大；另一方面，案子牵扯面太广，稍有差池，会造成无法想象的后果。我很犹豫，甚至想过放弃，但又不忍心，只好暗示自己先冷静一下。

我从微信上"消失"了一个星期，头痛了好几天，反复思索自己做律师的意义，不就是"替那些说不出话的人说话"嘛。

那七天里，微信群里的聋哑人见我一直没有出现，有些人渐渐心灰意冷，有些人决定自发组织起来维权，其中一人给我发了条信息："唐律师，现在各省市来了三百名聋哑人代表，已经到了重庆，明天请求政法委书记派您对接我们。"

看到这条信息我就蒙了，用重庆话说就是"一哈就旷了"。我赶紧向政府汇报，寻求协助，公安局表示愿意配合，我才放下心。

大约三百名聋哑人集聚到了我们律师事务所所在的园区，场面非常壮观。我确定要接下案子，就对他们说："聋哑人朋友们，我替你们维权，请放心。"并把这句话发到微信群里。

如果说刚开始因为害怕所谓错综复杂的关系而不想接这个事情，我觉得只是表象，最终毫不犹豫地答应他们，是因为我内心深处觉得自己是几万名聋哑人的希望，不应该让他们的希望破灭。

从一月底开始，我带上律所里的五名聋哑人助理，几乎搁下了手中其他的所有事情，全力投入到这起案件里。首先，我把来到重庆的那些聋哑人都安顿好，妥善保管实物证据，向他们做出承诺。然后，我到全国各地广泛取证。另外，我表示，这个案件不收一分钱。

随着调查的逐步深入，我发现包坚信很狡猾，反侦查的意识很强，把有价值的证据都抹掉了，而且他背后势力很庞大，似乎有黑道背景。我收到了一些威胁的信息，买我的命，买我的头，买这买那的。我开玩笑说这些人真的是搞笑，花那么多钱，我就一百来斤，算一下，我一斤可贵了。

有一天晚上，我在办公室加班到凌晨两点，桌上的座机突然响起来，那是楼下巡夜的保安打来的电话。他说楼下电梯口有几个人，穿着警服，在用手势对话，看着很可疑，让我小心点。我放下电话，用两个沙发抵住律所的玻璃大门，然后打电话报警。过了几分钟，警察赶到，原先那几个穿警服的人就逃跑了。

虽然收到威胁信息，但我的斗志越来越坚定。以前在电影里，我看到那些好人被犯罪分子拿枪指着、被绑架起来威胁人身安全，觉得离自己很遥远。当我亲身经历了威胁，就觉得电视连续剧和电影情节，也不过如此。

那段日子，偶尔有空闲的时候，我想起以前的很多事情，记忆中有一个很深刻的场景，是我因为案件去聋哑人工作的酒店找他们，那些人在酒店做清洁工，很多人挤着睡在一个狭小的房间里面，每天做着粗重的活，衣服穿得很简陋，工资待遇很低。我想起他们那种殷切期盼的眼神，好不容易赚点钱还要被诈骗，忍不住鼻头发酸，在心里发誓：不帮那些被骗的聋哑人把钱追回来，誓不罢休。

在我使出全力调查取证的同时，包坚信还在加紧四处召开聋哑人洗脑大会，继续行骗。因为他那种庞氏骗局的维持方法，就是拆东墙补西墙。

和包坚信斗智斗勇，收集证据也很考验智慧。看到他在聋哑人圈内发布了"招聘广告"，我找到两个很坚定支持我的聋哑人去他的公司总部应聘成功。一个担任文员，利用电脑技术收集各方往来数据，一个当他的贴身保镖，随时随地掌握他的动向，用针孔摄像头拍下了很多重要现场的视频，这些证据通过不同快递公司寄给不同的收件人和地址。直到包坚信落网，那两个卧底的聋哑人也没有暴露。

拿着厚厚的一沓证据材料，顺利交给公安机关并且成功立案的那一刻，我终于松了一口气。

2018年5月12日，包坚信等十三名犯罪嫌疑人被长沙市公安局抓捕归案，受害人数大约四十万，涉案金额高达五点八亿元。那天是"5·12"地震十周年纪念日，我买了几瓶啤酒和几个凉拌小菜，独自在办公室，关上门小酌了一场。

案件成功告破，资金陆续被追回。当然，那么多聋哑人的损失不一定能全部追回，但我终究是为他们讨回了公道。

二

通过这个非法吸收巨额资金案件，我比以前更加深刻意识到，作为会手语的律师，聋哑人朋友把我当成救命稻草。尤其那一双双眼睛，眼巴巴地望着我的时候，我不能说百分百地感同身受，也可以说百分之九十吧。

为什么能感同身受？因为我的父母都是聋哑人，所以我从小就理解聋哑群体的无奈，理解那种哑巴吃黄连的感觉。

1985年3月17日，我出生在重庆市大渡口，父母都属于后天性聋哑人，由于幼年时感冒发烧，抗生素药物服用不当导致的。

听外婆讲，我刚出生时，家里人都捏了一把汗。医生把我交到我父亲手上时，他对着医生又是作揖又是鞠躬，觉得家里降生了一个健全人，对他们而言是天大的喜事。

我还从小舅舅那里听说，回到家后，父亲在台灯下翻阅了一夜的《新华字典》。第二天，家里人发现桌子上多了好几张写着字的纸，上面是他给我选的名字"帅"，寓意"将帅之才"。

三个月大的时候，我被父母交给外婆外公带，只有周末才被允许回家看看他们，每次待不到一会儿，就被他们狠心"赶走"。我的外公外婆是健全人，等我长大一点了，他们告诉我，父母害怕我在家受到他们聋哑人那种表达习惯的影响，不希望我进入无声的世界，觉得我应该和健全人一起，在"正常"的环境下长大。而且，父亲觉得聋哑人是生活在社会底层的人，而我属于健全人社会，不该和聋哑人之间有任何交流。父母在家都是用手势交流，但他们不允许我学手语。印象中，四岁之前，我与父母之间几乎没有沟通和交流。

多年后，我明白了父母当初那样考虑的原因。长期以来，在各种主客观因素的影响下，像其他残障人士一样，聋哑人潜移默化形成了自己无声的群体——他们不与健全人群交流，实际上也无从交流；更不与健全人群一起生活、工作；他们排斥着健全人群，也被健全人群排斥。他们活在彼此无声的世界里，用手语进行着沉默的沟通。即使情绪波动最激烈的时候，也无法从他们身上捕捉到更多的情绪色彩。

就在四岁那年，一个晚上，因为父亲的一场阑尾炎手术，我才意识到学习手语的重要性。当时父亲肚子疼得在床上打滚，被送到医院后，具体哪里疼，他说不出来，医生护士也不会手语，无法马上帮助他减轻痛苦。我在一旁看着，心里很着急，帮不了一点忙。耽误了很多时间，医生才确定我父亲患了阑尾炎。做手术时，外婆把我叫到病房外说："你一定要学会手语，等父母老了，才能好好照顾他们。"

从那时起，我开始学习手语，最初是瞒着父母学。我父母工作的大渡口区振兴金属厂，是重庆市接纳聋哑人就业的重点福利工厂之一，厂里三百多名员工中，有二百多名聋哑人，女厂长也很精通手语。我常常到父母工作的厂里玩，叔叔阿姨都喜欢捏我的脸蛋。混在聋哑人中间，我跟他们比画着学手语。厂里的叔叔阿姨觉得我很聪明，偷偷教我手语，只要教一遍我就能学会，几乎是过目不忘。

"爸爸"和"妈妈"是我学会的第一组手语。尽管内心怀揣着激动，可我不敢展示给父母看。我偷偷地学手语，引起了厂长的关注。她也是一对聋哑人生育的健全人，对手语很精通，很支持我。厂里开职工大会，五岁的我坐在厂长旁边给翻译，因为厂长看我学手语比较有天赋，她也是专门在锻炼我。厂长比画手语给聋哑人职工们看，我就翻译给健全人职工们听。

慢慢的，我基本上在父母厂里也算成了一个小红人，厂里的聋哑人在外面大大小小的事情都会让我去帮忙翻译。比如去医院看病，包括到银行存钱取钱，那个时候没有ATM机，都是银行凭存折办理业务，还有他们生活上的一些矛盾纠纷，都是让我去帮他们翻译的。父母厂里的聋哑人子女当中精通手语的，我算是唯一的一个。

看到我会手语之后有了用处，又有厂长支持我，父母不再排斥让我学习手语。到六岁时，我基本能用手语和大人沟通。但那时我还不知道自己学习的仅仅只是重庆方言手语。上小学后，一天，父亲的一个聋哑人同学从上海来我家做客，才给我指出了方言手语的差异。

那个阿姨和我父母交流，我注意到她的手语跟我们有点不一样。她好像为了考我，做出一个陌生的手势，然后用手语问我是什么意思。我答不出来。原来，那个手势，是用上海方言手语表达的"上海"，与重庆方言手语的表达完全不同。

本来，手语由十个手指和面部表情、肢体动作构成词汇要素，重叠重复性高，同一个动作在不同的语境和语感中表达的意思都不一样。从父亲的同学那里我了解到，就像全国各地有不同的方言一样，手语也是有方言的。

比较通用的自然手语，就是方言手语的集合体。比如

"我爱你"三个字的表述，简直五花八门，北方地区是左手竖大拇指，右手从上到下抚摸；重庆地区是用右手抚摸心脏，左手手心贴近右手手背；台湾地区则是伸出右手，同时弯曲中指和无名指……还有一种是普通话手语，使用范围很狭窄，就是大家平常在电视上看到的那种手语，仅限于新闻、大会的翻译，以及学校的教学。自然手语和普通话手语的区别也很大。

当时我就想，要尽可能多地学习各个地方的方言手语。那些年重庆旅游业兴起，吸引了一批批来自全国各地的游客。每个周末，我到重庆的地标解放碑和朝天门，常常一待就是一天，只要看到拿手比画的人，就上前跟他们搭讪。对聋哑人来说，在街头遇到主动学手语的健全人小孩，是比较稀奇的事。他们通常对我很热情，聊起来以后，遇上看不懂的，我就拿出本子让对方在纸上写。有些格外热心的游客，还请我吃饭、做导游。

去旅游景点"守株待兔"学手语的方法，我一直坚持至高中，学会了全国七八个地区的方言手语。有一次我同时给外国人和聋哑人当翻译，在普通话、英语和手语之间来回切换，觉得特别自豪。

2004年初，就是我高三的下学期，临近毕业考试时，数理化成绩一直比较优异的我做出了一个决定——退学打工。早在我八岁时，国企改革，父母就双双下岗，家里条件很不宽裕，仅仅靠外公外婆微薄的退休金生活。每次老师敲着桌子问"谁还没缴学费"，全班同学都会回过头来看着我。外婆外公省吃俭用供我上学，我自己从十四岁打工，课后做冰激凌的推销员，卖一盒提成一分钱，清洁工、家教都做过。我挣得的第一笔工资有五块钱，用其中的三块钱给外婆买了一件衣服。外婆身体一直不好，她生病了却打死不去医院看病，每次生病都自己硬扛，买药都舍不得，就为了留点钱给我读书。

我是外婆带大的。亲人当中，我跟她的关系最亲密。我很心痛外婆，觉得她老了，不想她再那样累下去。我决定自己挣到足够多的学费，再回来读书。外婆知道我退学后，痛哭了一场，对我说：不管做什么，千万别学坏。

我喜欢唱歌，嗓子还不错，谈不上有做歌星的梦想，毕竟对自己的长相还有家里边的经济条件基本上是明白的，知道自己有几斤几两重，只不过想着要是去参加歌唱比赛能够获奖的话，可以借此挣点儿钱。我小时候就知道，在经济发达的地方有酒吧，酒吧有驻唱歌手，那样能挣钱。

上海是我的第一站。参加电视台举办的"上海亚洲音乐节中国青年歌手大奖赛"，我获得了最佳新人奖等四个奖项。带着那些奖项，我踌躇满志地去了北京，希望能依靠演唱赚钱。

人生地不熟，举目无亲，我刚到北京，别说赚钱，生存都很艰难，不仅没有如愿找到工作，而且几乎身无分文，晚上只能露宿在公交车站。走投无路时，我翻看手机上的电话簿，有一位高中同学当年考到了北京外国语大学。我试着给他打电话，然后去昌平校区找他，寄住在他们的寝室。

那段时间我发现，一到饭点，校园食堂里就没什么人，打听后知道同学们嫌食堂的饭不好吃就到校外吃。我觉得是个商机，萌发了卖盒饭的想法。同学帮我凑了两万块钱，我在大学旁租下一间小屋，卖起了盒饭。十块钱一荤两素，生意竟然出奇地好。我以为是自己的盒饭好吃实惠，大家都喜欢。寒假前的一天，我特意到同学的寝室去邀请他和同学们，希望请他们吃一顿大餐，聊表谢意。上楼的时候，我意外发现每一层的垃圾桶里都有很多我家的饭盒，因为好奇就掀开那些饭盒盖子，结果就惊呆了，很多盒饭没动过就被扔掉了。我马上明白了原因，那些同学都是听说了我的经历，想要帮助我才坚持每天买我的盒饭。

那一刻，我才知道自己的盒饭有多难吃。真相大白后，我不想再继续卖盒饭。我已经挣了四万块钱，但那点儿钱是死的，花完了就没了。我还想着要上大学，那点儿钱也根本支撑不了我四年大学，另外，我还要照顾家人的生活呀。我就把四万块钱在西单买了服装，拉回重庆摆地摊卖。服装利润很高，货物出手后，有了七八万元。

靠着这笔钱，我盘了一个别人做黄的酒吧，就是冲着自己唱歌比较好，哥们儿也多，那些叔叔阿姨天天闹着要听我唱歌，只要买我的酒就可以听我唱歌。我在酒吧里招聘了聋哑人服务员。靠那个酒吧，我挣到了家人的生活费，也攒够了上大学的学费。

除了亲身经历，在做生意期间，我更深入地了解到聋哑人群体的困难。2005年我二十岁，通过自考，考取了西南政法大学法学专业。本来，聋哑人在法律和医疗两个方面的阻碍最大，相比而言，学医耗时太长，我没有多大兴趣和信心学成。法律常识的缺乏，让这个群体的案发率居高不下，怎么帮助他们呢？我在两者之间最终选择了法律的方向。

三

我用两年零九个月，修完了四年的本科全部课程，还考取了手语翻译资格证书。考证前的培训课我没去几次，手语老师说我可以直接考，我就直接去考了，一次性通过。

在大学期间，一个偶然的机会，我被警方邀请为一群聋哑犯罪嫌疑人做手语翻译。那是2006年，我因为做生意挣了点钱，想去感谢曾经帮助过我的一个人。我十四岁做家庭清洁工时，有个叔叔和我商议好，一个礼拜做一次，一个月一百二十块钱，但实际上一百、一百五、二百、三百，他都给过我，让我很感激。我买了水果去看望那个叔叔，他家里当天正好有个客人是九龙坡区公安分局的领导。他给那位领导介绍了我的情况——会手语，还是法律专业。那个领导就说，正好抓获了一批聋哑人犯罪团伙，为查清案情，局里请来两位聋哑学校的老师做手语翻译，半个多月了，审讯工作还没有多大进展。他让我去帮忙和聋哑嫌疑人沟通。

那试试吧。我一试就打响了第一炮，四十分钟就让那些人开口了。当时是怎么做到的呢？很简单，没有所谓高大上的技术含量，我长期生活在聋哑人群体中，太了解聋哑人了。他们的心理状态、思维方式我很清楚，和他们能达到无障碍的心与心的沟通。

心与心的沟通，就是人家信任你，信服于你，才给你讲真心话讲实话。那个案件具体是团伙盗窃，我见到他们时，他们情绪很激动，尽管证据确凿，但坚决不承认。我就用手语跟他们聊天，家长里短，天南海北都聊，安抚他们的情绪。他们觉得健全人当中，手语有我那么好的很少见，听说我的父母也是聋哑人，他们就觉得——那你不会害我们，我们就跟你讲实话。从第一个人打开缺口，其他人就接着如实地进行了供述。

一般来说，聋哑人很纯粹，他们是只关乎于事物的表面，不究其本质，他们生活在二维空间，只看平面。他们的世界里只有黑与白、善与恶，没有灰色地带，喜欢你就喜欢你，不喜欢就不喜欢；信任你就信任你，不信任你就是不信任。

从那次翻译之后，我就开始了手语翻译生涯，跟重庆市九龙坡区公安分局办理聋哑人案件一直持续有七年。其实不只是九龙坡，后面协助重庆市公安局以及整个重庆市三十八个区县，还有陕西、四川、广西等地的公检法部门处理聋哑人案件事宜，主要参与的环节是侦查、审查和起诉，整个司法程序中的法律手语翻译。

在那期间，我成功协助破获了上千件疑难的聋人犯罪案件和重大聋人犯罪团伙案件。在那个年代，聋哑人案件基本上都是盗抢。刚开始接触手语翻译时，我发现聋哑人在具体的司法案件当中，很难跟司法工作人员进行沟通。我也读过司法相关人员的论文，里面写道：聋哑人刑事案件的最终审判者其实不是法官，不是检察官，不是律师，而是手语翻译。

根据我国刑事诉讼法的规定，在法庭上讯问聋哑犯罪嫌疑人，要有专业翻译人员参与。一般司法机关会聘请特殊教育专业的手语老师，每次耗资上千元。但特教学校的老师们往往学的是普通话手语，对方言手语不熟悉，加上不是法律专业出身，对法律术语也不了解，所以在案件翻译中可能出现词不达意的现象，从而影响案件的正常审理。可大部分聋哑人都使用方言手语，经常出现谬误和曲解，比如故意伤害和故意杀人，两字之差，量刑标准却大大不同。

每个案子中，我们都要先向当事人告知他们的权利义务。法律本来属于一个概念性极强的社会科学，非法学专业的人面临一些法律专业名词，自己都搞不清楚是什么意思，如何能对聋人群体做有效的解释和传译呢？

举个例子，要怎么向聋哑人解释回避制度？"回避"两个字在日常交流中是很简单的，但在司法解释中，远远不是字面意思。它可能涉及当事人、诉讼代理人的近亲属，与案子有利害关系的人，或者与当事人有其他关系、可能影响对案件公正审理的人。申请回避是当事人的合法权利，但手语怎么翻译这个？很多手语翻译是不懂法律的，他们如果只是以日常交流中的"回避"去解释，聋人怎么可能知晓自己的合法权利？

其实不只是法律界，医学、计算机的专业名词在手语翻译中也几乎是空白状态。我们都知道青霉素是很常用的药物，按照目前的手语翻译规则，青霉素是用汉语拼音的声母即QMS去表示的。不说聋人，即使是健全人，看到QMS，能一下反应过来是什么意思吗？法律、医学、计算机是现代社会生活必然会接触的三个领域，而这些领域中的专业名词却很少有标准的手语翻译规则，这也让聋人融入健全人的社会生活变得困难重重。

正因为我知道聋哑人生活何其不易，也知道他们的逻辑和健全人的区别多么大，那么，即使他们犯了错，也应该受到法律上的公平对待，不应该因为其中一个环节出错，人生就被错判。如果他们的命运掌握在手语翻译人员的手里，很难保证整个手语翻译参与案件当中的时候，能秉承着中立、合法的方式去翻译，就可能导致聋哑人在司法案件当中很难享受到公平和正义。

有一次，沙坪坝区一位老奶奶找到我，说她女儿是聋哑人，一个多月前被指控在商店偷窃一部苹果手机，在警方讯问笔录时，她女儿通过手语翻译认罪，即将面临刑事起诉。但奇怪的是，女儿在母亲面前却坚称没有盗窃手机。为什么同一个人的表述，会有截然相反的意思？我认为一定有隐情，到检察机关调取了案件审讯视频，观看的结果让我震惊。

原来，手语翻译和聋哑嫌疑人的手语，存在普通话手语和自然手语的差别，导致笔录内容和嫌疑人的阐述有出入。警方聘请的手语翻译根本没有把当事人的原意翻译出来，那个女孩一直表达的意思是"没有偷"，但经过手语翻译后，变成了"我偷了一部金色的苹果手机"。

视频中，手语翻译通过手语讯问：你是否在某年某月某日，在某商场偷了一台苹果手机？女孩回答：我没有偷手机，我不会承认的。接着，翻译人员又问：你偷的是一部什么样的手机？女孩说：我没有偷手机，我哪里知道是一个什么样的手机？但她的回答在笔录上却变成了：我盗窃的是一部金色的苹果6手机。

笔录和女孩的表述为什么会出现截然相反的意思呢？问题就出在手语翻译上。通过对比我发现，女孩在视频中的表述和在笔录中的供述严重不符，因为自然手语中的"我"和普通话手语中的"承认"很相似。不管从她的表情，还是对人的手语，包括整个人状态，我看不出半点儿她在撒谎。这样的误会造成相反的供词，差点就葬送一个人的前途。

我将发现的疑点形成法律意见和辩护意见提交上去，最终检察官采纳了我的建议，核查笔录内容后，以本案事实不清、证据不足为由，对聋哑嫌疑人做出了不予起诉的决定。

在手语翻译的过程中，我逐渐总结出聋哑人案件中会出现的难题。一方面，大多数的手语翻译缺乏法律专业知识，不能准确地向聋哑人传递法律概念和信息，无法对聋哑人进行法律上的有效解释，出现鸡同鸭讲的情况，导致聋哑人不清楚自己享有的诉讼权利和义务；另一方面，几乎所有的手语翻译使用的都是普通话手语，而百分之九十五以上的聋哑人使用的是自然手语，这就导致案子在审判过程中可能出现截然相反的结果。有的手语翻译不能完全正确地理解聋哑人的意思，看不懂时索性忽略而过或是翻错，甚至有时遇上连手语都不太会的聋哑人，只能猜表情。这样的情况下，一个人的自由和生命都掌握在你手上，你给我靠猜？

更有甚者，没有第三方监督监管约束，个别的手语翻译会利用聋哑人的弱势和自己的特殊地位，向他们索贿。有的坏心的手语翻译，当着警察的面向聋哑人要钱："不给钱就害死你！"有一回，我看到一个审讯聋哑人的视频，手语翻译对嫌疑人比画着："我跟你的家人联系了，但是你的家人只能给六千。"嫌疑人用手语回应："你再跟我的家人说说，让他去凑。"最后谈不拢，手语翻译完全曲解嫌疑人的意思，造成一份"假笔录"。这种情形，就会使一些人遭受不白之冤。虽然手语翻译这个圈子有清有浊，但我认为，法律最容不得浑浊。

每次司法机关叫我去参与办理案件，往往都是因为，不管是翻译人员还是侦查人员对聋哑嫌疑人讯问，他们一般都不接受，不承认，相互之间达不到有效沟通。我帮他们侦破案件，基本上所有的聋哑人特点都是一样的，别人去他们不说，我去了他们就说，正是基于我对他们的了解，让他们觉得跟我之间的交流就像朋友，我能够得到他们的信任，他们会知道我绝对不会害他们，也不会出现明明他偷了两次，我非要说五次、十次来去夸大办案人员的"政绩"，然后让他背负更大的法律后果。他们知道我绝不会那么做。司法人员也很了解我的性格，比如说大家都知道公安有侦破任务，一年必须要破案多少件，我都会坚持原则，不是他们做的，就不是他们。基于聋哑人对我的信任，我没遇到过一个聋哑人不在我面前说实话。这归根结底就是一种同理心，让我能够无障碍地get到他们的聋人思维、聋人心理、聋人习惯，所以我们之间的交流才不存在障碍，不存在欺骗，不存在防范，更不存在尔虞我诈。

有一个十九岁的广西聋哑男孩，从小被父母遗弃，没上过学，也不会手语。家中没有粮食了，因为太饿，他去村里一位老奶奶家里偷米。聋哑人偷窃如同"掩耳盗铃"，在被老奶奶发现并抓住后，他情急之下下了毒手，杀死了老奶奶。因为那个聋哑男孩完全无法进行手语交流，并且对人抱有防备心，司法机关没法审讯他，就请我帮忙。我提出在看守所内和那个男孩同吃同住。那个男孩有暴力倾向，为保障我的安全，公安人员把桌椅板凳全部撤离，地面上仅铺着报纸，放一瓶矿泉水，瓶盖子都被拿掉了，吃饭也不让我使用筷子，只能靠手抓。与我独处了一天半之后，那个男孩终于放下戒备，用最简单的肢体语言向我还原了整个案发经过。结束的时候，他闭上眼睛，低着头，伸出双手，紧握拳头，做出一个被逮捕的动作。犯罪是可恶的，但他承认错误的那一瞬间，我很受触动，没忍住就哭了。

当手语翻译的那些年，在聋哑人群体里，我被认为是"最难攻克的人"。很多人传言我有"催眠术"，只要犯了罪的人在我手上，一定会招。其实哪有什么催眠术，我不过是把自己放在与聋哑人平等的位置上。

手语使用得越来越熟练，和聋哑人之间的沟通越来越多，我越来越了解聋哑人在生活当中的种种不便、无奈甚至是无望。我越来越发现，聋哑人群体因为无法发声，挣扎在社会最底层，一直过着卑微、饱受歧视和虐待的日子。

参与处理过上千件聋哑人案子，我没见过一位会手语的律师。懂手语的不懂法律，懂法律的不懂手语，稍有不慎就有聋哑人因错误沟通、错误判处的罪名被关押受刑，谁能帮帮他们呢？要是没有一名既能跟聋哑人无障碍沟通，又懂法律的专业人士为他们代言，会产生多少冤假错案？相对于普通律师通过手语翻译进行辩护以及代理维权，我设想，专业手语律师的准确性和专业性，一定会对诉讼无障碍交流沟通起到积极作用。

就我自己来说，既然老天让我生在了一个聋哑人家庭，接触到"无声世界"，那么老天是什么意思呢？我渐渐明白了：要想为聋哑人群体发声，最合适的身份还是律师。

2012年，我通过国家司法考试，成为一名专职律师。本来我在毕业时考过一次，但没有通过。虽然也有特招成为公务员的机会，但我通过办理聋哑人的案子，明白了真正要减少聋哑人犯罪率，光靠打击起不到太大作用，还是要提高他们的法律意识。同时，我看到聋哑人参与法律诉讼的种种障碍和困难，他们的种种无奈、绝望。一些老师和领导也跟我说，你要想真正帮这个群体，做律师，不要做法官，不要做警察。我综合分析后觉得，对。

四

真正成为一名律师之后，我接的第一个案子是关于一个聋哑老职工。照理来说六十岁退休，他都六十四了，还没有拿到退休金。家里边跟他相依为命的，是一个八十几岁的老母亲，老母亲无法下床，他们俩的生活来源就是老母亲的退休金。当我到他家里去的时候，他的老母亲跟我说："你一定要帮帮我们。"聋哑人群体说不出听不到，往往就容易成为一些无道德的人欺负的对象，成为那些犯罪黑手伸向的对象。我介入这个案子以后，发现企业压根没给他办理过任何相关退休的手续。最后我帮他打赢了官司，在步入六十五岁生日的时候，他拿到了退休金，当然也把他之前几年应当拿的退休金给补上了。

那个案子我没有收一分钱律师费。我永远都记得，他拿到退休金以后，从超市里给我提溜了一包大白兔奶糖，再给我买了一条烟，是那种老的"龙凤呈祥"。

开始做律师的时候，我就想好了要帮助聋哑人，不然的话就丧失了我做律师的初心。在涉及聋哑人的案件中，常常因为无法用语言表达，导致理解偏差，聋哑人只能哑巴吃黄连。我接触的各种案件，简直可以形容是"黑洞"，有人被骗了钱，有人被打伤，有人被家暴，有人被拐卖等等。有的聋哑人坐车到重庆来找我，我一问，他们长期被一个聋人团伙勒索，所以要"报案"。我听了有些哭笑不得，你们报案要找警察呀，不是找我。那几个聋人说，去过公安局，人家看不懂手势，他们又不会写字，只好灰头土脸地走掉。

随着接触的案子越来越多，我发现聋哑人实在太需要帮助了，他们遇到事情不仅求助无门，甚至还会因为不懂法屡屡被骗。一个聋哑女孩被拐卖到聋哑人盗窃团伙，她每天的工作就是到大街上偷东西，然后把"战利品"交给老大。有一回，她因为盗窃被抓，警察发现，她身上竟然有一百个左右被烟头烫伤的痕迹。女孩最终因为年龄小定不了罪，就被送回家，结果家人直接说："送她回来干什么？不偷她吃什么，我们可没钱养她。"几天后，她终究还是离开了家。

我对她的悲惨遭遇感到很痛心，社会和家庭欠他们的，该如何去还呢？很多聋哑人对法律知之甚少，长期"与世隔绝",他们甚至不知道什么行为是犯罪,更不知道什么情况下,应该怎么寻求法律途径维权。见过太多聋哑人的委屈以后,替他们发声成了我的主要工作。2015年,我成立了自己的律师事务所,与别的律师最大的不同,处理一些健全人的案件之外,我就是专注为聋哑人群体进行法律诉讼和维权。

自然手语是相对比较粗糙的,法律有很多专有名词,字面上只相差一点点,却对案件的定性、判刑等影响巨大。相应的,一个手势之差,意思可能谬以千里,对聋哑人被告来说可能就是无妄之灾。要做到准确翻译,又要保证判决的公正,"无声"地交流是我工作中再寻常不过的场景。一起聋哑人案件,我的收费比健全人案件低很多,所花费的时间和精力却几乎是健全人的好几倍。为了让他们能够明白有些法律概念和名词,我总要花时间把名词里包含的犯罪构成要素,一个一个向他们解释清楚,让他们在这个基础上去理解法律名词。如果遇到连自然手语都不熟悉的聋哑人,耗费的时间会更多。我们要花大量时间,用一个故事或者一段场景,甚至结合很多肢体语言,让他们去理解法律名词。我们律所的同事几乎每天都要帮助聋人向公安机关报案、整理笔录和证据,一位聋哑人平均要花上三五个小时,复杂案件会耗时好几天。

替聋哑人维权的过程中,我一般所做的就是用他们懂得的手语跟他们交流,详细了解案件的事实和经过,形成辩护意见,在法庭上为他们辩护。在这个过程中,我还要见缝插针对他们普法，让他们对自己的犯罪行为有清晰的认识。

一名中年聋哑男人，在公交车上偷了一位老奶奶给孙子的两万元救命钱。没了钱，老奶奶的孙子肾衰竭死亡。庭审时，骂声四起，大家都指责那个男人，说这样的人渣还配辩护？可我还是请求法官让我替被告人"说两句"。那个男人的两个聋哑朋友在自然灾害中死去，留孩子独自在世上，他盗窃正是为了给朋友的遗孤交学费。当时没有别人在意他的动机，但这些不能听、不能言的犯罪嫌疑人也有发声的权利，要是我不替他们在法庭上表达，或许就没有人了。

我觉得，聋哑人犯罪有主客观两方面原因。主观上是他们无法与正常人沟通，而且法律意识淡薄，不知道如何计算犯罪成本；客观上则是聋哑人在社会上得到的关爱比较少。我每次都试图让大家理解这些犯了错的人，竭力给不能说话的人一个表达的机会。我做律师，就是希望发挥这个职业的作用，努力成为防止冤假错案的一道重要防线。

在涉及聋哑人的案件中，我最痛心的是他们遭到的主观误解。有一回庭审，我坐在律师席位上，直接打断法庭上的手语翻译，指出他没有把庭审规则和被告人所享有的诉讼权利完整翻译出来。那个手语翻译以前可能从没被质疑过，一下子就红了脸。

作为一名会手语的律师，我接触的聋哑人案件越来越多。面对聋哑人这个特殊群体时，总想着能帮就帮。一次下班途中，我看到一名衣衫褴褛、神志不清的聋哑女孩。她当时衣不蔽体，脚上连一双像样的鞋都没有，全身上下脏得像是从垃圾堆里出来的。我上前详细问询她的经历，她表示自己被人贩子拐骗到了重庆进行卖淫活动，被虐待了好几年，一直在等待机会逃跑。有一回，她跑到街上，求助协警，但由于沟通不了，又被犯罪团伙抓回去毒打一顿继续卖淫。那次她又等到一个机会，才艰难地逃出来。一路上因为身无分文，她不吃不喝，更不敢多作停留，以避开追赶她的人贩子。沟通案情时的两个多小时里，她的眼泪没有停过。我请女同事帮忙，带女孩从头到脚清洗干净，给她买了衣服，让她吃饱饭。然后，我立即协助她向公安机关报案，还给她买了回家的火车票，临走时，担心她在路上遇到意外，我又摸出两百块钱塞到她手中。

不单单解决法律问题，连聋哑人的就业问题也会跑到我这儿来。有一段时间，我同时照顾着八名聋哑人，他们都是被家庭抛弃的。当时我租了一个房子暂且安置他们，给他们每人五千元，还添置了卖手抓饼的推车，教他们去摆摊。后来卫生整治，我把他们送到玩具厂上班。

<h1 style="text-align:center">五</h1>

从2015年起，我受聘成为重庆市大渡口区残疾人联合会的法律顾问，每月抽出时间用手语给区里一百七十八个聋哑

人开展普法讲座，告诉他们最基础的法律常识，包括什么是犯罪，还义务为有困难需要帮助的残疾人提供诉讼案件代理和辩护。

我相信，要增强残疾人的法律意识和维权意识，提高他们知法、懂法、守法、用法的能力，普法教育是基础。每次开普法讲座，不但不收钱还往里搭钱，凡是来参与学法律听讲座的聋哑人，我们发米发油发鸡蛋，一来就是几十上百人，年龄从十多岁到七十多岁不等。讲座结束后，我常常被聋哑人围住，他们问题很多，有些也与法律无关。在他们眼里，能见到一位交流无障碍的非残疾人，实在太罕见了。我从事普法讲座这块，在重庆相对比较集中的是在大渡口区残联。我也自行组织，到广东、陕西还有北京开展活动。

我研究过，聋哑人普遍缺乏自我保护意识，没有法律意识，不懂得怎么样去保护自己。大部分聋哑人学历较低，无法成功就业，而且法律意识很淡薄，成为他们铤而走险走向违法犯罪的根源。那么，单纯惩罚犯罪并不是降低犯罪率的最佳途径，最要紧的应当就是开展普法教育，提高他们的守法意识，从源头上减少案件的发生。

曾有一个聋哑女孩找到我，想让我帮她要回老板少给的钱。我用手语比画："你能把自己的工作说得更加详细吗？"她用手语比画："我们单位有二十多个人，我们每天的工作就是和人出去喝酒、吃饭、睡觉。每次睡完觉，老大给我一二百元，但是那些健全的女孩可以得到四五百元。我觉得很不公平，你能帮我要来钱吗？"我明白了她的"单位"和"工作"到底是什么，就问她："你知道自己的行为违法吗？"她很天真地表示："客人是自愿给钱的，我没有偷、没有抢，怎么会违法呢？"我非常无奈，并没有如她所愿去替她"讨薪"，而是耐心给她进行了一番普法。

还有一个高中毕业的聋哑人问我："唐律师，检察官、法官和律师有什么不同？"这问题让我十分汗颜和难过，很多事情对于健全人来说是常识，而聋哑人却没有途径获知。健全人在成长过程中，有许多知识和信息来源，但这些信息传播渠道几乎只考虑了健全人的接收方式，聋哑人却被排除在外。他问出的问题，基本代表了我国聋哑人的法律意识水平，就是很多聋哑人连基本的法律概念都弄不清楚。在这样的基础下，以正常人的形式去做普法教育，往往收效甚微。

我也了解过不少法律援助机构和单位都会为聋哑人开展普法活动，其中很多会邀请法律界的教授或讲师开讲座，请手语翻译现场翻译。我也听到有关机构或部门说"唐律师，我们也搞普法活动"，每次我就问："你们是用什么方式进行普法呢？"他们都会说："我们是在当地聘请有名的法官、有名的律师，然后来讲普法课堂，再到聋哑学校去聘请手语翻译来进行同声翻译。"我一听就会用讽刺的语气说："噢，那你们的这种普法课堂可整得好啊，下面的聋哑人绝对是反应很热情很激烈，讨论得如火如荼的吧。"基本上他们的反应就是："哎，唐律师，你怎么知道的？下面的场景真的是——那些聋哑人讨论得如火如荼，都在那儿比画呀，讨论得很激烈呀。"

我说，你知道他们讨论的是什么吗？

他们说不知道。我说，他们讨论的就是自己的张家长李家短，摆的是自己的龙门阵，跟你的普法课堂讲的内容完全不搭，完全不相关。为什么？教学要达到有效，必须有个前提是因材施教，老师在教学之前要摸清自己学生的水平状态，处于什么阶段，才能有针对性地制作出有用的、有效的教材。换句话说，如果对小学生讲数学，用的是高等微积分进行讲课，你觉得小学生听得懂吗？这是第一个bug。

第二个bug，就是所请的手语翻译。如果他是聋哑学校的老师，那么九成以上用的是普通话手语，因为他在学校里读的是特殊教育专业，学的就是普通话手语，但绝大部分聋哑人用的都是自然手语，两种手语之间的差别非常大。手势本身加上语法都天差地别，这样两种手语之间能不能有效交流呢？有一个容易理解的形容就是，普通话和闽南语在一起能不能正常交流？它们的差别就是那么大。

第三个bug，法律是很抽象的一个社会学科，里面有很多专有的特殊概念，聋哑学校的老师并非法学专业出身。普法者不管是法官还是律师，水平再高，在普法过程当中都肯定会触及法律上一些专有名词和概念，但聋哑学校老师搞不懂这些法律专有概念背后的含义，如何能对台下的聋哑人进行有效传递？

基于以上三个因素，这样的普法就是形式主义，走过场。那么用健全人思维能想象到的方式，对聋哑人进行普法就是无效的。百分之八十以上的聋哑人文化程度很低，成文成段的基本上看不明白，就算一个初中毕业的聋哑人，真正的文化水平仅相当于小学三年级，因为我们的特教教材和教学方式很落后。再说到绝大部分聋哑人使用的是自然手语，语法和普通话手语的语序是颠倒的。我举个例子，用普通话手语表达"今天我要到我妈妈家去吃饭"，但用自然手语表达的话就是"今天吃饭我妈妈家去"。基于文化程度低，语法不同，那么通过普通话手语传达的普法内容，他们看不明白，因为没有人能够对他们进行有效解释，导致接收法律信息的渠道无效。

　　包括电视台的有关节目，屏幕下方有一个手语翻译，那个基本上也是无效的。为什么？因为他们用的也是普通话手语。电视台用这种模式的初心是好的，想为聋哑人普法，想安排一个同声翻译，给聋哑人传达相关的信息，让他们跟上社会发展的步伐。但错就错在这个形式是闭门造车，因为播音员每一分钟用普通话，可以说三百字左右，语速快可以达到四百字以上，但是手语一分钟最多只能比画七八十个字。在两者语速有严重差别的情况下，放在一个平台上，就不可能同步。如果要同步会出现什么情况呢？播音员一分钟讲的完整内容，手语翻译要不停地删减。

　　比如播音员说"2020年1月1日，某某某同志到达哪里，然后怎么样"，时间、地点、人物、目的、意义都阐述得很清楚，但到手语翻译那儿的内容就是这样的："2020年1月1日，某某某到哪儿"。这样能让聋哑人看得懂吗？再加上用的是普通话手语，所以接收信息的知识点也无效。

我们国家没有一所政法高校或大学的政法学院招收聋哑人学法律。国家为构建法治社会，要求谁执法谁普法，对于健全人来讲，通过文字，通过媒体，通过听、说等都可以获取一些法律理念、法律概念，树立知法、守法、用法的意识，而聋哑人对法律概念的认知极度空白。

基于以上几点，聋哑人整个群体的法律意识，基本上是法盲状态。说老实话，大学本科毕业的聋哑人，真实水平也仅相当于正常人文化水平的初三或高中一年级，理解能力最多在那个水平，我们国家虽说聋哑人可以读大学，殊不知聋哑人能够学的仅限于少数专业。

聋哑人的法律意识淡薄，还可以体现在全国聋哑人绝大多数对我的称呼："唐法师"。这样一个称谓，足以反映出聋哑人的法律知识淡薄程度，连法官、律师、检察官的职业属性、职能都搞不清楚。

我通过自然手语开展普法讲座达到的比较直观的效果，就是大大降低了普法地区聋哑人群体的信访率。还有，能真正帮助更多聋哑人，让我感到有一些成就，但经常面对很多外地聋哑人发来的求助信息，我总感觉无能为力。如果想向全国约三千万聋哑人普法，扩大帮助他们的覆盖面，我想到，何不利用互联网呢？

2016年，我拿出积蓄，委托软件公司研发了一款法律援助软件"帮众法律服务"，让我们律所的所有律师都注册，免费在上面给聋哑人提供法律咨询。我的构想很简单，采用你问我答的方式。只要聋哑人点击"需要帮助"写明案由，备注聋哑人身份，然后点击"发送"，后台就会把这个单子分派到律师的端口，律师再做针对性解答。运行了两年，我发现软件有一个弊端，因为它只能通过文字问答，可很多聋哑人最高只有初中水平，连手语都不会的也大有人在，加上文法语法不一样，用文字来进行解答，交流还是存在很大的障碍，他们看不懂律师的回答，也不知道自己该怎么问，所以我们只好放弃，转向微信公众号。

在公众号里，我们就不用文字进行传译解答，聋哑人不仅可以观看普法视频，还可以选择"一对一手语视频咨询"，解答就更直观。单次咨询三十九点九元，每次持续两小时，这是根据重庆司法局最低服务收费标准计算的成本费。要是线下咨询，就全免费，来律所咨询的聋哑人，我没有收过一分钱。

面对全国各地聋哑人的咨询，通过公众号面向聋哑人接单，毫不夸张地说，我忙的时候接单快累死了。我感到自己一个人的力量还是有限，许多时候力不从心。尽管我想尽办法帮助每一个求助的人，但仍有一些案子因为距离、时间的原因无法接手。如何才能有效应对更多的聋哑人呢？我觉得需要更多像我这样会手语的律师出来，就把我们律所的几十个年轻律师拉到一起，请手语老师每周来所里给他们上课。大家起初信心满满，但半年过去，花了精力，花了时间，还花了钱，最后我一检验，不行，毛用没有。学得最好的，也只能比画几个词，一到对话全蒙了。为什么？他们是健全人，不具备聋哑人的思维，不了解聋哑人的语法，没有聋哑人的语言环境，今天学过明天就忘，所以这半年时间白花。这条路行不通，那怎么办？

那段时间，我每天晚上睡不着觉，身边的人都觉得我处于要疯不疯的边缘。睡不着觉，我就看纪录片，从关于邓小平的一部纪录片中我受到启发，茅塞顿开。那部纪录片中的"港人治港"四个字，对我犹如醍醐灌顶：因人制宜，因地制宜，因事制宜。聋哑人和我们健全人社会隔绝，互相之间存在隔阂，那么能够给聋哑人提供有效的服务和有效的普法，最了解聋哑人群体的人，不外乎就是聋哑人自己呀。中国有约三千多万聋哑人，我为何不让聋哑人学习法律，自己培养聋哑人律师，让他们参与聋哑人的法律案件？

2017年4月，我开始付诸实践，在全国招聘聋哑人学法律。我的招聘要求是，大学本科毕业，普通话手语和自然手语精通，这样才能够给聋哑人普法，不然成了一个花拳绣腿，光有其名没有其用，有什么意思呢。半个多月后，我从重庆师范大学选拔了五位聋哑人。让他们学习法律，得从零开始，我给每人都买了全套教材，让他们边工作边学习，所里的律师就是老师。大多数时候，我们通过幻灯片教学，其余时候让他们看书自学。

为让他们放下心防，我给他们发工资，给他们交五险一金。我很清楚地告诉他们，不要有任何顾虑，你们的生活和学习各方面有问题，比如家里缺什么，我全部给你们想办法解决，所以你们就全身心投入到学习当中。

我那时的经济压力非常大，培养他们的过程中会加一些所谓的刺激。我这样对他们说，你的底薪工资很少，只有一千九百块，如果要得到更高的工资，你就要参与聋哑人的案子，参与一件，就会得到一定的提成。一件案子，几百几千的提成都有。我用这种经济学的方式刺激他们，让他们自愿地从被动到主动，从理论到实践，去努力学习。

其实，他们参与聋哑人的案件，起不了太大作用。比如说一个案子，我们的律师自己都搞得很清楚，不管是辩护方案或者是代理方案，基本上是我们的律师自己在做。在这样的情况下，让他们参与进来，把基本情况向当事人了解清楚，给出自己的初步方案，实际上就是出一个现实中的题目训练他们，促进他们学习。这样的培养机制，表面上看起来是对他们的一种经济刺激，深层次来讲并不是那么简单。聋哑人的案子我们办一件亏一件，办得越多，亏得越多，但是明明知道这个案子是亏的，还拿出来让他们参与，那就亏得更多，因为还要计算他们的提成。但是为了能把他们带出来，也没有更好的办法。

社会发展太快了，自从接触手语翻译，我看到聋哑人犯罪的手段发生了巨大变化。以前的案件多以偷盗、抢劫为主，后来多数变成了更难察觉、侦破的金融诈骗。天真一些的聋哑人，还会被别的聋哑人和健全人利用起来去骗人。我接触过一批贩毒的聋哑人，直到被判刑，他们才意识到自己犯法了。他们就是被别有用心的人招过去，告诉他们把毒品运到指定地方，到年末，他们可以获得六万块钱的报酬。有的人做的时间久了，会意识到不对劲，但他会不知不觉地浸润到那个环境里，因为如果不抱团在一起，他们还能怎么样呢？毕竟，在外面工作难找，同伴也难找。

　　视频平台流行起来，聋哑人基本上都玩抖音和快手，我在普法时，收集到聋哑人最关心的法律问题之后，把要讲的内容拍成视频，既有旁白、字幕，也配有自然手语的手势。2018年2月下旬，我第一次把自己的手语法律讲座的视频放到网络上，短短一个多小时的讲解，被聋哑人互相传播，还得到了一千多名聋哑人的"打赏"，一共收到一千七百二十三元钱。大部分人的打赏只有一块钱，那些钱就是一千多名聋哑人对我的信任。

　　为方便聋哑人接受和理解，我在视频普法时会把法律专业名词尽量用简单的故事讲出来。比如讲庞氏骗局，我用简单易懂的大灰狼和小白兔的故事做比喻。在视频的画面中，左边是我用较慢的语速讲解，中间是不断变化的动画，右边是我用手语进行翻译：大灰狼谎称有一项收益非常好的投资，用小白兔B交的胡萝卜，给小白兔A作为回报，拆东墙补西墙，吸纳到足够多胡萝卜后，大灰狼就逃之夭夭，小白兔们损失的胡萝卜都拿不回来了，这就是庞氏骗局。

这些视频，在聋哑人圈内传播很广，反响很好。我把这个系列命名为"手把手吃糖"，一是因为我姓唐，和糖同音，更方便聋人记住；二是希望这些普法视频能像糖一样，让人轻松接受并消化。视频里的内容题材，都是从我办过的案子中选出来的。片尾出现的"法律讲堂"，我会对相关的法律风险进行分析，并向大家做出维权提示。

2018年12月4日，我被评为CCTV2018年度法治人物之一。颁奖词是：不忍看，那嘶喊被按下消音键；不忍闻，那宿命里的霜雪经年。你十指翻飞，接通了世界断裂的两端；你百战无惧，用法的武器护佑沧桑的心田。成己达人，君子翩翩，正义有声，公道人间。

"法治人物奖"算是中国法律职业者的最高奖项和最高荣誉，有幸站在领奖台上，但我的内心完全没有感觉。任何一个奖对我来讲，都没感觉，因为我追求的不是这个。所有的奖拿回来以后，我在朋友圈从来不晒。我国的诉讼法律里，针对聋哑人的规定只有一条，又聋又哑的人参与诉讼，司法机关应当为其聘请通晓手语的人才能诉讼。然后就完了，啥也没有了。与奖项相比，我更需要的是社会真正关注聋哑人群体，政府为这个群体真正接盘，立法部门针对聋哑人的法律保障，能够真正有效地立法。

六

第一批被招收进律所的五个学生之一，叫谭婷。她是那一批里面唯一坚持到最后的人。

谭婷1992年出生，老家在四川大凉山，上小学时患上中耳炎，医生扎针治疗，结果导致她神经性耳聋，口语水平也不断下降。我选拔谭婷到律所之前，她在重庆师范大学读特殊教育专业，学习手语，也进行口语恢复训练。

谭婷和别的学生一样，以前从来没有接触过法学，也没想过大学毕业后，自己会踏入对聋哑人似乎遥不可及的法律领域。到了律所，一切得从零起步。

在培养他们的过程中，各种法律条文，简单来说就是让他们背，让他们记，但有很大的工作量其实不在他们身上，而在我和所里的律师们身上。因为从法盲的状态开始学法律，对法律的一些抽象概念和名词是无法理解的，我们作为施教者，必须把法律条文中的专有名词和概念，用通俗的自然手语翻译成普通人能够听懂的话，然后告诉他们。很多词，不是法学专业出身的健全人都不知道，何况聋哑人，所以在教的过程中，我们必须经过两个环节，一个是翻译，一个是解释。

其中把法律条文和概念翻译成自然手语，这个工作谁来做呢？律师们谁有空谁做，包括我自己，就是用整个律所的力量帮助他们学习。相应的，他们的学习强度也很大。一般来说，律所的律师负责教授概念性理论，教完以后就靠他们自学。自学完后进行测试，测试完毕再对薄弱环节进行强攻，整个过程如同学校的模式。

谭婷非常能吃苦，从早上九点一直学到晚上十点。除了学习，为强化他们对法律概念的认识，我们接了聋哑人的案子会让他们参与，学以致用。谭婷说以前仅仅知道自己的痛苦，很少考虑过有一天能够去帮助聋哑人，如今虽然学习很辛苦，还要接待聋哑人的法律咨询，但她觉得很有收获。

关于培养聋哑人律师这个计划，到底这件事情的前景是什么，能不能把他们培养出来，我心里一直是无解的。谭婷学习法律后，一开始选择的方向并不是成为律师，而是准备报考基层法律服务工作者，但考试办法在2018年重新修订，规定报考者必须是高等院校法律专业本科毕业，她不符合报考资格。

我建议她参加国家司法考试，当时距离司法考试客观题考试还剩四个月，经过准备，他们五个聋哑人走进考场，参加2018年国家法律职业资格考试客观题统一考试，这五个人是全国第一批参加法律职业资格考试的聋哑人。一个月后，踏入考场参加主观题考试的，就只剩谭婷一个人。最终，她的主观题考试差了十分，没有通过司法考试。第二年，我加紧对她和其他几位聋哑人进行魔鬼式训练，她又进入考场，结果主观题考试离过线成绩一百零八分还差四分。这期间，谭婷有无数次想放弃，我不停地给她做心理疏导。她父亲已患癌症去世，在她第三次准备考试的过程中，母亲生病，查出也是癌症晚期。她说要放弃考试的时候，我很心酸，但劝她说，你母亲放疗化疗需要多少钱，全部费用我们来想办法，你不需要考虑，你一定要去参加考试。你是聋哑人的希望。母亲躺在病床上也告诉她，你一定要参加考试，你不是为我而活，你是为这个社会而活，你应当去做一些对社会有意义的事情。

谭婷第三次走出司法考试考场时，给我发了一条信息："唐主任，我考完了。我马上要去成都的医院陪护妈妈。考得好不好，我不知道，但整个考试过程中，我是一直流着泪考完的。"我回复她的只有一句话："难为你了。"

司法考试的确太难了，在全世界来讲，是第一大考。我做律师到现在都九年了，我的同学还在考，难度可想而知。那么，让聋哑人去考司法考试，它的难度更是无法用语言去形容的。

关于聋哑人学法律，最困难的点在客观因素。聋哑人无法跟社会进行有效沟通，导致他们整个圈子形成一个无法攻克或突破的闭环，这个圈子的生活方式、习惯，跟健全人完全不一样，久而久之形成了聋哑人独有的一种聋人思维。举例子说，聋哑人由于身体缺陷，听不到声音，接受社会信息仅凭眼睛看。健全人要是仅凭眼睛看，不加以思考或者不听，也只能看到表象。比如说"谢谢"两个字，如果用不同的语调说，表达的情感是不同的，内心的情绪也是不一样的。仅用眼睛去看事物，不能去渗透，去了解事物的本质。最终，聋哑人的世界观就是二维的，就跟蚂蚁一样，而健全人是三维空间，因为可以听见声音，会去评判声音背后的情感，以及想表达的深层意思。聋哑人是二维空间的思维，让他们学习三维空间的理论，比如法律，这个社会学科包含的一个前提要素是哲学原理，让聋哑人学健全人的哲学，树立健全人的哲学观，就是最大的一个难题。

2019年7月，美国一个聋哑人律师从纽约来到中国，带了一个翻译，特意到我们律所来拜访。交流时我先对他说，作为一个残障人士，你能够考到美国大律师牌照，我真的很敬佩你，很不容易。然后又问，你们平常工作上面有什么障碍吗？他回答：没有，美国对聋哑人的公共法律服务体系建设非常完善，我出庭打官司都是毫无障碍的。

我接着问，美国有多少像你这样的聋哑人律师呢？他是这样说的：美国各个州加起来，聋哑人律师和手语律师总共三十八个。下一句就是我吃瘪的时候，他问我：唐律师，中国有多少个聋哑人律师？当时是夏天，我的身上却出了一身冷汗，这该咋回答呀？

我最后就这么说的：美国有多少人口，我们中国有多少人口，从人口基数上就可以反映出问题，不用我说了吧。我们十四亿人口的泱泱大国，这个人数肯定比你们多。就这样把话题给岔过去了，但我内心是自卑的，因为我知道当时在我们国家还没有。

2021年1月份查成绩，谭婷终于通过了司法考试，成为中国第一位通过司法考试的聋人。这是我这三年来最快乐的时刻。我跟她专门庆祝这件事情，给各方打电话告诉大家这个好消息，还发了朋友圈，"守得云开见日出"。我简直找不出一个确切的形容词，来形容那种激动和兴奋。

从2017年到现在，我们律所招的聋哑人，前前后后有三十多个，如今能培养出谭婷，至少给全国各高校政法学院和政法院校提了一个醒：他们错了，聋哑人一样可以学法律。我也让全社会知道，近三千万聋哑人群体缺乏公共法律服务体系，现在我给添上了一笔，后面的第二笔第三笔，整个体系的完善和构建，需要整个社会和政府一起实现。

谭婷脱颖而出，让我国聋人律师有了从零到一的突破。从内心来讲，我自己不想做网红，我很明白自己只是一个法律从业者，最终的愿望是让整个社会能关注到聋哑人群体的生活现状，他们都是说不出话的秋菊，正常人蒙冤之时会有很多渠道求诉，甚至可以轻而易举地得到关注，就像《秋菊打官司》《我不是潘金莲》那种题材的电影也在呼吁。可聋哑人这个群体，谁来发现谁来看见谁来呼吁，我培养聋哑人律师的初心是想做冯小刚，做张艺谋，想让大家看到聋哑人的状况。2019年下半年之前，我密集接受过三百多家媒体的采访，但媒体的焦点都偏到我身上去了。大概健全人很难理解，聋哑人不就是听不到说不出吗，又能怎么样呢？

不能准确表达自己内心的情感，不能进行有效的申辩，不能有效地哭诉或倾诉，聋哑人的真正处境，他们的绝望，只用"哑巴吃黄连"来形容，显得特别苍白无力。聋哑人跟健全人生活在同一个社会，聋哑人也是国家公民的一员。我们都知道一个人参与到社会生活，基本保障中有两大板块，一个是就医，另一个是法律。

我跟记者说，现代医生是怎么看病的，首先患者到医院去面对医生，说出自己的感受和症状，然后医生依据症状来研判病灶，这时还没有达到确诊，就会要求患者有针对性地去做检查，通过检查报告来确诊，最后才是开药治疗。显而易见，这个流程里，最关键的点是在最开始病患和医生之间的交流，让医生get到患者的病灶在哪里。如果患者是聋哑人，不能有效交流，换句话说，医生不知道他哪里患病，只好通过各种检查来确定。可西医一套全方位的检查有多少项呢？一千多项，这样实际吗？一般的聋哑人患者也没那么多钱去做这么多项检查。

由于无法顺利看病，聋哑人遭受的是一些什么样的结果呢？我可以举几个身边的例子，都是2017年之后发生的。

第一个，胆结石手术，是当今医疗条件下微不足道的一种微创小手术，可有个聋哑人在做胆结石手术时死在病床上，因为他无法有效地向医生说明身体情况。

第二个，我多少年都没听过难产这个概念，因为现在剖腹产技术已经很成熟。2019年，我们重庆市某区的妇幼保健院，一个聋哑孕妇生孩子，造成一尸两命。

第三个，我父母原单位的一个聋哑人职工，就住在单位的老房子里，得了肺结核，去看病。由于不知道肺结核属于特殊传染病，不知道国家优惠治疗政策，也不知道还有免费药，他就想，那么恼火的一个病，还要咳血，那要多少钱呢？他就私下去找那种游医老中医，给人家写"我是肺癌"，他分不清肺结核和肺癌，游医听说肺癌，就给他开药。那个游医治疗癌症基本上采用的是以毒攻毒的原理，很多药都有毒性，他吃了两个多月，把自己吃死了。

第四个，我父母单位的一个聋哑人，得了红斑狼疮，医生开的很多药都是外敷的，他内服以后把自己毒死了。

说回法律板块，随着科技发展，火车变成了高铁，而聋哑人群体犹如曾经的绿皮火车，高铁越快，把他们甩得越远。聋哑人不懂得法律，就不明白违法成本的概念，也不知道实施犯罪行为带来的后果，就造成聋哑人犯罪率高，而其中也包含一些健全人利用聋哑人去犯罪。随着社会发展，那些不法分子的法律意识和反侦查意识也在提高，属于显性犯罪的偷盗或抢劫越来越少，因为很容易被发现、被捉获。如今他们的犯罪形式演变为隐形犯罪，比如制造毒品，贩卖毒品，运输毒品，还有强迫卖淫，非法吸收公众存款，好比包坚信那个轰动全国的案子，成了类似这样的犯罪。根据研究，聋哑人犯过一次罪的话，基本上就会不止一次，这是一个犯罪理论。据我了解，聋哑人在社会上想参与经济生活，打工也好做生意也好，由于没有法律意识，长期被人骗，他们不知道如何维护自己的合法权益，可以说，在工厂打工的聋哑人百分之六七十都没有保险。合法权益被侵害以后，聋哑人不知道该怎么办，永远都是忍气吞声，因为他说不出，无法表达，所有的伤、所有的痛都自己忍。

就在今天，来找我咨询的一位男士，他妹妹被强奸了多次，导致怀孕生娃。他妹妹是个在校的聋哑学生，强奸犯为逃避法律的打击，通过他的领导，利用手中公权力参与进来，强迫女孩签协议，说事情是自愿的。除此之外，要生孩子，还有机构介入，给月子中心和妇幼保健院下命令，除了有关部门的人和那个强奸犯可以来，聋哑女孩的家属一概不能见，天天在医院里威胁她，要求她签字。

这类聋哑人的案子里，那些不法分子惹祸以后，有钱的通过钱摆平，有权的通过强权镇压，在我手里多如牛毛，我已经很淡定。今天那个男士说，我们这样维权是跟政府作对。我说，不，我纠正你一下，我们不是在跟政府作对，我们恰恰是在帮政府。那个强奸犯不能代表政府。这个事情我们一定要坚持到底，我们是在帮政府清除害群之马。

贵州的一个聋哑女人，被自己的公公，就是老公的父亲，强奸长达六年。她曾经去过公安局，就因为公安人员和她语言交流不通，就直接拒绝了她。在她的意识里，公安不管，她就觉得这个不是犯罪。

很多聋哑人遭受到的现状，就是如此惨烈。为解决这样的问题，我更加坚定了培养聋哑人学法律的决心。只有提高他们的法律意识，树立知法守法懂法、遇事用法的意识，才能让他们懂得给自己发声。

有些人问我，唐律师，谭婷作为一个聋人，做了律师，跟法官和检察官也不能沟通啊，怎么上庭打官司呢？谭婷也曾经对我说，唐主任，我很迷茫，我以后做了律师，该如何实现自己的价值？怎么帮聋哑人打官司？

其实，律师真正提供的法律服务有百分之九十是在庭下，而不是在庭上，包括健全人打官司，庭上也就是那一会儿。完了以后，最重要的详细辩护意见或者代理意见，都是通过文字版的代理词和辩护词交给法官。我跟谭婷说，如果整个群体近三千万聋哑人法律意识不能够有效提高，就是出现十个一百个谭婷也是杯水车薪，所以，你的真正使命和目标是向聋哑人普法，不管是通过线上还是线下，作为星星之火去燎这个原，要让更多的聋哑人看到，聋哑人是可以学法律的，是可以走上法律职业者这条道路的。

如今，谭婷已经是一名实习律师，一年的实习期满后，就会正式成为中国第一位聋人职业律师。她的出现，让社会和政府看到聋哑人在公共法律服务体系的空白。说白了，公共法律服务就是让老百姓能够平等参与法律生活，给参与法律生活不便的特殊群体提供体系建设上的帮助，形成最终的无障碍。像谭婷这样的聋人律师，能实现和填补手语律师的作用，我觉得当初培养他们学法律的愿望正在一步步实现。

七

"对不起，聋人朋友们，我要自杀了。"

一天凌晨，我被枕边的手机提示音震醒。

在一个视频里，我看到一个聋哑人正对着镜头，用简单的手语比画着。虽然睡眼惺忪，但我还是看清了那串手语的意思。我赶忙把视频转到聋哑人微信群里，十一分钟后，视频里的那个人被认出来，定位内蒙古，十九岁的他因为失恋闹自杀。报警后，他被成功营救。

我的手机里有二百多个微信群，还有一万个好友，每天咨询维权的问题，从早到晚，基本上没有停过。除了打官司，微信上的求助可以说二十四小时不间断。我没法晚上关机，早晨醒来的第一件事，就是消灭微信上密密麻麻的"未读"小红点。

律师行业有很多影视剧，演的跟现实生活差别太远，我偶尔看一两眼就不看了，感觉太假了，有时间去看那玩意，还不如真正务点儿实事。有人问我一年到底要办多少件案子，我一天才睡四五个小时，哪有时间来统计那个。我很羡慕同龄人有时间去泡吧，去放纵一下自己，但我不行，作为一名律师，应当有法律职业者的庄严形象，现在认识我的人很多，不能给人家造成一点不好的印象，这个是次要的，最主要的是我实在没时间。

我的大腿上长了一个肉瘤，有一个很好的闺蜜是医科大学附属医院的教授，多次让我去动手术。以前是黄豆大的瘤，现在长到大拇指指甲壳那么大，而且有两个了。听说动手术要活检，看看是良性还是恶性，我说没那么多时间。有一次她带上手术器具到我办公室来，要给我动手术，但那天我很忙，她在办公室外边等了六个小时，最后走的时候给我发了个信息说，兄弟你就作吧，等死吧。我已经六年没体检过，不敢去。现在的瘤子非常明显，但是很怪，有的时候疼，有的时候不疼，我也没办法。

2017年11月，我工作压力很大，一个星期五的晚上，为放松一下，我闭着眼睛在中国地图上点了一下，睁眼一看，点到了广州。我就订了去广州的机票，下了飞机打个车，司机问我去哪里，我说你想把我丢在哪里就丢在哪里，结果司机把我丢在了沙面大街。我就在沙面大街逛到一家卖茶具的店，我本来喜欢喝茶，推门进去，看见里边的女老板很漂亮，长相很像香港明星杨千嬅。她第一句话就问我，我们是不是认识？我说第一次来广州，你不用招呼，我随便看看。她一直跟着我，我挺不自在的，就想走了。她叫住我，说想和我聊两句，请放心，别无他意。我坐下以后，她给我泡了一壶茶说，我们俩很有缘，我想送你一样东西。她拿出一个木盒，我打开一看，里边是一个纯银打造的水壶。我马上用手机在网上查了一下，价格差不多都是一万以上。我说这么贵重的礼物我不能收。她坚持让我收下，我说那你给我一个理由。她说你有一双能救人的手，你这双手很特别，可以救很多人。我问她是从哪一点看出来的。她说，不好明说。最后我收下那个礼物，问如何感谢她。她说不用感谢，只有一个愿望，期望我的双手能救更多的人。

这个故事听起来有点天马行空，但事实就是那样，不带一点夸张虚构。她的那番话，也许与我在网上的签名"指尖上的正义"不谋而合。

从小到大，我经常看着自己的双手问自己，为什么偏偏是我生在聋哑人这个圈子，长在这个圈子，为什么偏偏是我那么了解他们呢？为什么偏偏是我恰好对手语这门语言有一定的天赋，过目不忘——我的语言天赋是周围所有人公认的。为什么偏偏又是我选择了法律这个专业？所有的遭遇看似机缘，最终它并不是机缘，要说神一般的指向也好，命一般的指向也好，社会使命的指向也好，我说不清楚到底是哪个，但最终就形成了我想帮助聋哑人的信念。

聋哑人的案子太多了，他们遇到的问题大同小异，案例也是大同小异，司法机关出错的地方也大同小异。我办理过的案件遍布全国，连西藏的都有。除了给聋哑人提供法律咨询和诉讼服务，我们还提供代理报案，如果聋哑人跟公安沟通，然后公安将他拒之门外，我们就把公安的工作捡起来。调解本来也不是该我们干的，应该是法官干的，但法官不懂手语，我们也把法官的这部分工作捡起来。所以说我们律所有一个外号，叫"四不像"。

因为聋哑人沟通不畅，导致他们在诉讼当中、在法律生活当中，遇到很多不公平的地方，甚至是冤假错案。每次接触到聋哑人的这种案件，我就很愤慨，经常和法官、检察官吵架，向他们指出，你们坐在那个位置，用健全人的思维去套用聋哑人，带来的后果就是对聋哑人严重的不公平。并且我很气愤的是，有的司法人员不懂聋哑人群体，还自以为是，这个说小一点是不专业，说大一点是对国家司法案件最终彰显公平正义这个要求的亵渎，所以每次遇到聋哑人的案子，只要发现有问题，我感觉自己就像愤青一样。

2020年我接到一个案子，湖北一个聋哑人的母亲来找我，说儿子有冤情。我问她如何断定有冤情。她说儿子的案子开庭，她在现场，听到法官和检察官说了很多内容，但是手语翻译就跟她儿子比画了几个动作。法官询问案情，她儿子不停地比画了好久，手语翻译说了几句就完了，因此她严重怀疑信息的表达传递不对称。我了解到她儿子的犯罪行为是盗窃，所谓的冤情不是没有做过盗窃，那么存在的问题是什么呢？凭着职业敏感性，我感觉案子肯定有问题。

我到了湖北，去会见嫌疑人，跟他核对一审人民法院判决他五年有期徒刑的理由。他表示承认盗窃，但不承认盗窃物品清单里的金项链、金戒指和金耳环。调取一审公安机关侦查室的录像，我发现这个聋哑人在供述自己参与的盗窃事实时，自始至终没有供述到金耳环、金项链、金戒指，而这些金首饰全是手语翻译说出来的，而且这些首饰的价值在盗窃物品清单当中占据了绝对重要的比重。二审时，我把这个问题反馈给法官，法官就把那部分价值剥离，将五年刑期改判为两年。这个聋哑人虽然犯了错，盗窃了东西，但不能因此就践踏其人格，随意往他身上制造冤案。

每当那时，我就在内心告诉自己，要赶紧做出更多的成绩来，改变聋哑人的法律生活现状迫在眉睫，不然社会矛盾得不到解决反而会激化。久而久之，聋哑人不能平等地参与法律生活，在司法诉讼当中得不到公平和公正的对待，他们要仇视社会，对社会是有百害而无一利的。我们最终要推进和形成法治社会，律师本来就是法治社会推进和构成中的一员，我对这一点特别有紧迫感。

我曾经有很多次感觉无力的时刻，想打退堂鼓，因为我是有血有肉的人啊。但不管产生那样的想法多少次，每次都是第二天来上班的时候遇到那些聋哑人，他们那种渴望的无助的眼神，那种乞求，我看了以后，所有的既定想法和安排就全部打乱，前一晚做的心理建设一下子就被击溃了。

有个比较出名的人大代表对我说过，他完全想象不到聋哑人过的什么生活，他觉得聋哑人都很励志，都过得很好。我很生气地说，你说的个别聋哑人，代表不了聋哑人群体，不但代表不了，而且和聋哑人群体的距离非常遥远。因为他处在那个位置，养尊处优，和聋哑人长期脱离，对基层聋哑人的苦楚不知情，在那个位置上也没有为聋哑人发什么声。更有甚者，我还跟那种聋哑人正面起过冲突，冲着他说了三个字：你不配。

从我被评为全国法治人物起，律师圈子里有些声音很含蓄地说，唐律师是一个善于经营的人，也有说得很露骨的。有出版社请重庆本土作家李燕燕写关于我的报告文学，她从侧面去采访一个律师老前辈，问对我有什么评价，得到的回答是：唐帅那小伙子很不错，他在我心目当中，是一个很出色的品牌运营家。李燕燕转述给我时，我拍案而起，把她给吓住了。李燕燕说，你那么一个温文尔雅的人，居然发如此大火？我说当然，我办理聋哑人的案子，如果真的是为了创一个品牌来换取经济效益的话，用十几年做铺垫，那我这个所谓的品牌运营家未免也太辨了吧？我如果真的是品牌运营家，现在可以宣布退休，2018年到2019年，抛来许多橄榄枝，好多基金会要给我捐钱，很多助听器厂商给我发来邀请函，希望我能做他们的形象代言人，说广告费可以谈，唐律师你开个价。我一分钱不要，一单都不接。

我们律所的业务里，百分之七十是健全人的案件，百分之三十是涉及聋哑人的案件，六比四是极限，刑事和民事案件都有。只要聋哑人找上门，我一定会接。绝大多数聋哑人根本出不起请律师的钱，四五十个案子里可能才会有一个按照正常标准交费的。一个聋哑人的案子，需要好几个健全人的案子去贴补，我总感觉这样有种"劫富济贫"的意思，不然根本没办法运行。

最近四年以来，我自己的房子、父母的房子，包括我买下的这个办公室，全部抵押给银行，就是为支持聋哑人群体。我的财务亮红灯的时候，接不接那些钱呢？我也是个凡人，人家一提钱的时候，我内心也痒，但是如果接了，可能就变得目的不纯，初心不正，这些都是我知道的道理。我很明确地问过自己一个问题，所有的努力究竟为的是什么？既然是为了聋哑人群体，要改变社会对聋哑人公共法律服务体系的空白，我自己就应当受这些痛。

以前，唱歌是我的兴趣爱好，但现在抽烟抽得多，快成了破锣嗓子，我已经很久没唱过歌了。我喜欢张国荣的一首歌，名字叫《我》，里面的歌词"我就是我，是颜色不一样的烟火"，我很喜欢。张国荣属于一个真正的有品格有人格的艺术家，从艺术的角度来看，他有那种《霸王别姬》里面"不疯魔不成活"的专注，好像跟我专注服务聋哑人群体也比较相似吧，其实我身边的同学朋友，绝大多数对我的印象和评价就是"疯子"。

我现在的爱好剩下的只有喝茶和咖啡了，不过茶、咖啡对我来讲，仅仅是一个爱好，对于提神没用。2019年湖南卫视来拍我的纪录片，我每次面对镜头看起来很有精神，只要镜头一关，就想睡觉，犯困没精神，不是这痛就是那不好，他们就给我槟榔，让我提提神。一个两个，三个，逐渐上瘾了。后来这个东西成了我提神醒脑的必备工具，我一天要嚼几包。身边所有人包括医生都奉劝我，这个东西过量了，就容易致口腔癌，但是我回答他们，我没办法。

因为有手语专长，又常接聋哑人诉讼案，我被称为"全国唯一手语律师"。在十四亿人口的中国，比起我这个"唯一"，我觉得全国约三千万聋哑人群体才更需要社会关注。这些年，因为这个"唯一"头衔，聋哑人遇到困难都来找我，不一定是我的水平高，而是反映了这个社会能够替他们服务的专业法律人士太少了。我愿做聋人的耳，做哑人的嘴，但我不想当"唯一"。

2021年1月10日下午，我与母校西南政法大学合作开设的"卓越公共法律服务人才实验班"正式开班，计划每年在新生中遴选四十名学生。这是正儿八经的一个专业，针对健全人学法律和手语，手语学分高达二十二分，手语不及格，毕不了业。

我们开设这个班的初衷，是培养一批既懂法律又懂手语、能够直接为聋哑人提供法律手语服务的专门人才，填补社会和政府对聋哑人的公共法律服务体系的空白，让他们能够无障碍地参与法律生活。

这些年，我见证了聋哑人群体的一些明显变化。越来越多的聋哑人进入到各行各业，有的开咖啡厅，有的开洗车行，有的做快递小哥和外卖小哥。虽然他们不能言语，但凭借自己能力挣钱吃饭的聋哑人越来越多。以前称呼我"唐法师"，现在改叫我"唐律师"的聋哑人越来越多，说明我们的普法效果是显而易见的。现在全国的聋哑人遇到法律问题，都找我们律所，这印证他们有了法律意识，知道出事了找谁。我培养了谭婷，预计还会出现第二个"谭婷"。这些亲身体会的变化，让我感觉特别自豪。

我把自己的青春和精力全部奉献给了聋哑人，直到现在连家都没成。原来说过工作这么辛苦这么累，干到四十岁就退休，现在推迟到四十五岁，到了四十五岁以后做什么呢？我还有父母，我想为他们活一回，多陪陪他们。

七岁生日时，外公问我的心愿是什么，我说想吃苹果。晚上八九点钟，他给我买回了几个苹果，但是每个苹果都有洞洞眼眼，没有一个是完好的。把坏掉的部分切掉，我边吃苹果边对着月亮许愿：长大后我一定要挣大钱。我前几年有房有车，算是实现了小时候的愿望，但是现在房子、车子都抵押了。2018年，我作为区人大代表，在重庆两会上提议成立独立的手语翻译协会，这个协会可以培训手语翻译，制定专业术语的规范翻译。尽管努力争取，但那个议案的反响不大，因为我的层级太低，议案递不上去，我递的话要跨越两级——递到直辖市，直辖市递到全国，我不断劈叉也劈不了那么远，但这个心愿我一直有的。

如今，我有三个愿望，一是在未来继续推动成立全国性的手语翻译协会，吸纳更多懂自然手语的人才，促成国内手语翻译职业资格考核和认定的标准化，同时建立法律、医学等专业领域的手语翻译标准，更重要的是，协会可作为第三方对各类诉讼中涉及聋人的部分进行监督和指导。二是司法机关成立专门的聋哑人手语审判庭，因为现在通过互联网办案很成熟，杭州有全国的互联网法院，在此基础上，利用先进的设备以及会手语的法官和检察官，组成聋哑人手语审判庭，承办全国的聋哑人案件，像互联网法院一样通过视频开庭，就能避免那些不懂手语或手语翻译人员乱翻译而产生的冤假错案。三是又精通手语又精通法律的人才越来越多。

如果这三个愿望都能够实现，我觉得自己有一天死了，也很值得。我将会很庆幸，自己曾经为聋哑人毕生奋斗过，留下在这个世界走过一遭的证据。

兽行记

萨 苏

这人类历史上，有许多动物犯下的案子。

我认识的一位饲养员说："没有福尔摩斯的脑袋，就别和猴子打交道。"其实，不单是猴子，别的动物也一样。

别小瞧那些禽兽们，它们或阴险，或狡诈，或凶恶，总是能做出令人匪夷所思的案件，无一符合常规罪犯的思维但又自成逻辑。它们疯狂的行为完全藐视法律的束缚，即便是绝灭了的古兽，也会给我们留下一个个千年谜案。

动物园火烧相亲猩猩案

在武汉参加一个媒体活动时，记者们凑在一起说起自己采访过的奇葩事件。

有位当地的老哥说，他遇到最古怪的事情是一个伤害案。报案的小伙子那天去相亲，对姑娘十分满意，双方都挺有感觉。但回家路上，一肚子幸福感的小伙子却忽然遭人群殴，还被警告离姑娘远一些。莫名其妙的小伙子以为是女方劈腿造成自己挨揍，于是愤怒地报案。后经警方调查，发现是姑娘的弟弟没看上这小伙子，任性的老弟觉得姐姐可能被骗走，就叫了几个小哥们儿大打出手。记者去采访时，发现小伙子和打人的弟弟一人一对熊猫眼——事情败露后，那位思维奇葩的老弟也被姐姐暴打了一顿。

相亲居然能相成熊猫，这事儿十分古怪，然而这在人类中可算奇葩的事情，要放在动物界，实在不算什么。我曾经听资深灵长类饲养员梅子讲过动物园里猩猩的相亲，结果竟落到猩猩被火烧的地步。

事情发生在我国最大的动物园，这里既是饲养动物品种最多的地方，也是各种珍稀动物的繁育基地。其中，猩猩的繁殖曾经是一个令人头痛的事情。猩猩本身属于四季都可怀孕的动物，而且对感情需求比较丰富，完全不像熊猫那么木讷——咱们的国宝如果生在动物园，通常会憨到没有性别概念，需要工作人员放熊猫的黄色小电影给它们看才能开窍。

从技术角度来说，猩猩的繁育不是很复杂，但它受到另一个因素的困扰，那就是数量问题。

尽管类人猿中有黑猩猩、大猩猩等不同名目，但动物学界单独提"猩猩"，通常特指的是现在生活于东南亚的红毛猩猩。

到2014年为止，猩猩家族里只有红毛猩猩被发现过化石，而且证明它百万年前曾经在中国南方的广阔地域生活过，当时和熊猫、剑齿虎、中国貘等共同构成了大熊猫—剑齿象动物群。《吕氏春秋》甚至大谈"猩唇"的美味，可见直到文明时代，中国仍是有猩猩的，这种与猩猩相关的记载一直延续到清代。只是随着气候的变化和人类开发行为的加剧，红毛猩猩逐渐退出我国，十八世纪后，猩猩在中国踪影全无，只有在东南亚的热带岛屿上可以找到它们的栖息之地了，属于世界级珍稀保护动物。栖息于热带雨林，猩猩分布区从未北过长江，所以金庸《碧血剑》里面让明朝的陕西出现两头猩猩，那肯定是谁家的宠物跑了。

1949年之后，我国动物园建设走向正规，大家可以见到红毛猩猩了。它们最初都是舶来品，进口这种珍稀的大型类人猿不但价格高昂，而且根本不是有钱就能买到的。直到二十世纪七十年代，我国某个动物园要是能有头红毛猩猩，仍然是值得自豪的事情，会被当作镇园之宝。

然而这样一来，本来就数量很有限的猩猩，在中国的分布便越发分散了，它们面临着找不到对象的危险。

动物园的繁育中心，一大任务便是建立各动物园动物的清单和谱系，看看怎么让"适龄青年"产生后代，又不要出现近亲结婚的"违法行为"。所谓"适龄青年"带引号，不完全是为了避免有些狭隘的人类不满，还因为动物中颇有一些奇异的家伙，比如熊猫英雄母亲"白雪"，在相当于人类八十岁高龄的时候，仍然一产一对双胞胎，所以，动物繁育不完全是"青年"的事情。

话说北京的动物园里，便有一头深受大家喜爱的母猩猩，早已到了婚龄，却始终找不到合适的伴儿。让园里再买进一头公猩猩，财务科不干，从别的园调猩猩过来不是不可以，但人家要求拿俩熊猫来换……解决的办法是"借"，也就是从其他动物园借一头公猩猩来成亲，等这边有后了再送回去。结亲的时候就想着怎么拆散人家，虽然从人类的伦理观念上来说不太人道，但对动物来说总比人工授精的手段要自然一些。

经过统一排序、对血统筛查，最后确定了天津动物园的一头公猩猩来北京"入赘"。

天津动物园也没有第二头红毛猩猩，这头公猩猩在那里同样孤单，所以双方动物园都认为是两全其美的事情，甚至天津那边还提议让他们的公猩猩在北京多待一段，条件是北京的猩猩所生第二头幼崽要归属天津。这一点北京方面毫不犹豫地答应了。除了繁育，动物园上下还有一个期待，那就是通过这两头猩猩的同时展出，让游客们真正了解红毛猩猩这种动物。

此前，北京和天津的动物园游客，很多人对于猩猩都有错误看法，而错的内容却不相同。这是因为猩猩雌雄个体间存在着巨大的差异。母猩猩有金红色的长毛，柔顺可爱，而论个头则公猩猩更大，尤其是长了一张仿佛面具的脸孔，

215

给人阴险凶狠的感觉。也许因为这种令人畏惧的长相，在各国，包括我国仫佬族的传说中，可见到很多猩猩强抢民女特别是长发美女的故事，把它们形容为似人非人、似妖非妖的怪物。这些传说中的反面角色都是公猩猩，而没有母猩猩什么事儿。据说仫佬族女子戴着把头发盘在里面的大帽子，目的便在于欺骗喜欢长发女生的猩猩。

正因为雌雄个体的巨大差异，使只见过母猩猩的北京人和只见过公猩猩的天津人有了对这种动物的不同片面认识，所以能够观赏到公猩猩和母猩猩共同展出，对于游人来说，是不可多得的好运气。

就这样，天津的公猩猩被送上串笼，在饲养员的押运和保护下，启程前往北京，按照计划开始了相亲的活动。

大家都为这门亲事忙得脚不沾地，却忘了问一下猩猩的意见。而这猩猩的心理学，至今也不是人类所能掌握的……

作为饲养员，对于动物的了解有时比动物学家更丰富。比如，天津动物园如果有给猩猩二胎上天津户口的要求，动物学家估计会反对，他们会告诉天津方面母猩猩生产后要带小猩猩，此后有好几年不会再怀孕，这是个注定赔本的设想。然而，动物园的饲养员就会给出不同的答案：只要小猩猩出世后将其带走进行人工喂养，母猩猩会误以为幼崽夭折而很快进入新的繁育周期，这是个双赢的买卖。

然而，饲养员也不是万能的。

"猩猩的相亲机会不多，我们没有经验。"梅子说，

"天津动物园这头公猩猩看着凶猛，实际上它的年龄不大，属于刚刚成熟的，与北京的母猩猩相比算是小弟弟，我们也没想到猩猩对姐弟恋有意见啊。"

梅子她们也没想到，事情会发展到那么极端的地步，"姐弟恋"的安排很不妥。

要说饲养员们对猩猩的姐弟恋毫无担心，也不是很公平的，至少梅子就有过担心，怕年轻气盛的外来公猩猩欺负自家的母猩猩，所以在给猩猩合笼之前，对公猩猩的举动观察十分细致。"那是头很漂亮的公猩猩呢，当然，我是说按照猩猩的标准而言。"她说。

相亲的场地就是猩猩馆，那里室内有空调，室外有运动场，应该有助于猩猩培养感情。最初把两只猩猩隔离开来，要观察后觉得双方比较有相处的意思，才能将它们合笼。

观察的结果，认为两头猩猩有结亲的希望。梅子她们观察的是公猩猩，这家伙一见到母猩猩便显得很兴奋，不时到隔离两者的笼网前龇牙咧嘴，而且会追逐母猩猩的气味走，这些都是猩猩发情的表现，情况颇为乐观。而另一组观察母猩猩的饲养员认为那边不是十分积极，没表现出很强的求偶欲望，但是，它的行为同样出现了不寻常的变化，包括表现不安，经常到隔离双方的笼门前徘徊等等，说人家不积极，只是没看到它很注意公猩猩。"可它肯定是注意的，不然没事儿往隔离网上趴什么？"有的饲养员这样分析。

不管怎么样，公猩猩的表现显示它很满意，母猩猩……

大家认为它有点儿矜持，但只要慢慢培养感情，这么漂亮的公猩猩它有什么不满意的呢？

于是，笼子打开了，两头猩猩之间再无阻隔。

一开门，那头早就在搔首弄姿的公猩猩"嗷"的一声就冲了过去。

令人意想不到的是，母猩猩的反应比公猩猩还激烈。

反应激烈指的是扑过来亲吻还是拥抱？都不是，母猩猩也是"嗷"的一声，却是咬牙切齿地猛扑过去，一伸爪子就给公猩猩来了个满脸花！

这个刺激可能太强烈了，通过窗口观察的梅子明显看到面目狰狞的公猩猩露出了一个惊讶的表情。但不等它有所反应，母猩猩又一口咬了过来，迅雷不及掩耳，让饲养员们连准备好的水枪都没来得及使用。

好在公猩猩反应也很灵敏，一个高难度的转身翻腾三周半，好歹躲过了这一击。看来刚才被抓到，只怕还是猝不及防的成分居多。也是，人类相亲的时候，即便是再谨慎的小伙子，也不会和媒人讨论姑娘有没有暴力倾向这种问题啊。

这时候，梅子突然意识到这次相亲变成暴力袭击的问题在哪儿了——园子里的这头母猩猩，从来没见过公猩猩，而按照动物学家的描述，野外的猩猩是小群生活的，公猩猩相对来说更多依靠本能，母猩猩则是在群体中逐渐"学习"到性别差异的。所以在这次相亲中，母猩猩可能根本没有意识到这些愚蠢的人类在忙活什么，它没想到来的可能是如意郎君，而把公猩猩当成了自己领地的入侵者。

这也解释了母猩猩为什么不断到隔离的笼网前徘徊，它在想啊——凭什么我的地盘被割走了一半？而公猩猩扑向它的动作，让母猩猩误会了，认为这家伙是得陇望蜀，还想把自己另一半的领地给抢走。猩猩是有领地意识的动物，如此得寸进尺，是可忍孰不可忍。所以母猩猩直接就爆发了。

而另一个糟糕的地方，便在于"姐弟恋"的安排。正常情况下母猩猩体重只有公猩猩一半多一点，但这头公猩猩是刚刚成年的，放在人类中便是小鲜肉级别的男生，而母猩猩已经完全长开了，是一个真正的"壮妇"。年龄的差异多少拉平了双方的实力，再加上母猩猩是本土作战，理直气壮，打出一个王宝钏痛殴薛平贵的结果也不奇怪啊。

然而，就在这一瞬间，"战事"又发生了新的变化。面对母猩猩的疯狂进攻，公猩猩抱头鼠窜，竟然窜出笼舍，逃到了猩猩馆的室外运动场。这下子，它们完全脱离了饲养员的监控。

动物场馆的设计大同小异，通常包括一个可以从内部参观、便于动物休憩和躲避风雨的室内馆，还有一个盆子型、带有高高围墙的运动场。

"人急上房，狗急跳墙，这句话我算是信了。"梅子说。饲养员们跑到外面时，只听周围的观众山呼海啸，猩猩馆外被围得水泄不通，她们正要往里挤，人们又"轰"地一下掉头四散，险些把众饲养员撞倒在地。

近前一看，才发现母猩猩还在疯狂地追击公猩猩，而体形至少不处下风的公猩猩毫无反抗之意，只是尖叫着四处逃避，被咬急了的时候竟然如同跑酷一样蹬着墙连跑几步，再向上一蹿，够到了运动场围墙的顶儿！观众被它这个动作一吓，才作鸟兽散的。

不过，饲养员们开始并没有多紧张，只是想着怎么把公猩猩救出来——猩猩馆设计上有很高的安全系数，围墙本身很高，顶上还有一圈电网呢。

然而，就在饲养员们呼叫、扔鞭炮、吹哨都无法制止发了性的母猩猩时，公猩猩再次向上攀爬逃命，竟然一把抓住了电网。

按说，动物园的电网是老虎也无法逾越的存在，那公猩猩同样被电得一个跟头摔了下去，但它疯狂地一抓竟然把电网也同时扯了下来，在噼啪的短路声中，电网失去了作用！

这可是从来没发生过的事情，在瞠目结舌的饲养员面前，那头公猩猩再次向上一蹿，竟然蹿上了墙头。

虽然对猩猩来说，这是逃命之举，但如果它脱出生天，那就该轮到全园的游客开始逃了。

幸好，这一瞬间，正在猩猩馆前打扫卫生的大爷眼疾手快，大扫帚向前一抡，把立足未稳的猩猩一下打了下去。这只是措手不及，危机并没有过去，猩猩发了狠，拇指粗的钢筋都能掰弯，如果它再往上蹿，大爷又不是扫地僧，靠扫帚再次把猩猩打下去的可能性太小了。

这时饲养员已经反应过来，一个经验丰富的饲养班长抄起一只拖布，用打火机引燃了前面的布条，在猩猩再次蹿上来时一个箭步冲了上去，燃烧的烈焰正杵在公猩猩的脸上。

这位饲养班长的处置可说十分得宜，猩猩是怕火的，面对熊熊燃烧的拖布根本不敢撄其锋，只好满地乱跑跟母猩猩周旋，同时不断朝上看，瞧瞧那个可怕的东西还在不在。

拖布能烧多久？眼看火要熄灭，班长一指旁边的徒弟："你，把工作服脱下来。"工作服被顶在拖布头上，火焰又炽烈起来，然而，一会儿又快要烧完了。

"你，把衬衣脱下来！"

"你，把外裤脱下来！"

"你……"

还好在徒弟仍然保留有一条内裤的情况下，工作人员把消防水龙拖过来，水瀑分开了那一对欢喜冤家。

这次相亲就这样失败了——就算是饲养员对母猩猩说清楚原委，母猩猩愿意尝试一下，公猩猩恐怕也不会有这样的胆量了。

更不肯继续努力的是天津那边的饲养员。小姑娘委屈地看着自家猩猩被烧得东一块西一块的皮毛，大声抱怨："我家猩猩有这么危险吗？下面打上面还要烧，这地方太野蛮了啊！"

"我们还真没法反驳她。"梅子说。

大象追杀美女编导案

入秋之后残暑未退，有个搞电视的兄弟对我说：老萨，北京太热了，咱换个地方，去上海做两个节目如何？

好。嗯？上海，那地方不是更热吗？

是啊，那样回来你会觉得北京的气候很可爱。

搞电视的人逻辑确实比较古怪，于是，就到了上海。

对方负责接洽的是纪实频道的编导小周。这是个带着三分江南烟水气，又有几分叽叽喳喳的女孩子。摊上这么个搭档，干活应该是不累的。只小周是个典型的路痴，给我们留的路线图怎么也看不明白。为不迟到，我们只好抄近道斜穿草地——上海是个循规蹈矩的城市，这种行为多少有些把"不文明"写在脸上的感觉。

坐定后，老萨想起一件事来，哑然失笑。在对方好奇的目光下，只好说明原委：这次穿越，让我想起了一位在北京动物园工作的老朋友刘大哥，他在动物园也干过抄近道的事情，过了很多年仍然让人记忆犹新。

抄一次近道怎么会记得这么清楚？实在是其中经过过于刺激了——下面的情节切勿效仿啊。

那天刘老师有急事，为节省时间，决定从象房旁边一块动物运动场穿过去。所谓"动物运动场"是行话，就是我们在动物园里看到的动物室外活动区，那里通常用铁栏围起来，里面有绿地和秋千一类玩具。这里是游人的禁区，贸然进入，后果不堪设想。姜昆当年相声里说自己掉到狮虎山里，就是进了老虎的运动场。

不过刘老师穿越此地前是放心的，他知道自己要走的这片区域虽然属于象房，但平时空着，并未对外开放，也没有哪头动物在此活动。因为属于象房，这里的围栏比较粗犷，每根钢管都有儿臂粗细，且缝隙较大，大象出不来，但人可以钻过去。几天前，他和两位大象饲养员也曾从这里钻过栏杆，证明此处是安全的。

问题是，刘老师并不会天天钻栅栏，所以他的信息不是最新的。

栅栏虽然有较宽的缝隙，但钻过去仍然不太容易。刘老师差点被卡住，费了好大劲钻过去，看看手表时间已经很紧，急匆匆正要穿越那片运动场时，忽然发现太阳不见了。

又不是日食的时间，太阳怎么会不见了？刘老师抬头一看，不禁惊在当地。

只见一头大象，就站在他身边挡住了阳光，饶有兴味地看着自己，距离不到两米！

"这是一头小象，瞅着我好像还有些好奇。"刘老师说。

抄近道碰上了大象这事儿，只有动物园里可以见到。

刘老师不知道，当天象房的设施出了点小故障，工作人员找人检修，原来住在此处的一头小象，就被赶进了一旁的一个单独栏舍。尽管如此，依然让外面来的检修工人感到不自在——说是小象，那玩意儿也有一千多斤，比牛大多了。

关它的房间并不宽敞，小象鼻子里的热气可以喷到工人后脖颈子上，这让人怎么干活儿啊。饲养员一看，索性把小象牵出来让它放放风，就临时放在了那片一直不曾使用的运动场上，被刘老师撞个正着。

不等刘老师做出反应，那大象上前一步，照着他就撞了过来，动作颇为优雅。

"那是我唯一一次和大象撞膀子啊。"刘老师在北京电视台《非常记忆》栏目做节目时回忆此刻，显得心有余悸。

"哇，那好危险啦！"美女编导小周瞪圆了眼睛。

小周这话很内行。按一般人理解，大象这种皮粗肉厚的家伙应该是性格沉稳的憨厚动物，是带领森林小动物跟狮子狐狸等反动派进行斗争的正义象征，然而刘老师他们做饲养员的明白，这纯粹是动画片留下的虚假印象。真正的大象脾气相当暴躁，我国还发生过动物园大象误杀饲养员的事情。

还好，刘老师这一次和大象撞膀子并无后遗症，大象没有多少恶意，所以并不是正面冲过来相撞的，只是跨前一步，挤靠他一下而已。"我就是过个路，井水不犯河水你撞我干吗？"刘老师这样形容那头不讲理的大象，"它就是犯坏。"

问题是犯坏也要分谁，大象对老刘，一靠之下，"我当时就趴下了"。因为并没有养过大象，老刘对这次经历记得很牢，"当时最深刻的印象是——大象的毛是硬的"。

不仅仅猛犸会长毛，今天的大象在幼年时代也是有毛的，只是随着年龄增长才变得光溜溜的，这和人小时候皮肤光润、岁数大了才长胡子正相反。

小孩子犯坏是要受到惩罚的，小象犯坏，老刘却顾不上也不敢对它开展教育工作。他顺势一滚，从对面护栏下方的空隙钻了出去。回头看，小象没有追击，只是瞪着顽皮的眼睛看着自己，仿佛在说："那人，怎么不跟我玩了？"

我那位编导朋友听了摇头而笑，说这小象太没有家教了，饲养员也是，干吗把它单独养着呢？放在爸爸妈妈身边，有人监护，它也就干不出这样犯浑的事儿来了对不对。

美女编导小周说话了：可不能把小象和妈妈放在一块儿啊。接着，她说起了一段也是发生在动物园的事情。

话说某动物园的母象怀孕，饲养员们盼星星盼月亮的，终于照顾得她顺利分娩，一头健康的小象就此出世。出生后的小象本能地去找母象哺乳，此时一件意料不到的事情发生了——只见母象疑惑地看着自己的孩子，没有一点儿接受它的意思，而是忽然抬腿踢了过去。在惊愕的饲养员面前，小象发出阵阵惨叫，母象却毫不犹豫地又一脚踢了过去。

大象的腿跟柱子似的，在自然界一脚可以把狮子踩出粪便来。就算小象刚出生有几百斤，比人结实得多，也无法吃得消这样的虐待。"那个场面，只能用'惨烈'才能形容，"小周说道，"满屋只听到小象的嚎叫。"

下面的场面是完全违反自然的。小周目瞪口呆地看到，准备不足的饲养员们抄起平时给大象搂草的钢叉，像堂吉诃德一样冲进母象的房间，对着疯狂的母象一阵猛戳，硬生生从它身边把半死不活的小象抢了出来。

"那头小象只能人工饲养了。"小周说，"过了几年我去看它，已经长得好大好大了。"

"咦，难道母象殴打小象时你一直在场吗？"老萨好奇地问。

"是啊。"上海电视台纪实频道的一位老兄指了指这个看着娇滴滴的小姑娘，"小周前几年一直是拍摄动物题材的，她不但拍过大象，还拿叉子捅过大象呢。"

捅大象？现在的女人啊⋯⋯

小周看出了我们的惊愕，赶紧解释："不是啦，不是啦，当时那个情况啊，与其说是我赶大象，不如说是大象追着我跑。"

被大象追还能这么全须全尾地坐在这儿，这更神奇了。在众人八卦万分的追问下，小周只好无奈地讲起那段野兽与美女的故事来。

"我本来也没想到去拍大象啦，你想想，那么大的一个动物，好恐怖，这根本不是我这样小姑娘的菜嘛。但领导说拍的主题是大象的爱情，我想，这个题目还是蛮吸引人的嘛——现在想想，我们那个领导好狡猾。"小周欲言又止，露出一副被人家钓了鱼的古怪表情。

说起来，这个题目的确颇有魅力，因为几乎没有人见识过大象的爱情是怎么回事。话说山东济南动物园有两头大象，一头是母象，另一头……还是母象。大象的无性生殖研究至今没听说有进展，于是，济南动物园的领导决定从外地借一头公象来，以达到让该园大象香火不绝的目的。而小周的领导无疑是个敏锐的家伙，很准确地抓住机会，立即派出了一个装备精良的摄制组，北上捕捉大象谈恋爱的镜头。小周因为平时聪明伶俐善于沟通，也被领导慧眼看中，点将出征。领导显然认为，和恋爱中的大象建立良性交流，对拍摄成功十分重要。

小周就这么乐呵呵的，满怀期待地登上了前往济南的列车，却不知道这一去啊……

至今小周说起当时的情景，还觉得自己有些傻乎乎的。

婚姻、爱情，这些词儿要是在动物园里说起，它们伴随的常常是一些与"浪漫、悱恻、旖旎"绝不相关的含义。从动物园的工作人员角度看，动物的配对，其实不过是一个技术工作，就是繁衍后代。然而，真正从事这个工作的技术人员告诉我，动物之间的确有"爱情"这玩意儿存在的，有的动物一公一母无论年龄还是长相，怎么看怎么是一对儿，但把它们赶到一块儿，俩猴儿就是不发情，让饲养员们百思不得其解。这只能归结为动物有着和人不一样的审美观、爱情观了。没有爱情，动物也不肯成亲。

仅仅是"动物也不能拉郎配"倒也罢了，有时候事情还会失去控制。在北京动物园谈到八十年代执掌园务的某公，很多老饲养员会流露出不自禁的怀念，说老园长这个人啊，懂业务，而且有担当，是难得的好领导。

我于是问，能举个例子吗？老饲养员举的例子是给美洲豹配种。

美洲豹，是一种全身带有斑状花纹的美丽大猫，生活在广阔的亚马逊森林中，以善于攀爬、性情凶悍著称。我国所有的美洲豹都是引进的，所以能否让美洲豹在中国找到爱情，是一项既关系到科研成果，又关系到各动物园钱袋子的要事。

北京动物园技术储备充足，人员基础雄厚，于是一马当先，八十年代开始进行这方面的尝试。美洲豹都是买来的，所以各大动物园也只不过有一两头而已。北京动物园的一头公兽正在壮年，已经发情但没有合适的母兽，只好从外地借来一头。这头新来的母豹花纹美丽，体格强健，但看来比较暴躁，对包括公豹在内的其他动物都有排斥感。

园长熟悉业务，不慌不忙地设好两个相邻的房间，让公豹母豹隔着网格互相接触。同时派出两名猫科动物专家进行观察，以便确定两头猛兽是否有培养感情的可能。

最初的两天，可能因为变换环境，母豹不时狂吼，声震八方。而那头叫作"吉利"的公豹则显得颇为拘谨，偶尔低低地吼叫两声，立刻在母豹挑衅性的回应中沉闷下来。几天过去，似乎是感受到了邻舍"吉利"的雄性气息，母豹的情绪渐渐缓和，甚至有时会转到笼舍中间的隔墙处凝视对面。专家认为这是它在渐渐接受"吉利"的信号。此后，专家有意延长"吉利"兽舍的打扫间隔，增强其气味给对面母豹的刺激，那头母豹则出现了在地上打滚、发出呜咽叫声等发情标志。

有门儿。专家把这些情况汇总后，认为两兽均已发情，时机成熟，可以让它们合笼成亲。

猛兽通常是孤独的动物，只有在繁殖季节才会容许异性进入自己的地盘，否则很可能发生残酷的斗殴。在动物园合笼永远是令人心跳的任务，尽管两位猫科动物专家都觉得一切顺利，但园里还是做了被认为充分的准备。合笼那天，园长亲自到狮虎山坐镇，并调动了麻醉师和高压水枪，随时准备在发生意外的时候分开两头美洲豹。

在饲育主任的指挥下，两个笼舍间的闸门被轻轻吊起。母豹一副如愿以偿的样子，似乎根本没有注意到众人的紧张，撒着欢地窜过隔门，直奔"吉利"而来。而"吉利"似乎不相信自己竟有如此艳遇，被对方的热情弄愣了，只是呆顿顿地站在原地。母豹快步靠近"吉利"，活泼中还带着一丝亲昵，看起来这次合笼应该不会有太多的周折了——都女追男啦，还要人家姑娘怎么样啊？

就在这个时候，奇变陡生。

飞花漫漫，一名白衣公子抚琴园中，信手弹出一曲《凤求凰》。一位少女为琴声吸引，站在园外凝视那位公子风华万千的身影不能自已。这少女风尘仆仆而来，依然丽色难掩，那份情愫在周围人眼中都能看得分明。园门轻轻打开，少女在众目睽睽之下飞奔而入，扑入公子怀抱。

那公子忽然手一翻，抽出一柄利刃，正刺在少女的后脑之上！顷刻间，血飞，魂销⋯⋯

这不是温瑞安复出写的新派武侠，而是北京动物园美洲豹婚恋故事的人间版描述——小白脸，都是靠不住的。

话说母豹如人们期望那样主动地冲向"吉利"，眼看两头豹子就要凑到一处，谁也没有想到，一直表现沉静的"吉利"毫无征兆地猛然一甩头，闪电般一口咬在了那头母豹的后脑上。

"一口，而且只咬了一口。"现场待命的老刘回忆，"快得我们来不及做出任何反应，那母豹也没做出任何反抗，事情就已经结束了。"

这一口咬上的时间也就是一两秒钟，在瞠目结舌的饲养员面前，"吉利"松开利齿，像没事人一样悠闲地摆动着尾巴，而那头刚才还欢蹦乱跳的母豹则像一只破布口袋一样颓然摔在地面上，再也没动一下，死不瞑目——只这一口，"吉利"锋利的犬齿已经刺穿了母豹的延髓，致其立即死亡。这是美洲豹捕杀猎物时最凶悍也最直接的招法。

事后人们分析，是母豹到来后过于活跃的表现，让"吉利"感到对方在挑战自己对领地的所有权，才做出了这样异常的反应。

要说两位专门研究猫科动物的专家有责任，责任的确不轻，但他们的判断失误也有情可原，因为美洲豹与其他猫科动物相比，是一种性情古怪的大猫。

美洲豹的分布地域与其他大猫相距遥远，早在三百万年前，它们的祖先中有一部分便离开亚洲，渡过白令海峡，寻找新的生存空间。留在亚洲的美洲豹祖先此后因为不明原因全部绝灭，使在美洲繁衍生息的这种动物从生物学意义上成为孤独的孑遗。从生态而言，美洲豹是一种与剑齿虎更接近的动物。

此后的几百万年里，美洲豹默默地独自进化着，为适应当地的环境，产生了与其他大猫迥然不同的生态特征。经常捕食鳄鱼、森蚺等硬皮猎物，帮助美洲豹进化出特别锋利的牙齿，短剑般的牙齿可以被用来当割刀。它们在外形上像豹，但习性像虎，而且是典型的"矮脚虎"——擅长游泳，特化了的四条腿比较短，不善于奔袭而更适合伏击，这让美洲豹对自己的地盘占有欲几乎达到变态的程度。

由于这些特点，美洲豹之间的战争通常会惨烈而极为短暂，往往一击必杀。

因为长时间与其他猫科动物隔绝，专家用狮子老虎的习性特点去套美洲豹，就难免出现意外了。

说园长有担当，就是在这个时刻。看着周围目瞪口呆的部下，特别是面红耳赤的两位专家，园长指了两个员工："你，还有你，回头带人收拾一下。下午我去园林局，这事儿你们就别管了。"

美洲豹的爱情撞上了一个残酷的结尾，那么大象的相亲呢？同样遇到了不可控的难题。

但小周她们遇到的，是一个完全不同的问题。济南动物园两位大象饲养员形象大相径庭，一位看起来沉稳老练，话语不多，仿佛上个时代典型的老工人；而另一位则大有些披头士的风采，穿着时髦，还会在闭园以后放摇滚给大象听，使其享受音乐的快乐。两位性格很不一样的饲养员是长期的搭档，而且非常熟悉业务，他们对摄制组都表示了有节制的欢迎。

小周她们到了一个多星期，领导催促几次，拍摄却毫无进展，这是因为大象没有一点儿彼此亲近的意思。

要说母象排斥新来的公象，那倒也说不上，只是视若无睹而已。这种轻视，大公象看在眼里，也并没有恼羞成怒，每日我行我素，该吃吃，该喝喝，只顾聚精会神地品尝济南动物园为自己这个上门女婿准备的美味干草，也没有半分君子好逑的风度。

据资料称，相亲的大象都已经成熟，园方迫切需要为它们组建家庭，连未来生的小象怎么分配都有了预案，这大象自己怎么没有一点紧迫感呢？尤其是那头大公象，身边一直没有伴侣，按照常理，看到两头正在青春的母象，应该流鼻血才正常吧，怎么双方这么没感觉呢？哪怕先谈着慢慢培养感情呢，没结果不怕，只要先谈着，咱们也可以拍些镜头交差不是？

面对小周几次三番的追问，那位披头士饲养员终于优雅地做了解释："这很正常，大象嘛，半年没动静也是很正常的。"

半年？！

有些动物会在爱情问题上表现出过剩的热情，比如给圣诞老人拉车的驯鹿，每到繁殖季节便兴奋异常，主动挑战一切它认为可能和自己争夺配偶的移动物体——从野牛到汽车。曾经有人拍摄到一头发狂，不，发情的驯鹿在挑战重达一吨半的大野牛，后果不言而喻。还有加拿大一头驯鹿曾冲向一辆高速行驶的卡车，导致司机轻伤，车辆受损。更糟糕的是这头被卡车撞飞的鹿从天而降，不偏不倚正砸中一位骑单车的女士，导致这位女士重伤而亡。

济南动物园的大象则正相反。"亚洲象很懒，非常非常懒，连恋爱都懒得谈。"小周总结那位饲养员的话。因为非常懒，导致它们对恋爱的事情也不积极，这一点跟会在草原上追逐犀牛的非洲象颇不相同。考古学家从未在梁龙、雷龙之类巨兽身上发现因为吃醋争斗而产生的创伤，估计它们缺乏"冲冠一怒为红颜"的基因，亚洲象和这类庞然大物恐怕有些相似。

还有一个原因导致大象在恋爱上并不积极，是因为亚洲象是一种长寿的动物，活上五六十岁概属寻常，所以在爱情问题上很有耐心——它们等得起。换了连过冬都成问题的蝈蝈，对同样的问题肯定有着不一样的答案。

"半年的差旅费，台里一定不肯付。"小周琢磨，那位狡猾的领导这次恐怕是失算了。

台里的消息是让她们再待机一段时间，看来，领导还是很好面子的——这种事儿，就算撤，也得选个合适的时机。这样一来，小周她们只好继续和不肯恋爱的大象较劲了。

这种较劲类似公安机关的蹲守，每天早上去看大象，和披头士老哥谈音乐；每天下午去看大象，和老工人大叔忆苦思甜；每天晚上……还是去看大象，和剧组其他人一块儿议论领导……第二天早上再去看大象……这期间，摄影组的众人对大象的味道感到深恶痛绝，只要在象房里，那种浓烈的气味总会让人头昏脑涨，欲仙欲死。

这种感觉老萨是体会过的。在某外企工作的时候，一位叫作切的老板从台湾来，临时在北京办公室占了个房间。切老板文质彬彬，待人和蔼，应该说有一点老帅哥的味道。然而，仅仅到他办公室里面谈了十分钟工作，大家都很喜爱的女秘书卡莱尔就脸色苍白地逃了出来，神色十分不正常。难道是……不等大家胡思乱想，卡莱尔已经对着几个闺蜜吐起苦水来："切这家伙怎么跟牛和马的味儿一样哇？太熏人了，真受不了！""他在哪儿蹭的？"闺蜜疑惑地说，溜到那办公室门口嗅了嗅，跑回来悄声说："这个不是牛和马的味道啊，是犀牛和河马……是最新型法国香水的味儿，叫大草原香型。"

此后的办公室气氛变得十分诡异，几乎每个妹妹走过切的门口，都仿佛被大锤子打了一下，陡然转弯，走一条弧线溜掉，然后再窃窃私语："切的太太怎么受得了？""用这个香水是表示主人有崇尚大自然的美好品质。""好贵呢。现在北京只有走私货卖，还没正品……""给你家老公用一点？""他，不用已经跟牛一样了……"

一群女生在那里说得眉飞色舞，我看得正好笑，切先生走到了门口，儒雅地招招手："萨，来看看，这屋的网线好像不通啊。"

那一次，我犯了鼻炎，一个多月才好。

小周比我境况好一点点的是，虽然闻着怪味，但总有大象可看。看大象是很多孩子的心愿，但是整天看这几个大家伙慢条斯理地吃啊吃的，总会看烦的——象啊，你快点儿那个啥吧。

不过也渐渐看出些门道来。比如，她发现大象是很不愿意进到房子里面去的。每到动物园闭园的时候，工作人员要把大象赶进象房，这时候大象会想方设法耍赖，在运动场上拖拖拉拉，不肯痛快地走进去。而这时候急着下班的饲养员会毫不客气地抄起草叉子，对着大象的屁股噼噼啪啪一阵殴打。这样一来，大象只好不情愿地朝前挪步，按照饲养员的指示去做了。

看得多了，小周渐渐发现大象并不像看起来那样可怕，挨了饲养员的叉子也只敢耷拉着耳朵哼哼两声。

有一天，轮到"老工人"赶大象进房，两头已经进去，还剩一头象那天可能心情不好，总是磨磨蹭蹭的不肯就范。

认为自己已经看明白这个活儿是怎么干的、热心而无聊的小周从工具间也拿了一根叉子过来，决定跑过去帮"老工人"赶大象。

饲养员正在忙碌，反应略微迟钝一点，等看到这位上海妹妹手举钢叉、张牙舞爪地对着大象的屁股猛戳过去，已经说什么都来不及了。老象正满腹牢骚地磨蹭，屁股上忽然挨了这一家伙，后臀一紧僵在了当地，内心大概波澜万丈，数不清的怪念头。

按照明朝大将沐英的总结，大象最敏感的部位是鼻子，然而这并不代表大象的屁股可以随便扎，所以小周的"钢叉捅象股"实在是极为冒险的行为。

从小周自己的描述来看，大象可能只挨了她一下或者两下搔痒般的试探性打击，便立即做出了反应，屁股后面长了眼睛一般，敏捷地一闪，躲了开去。她一愣，咦，每天饲养员抽大象几十叉杆也不见它有什么反应，我这刚打了两下，它怎么就要跑呢？势利眼的家伙……

刚想到这里，"势利眼"举着大鼻子冲向了小周。和尚摸得，你摸不得！

虽然看起来皮糙肉厚，但古代的军事将领知道，大象是一种机敏的动物，无论在欧洲还是亚洲，都有试图将大象送上战场的策划，结果并不美妙——聪明的大象在战场上经常左顾右盼，一见风向不对掉头就逃，大多不是合格的战士。在猛犸时代，亚洲有二十四种象，今天只剩一种了，说明大象是和人竞争中处于劣势的物种，让它们跟人打仗，从自然角度来说也没有多少取胜的概率。美女和大象之战，谁会是最后的王者？

那头老象一声嗥叫，转过身来对着小周猛冲过来，饲养员根本来不及制止。

小周见势不妙，丢下叉子就逃。应该说上海姑娘脑子很灵活的，她想起一旁的铁栅栏很坚固，而中间的缝隙自己还能钻过去，于是一头撞过去，果然跳到了栅栏之外，那头大象愤怒地撞在了栏杆上，一时山摇地动。

北京动物园的许大姐讲过一次惊险的场面。那天她正在与大象观赏区一墙之隔的地方工作，忽听"轰"的一声，墙壁如同地震了一般剧烈抖动起来，墙缝里的灰尘直喷到半空中。惊惶的许大姐跳起来，接着就听到隔壁一阵大乱，夹杂着大象的嘶鸣声。后来才知道是发生了大象出逃的事情，幸好那头象不认路，进了一条死胡同，才没有跑路成功。冲到死胡同尽头的大象在缴枪投降之前，不经意地蹭了那堵墙一下，就造成如此效果——这堵墙的另一面，就是许老师的工作地点。

由此可以想象，对小周冲过来的大象撞到栏杆上，发出了怎样可怕的声音。

还好这时饲养员赶来了，用哨子和呵斥驯服了有些失控的大象。饶是如此，小周也已吓得花容失色。

这样的行为理所当然受到了批评。大象等动物，与饲养员在漫长的饲养生涯中有着无声的默契，因此必要时敲打敲打它是可以接受的，但外人就完全是两回事了，稍有冒犯都可能引发疯狂的报复，而且大象的记仇时间很长，轻易不会忘记。国外有报道，某地游行中一头大象好奇地把鼻子伸进一个裁缝家的窗户，裁缝恶作剧地用针扎了人家鼻子一下，结果第二年同样路线游行，走到这家窗前的时候，那头大象竟然准确地喷了裁缝一头的鼻涕作为报复。

这个时候已经快到中秋节了，在外面不能回家，还受到批评，小周心情自然不会好。一连几天，"老工人"饲养员注意到小姑娘情绪不佳，但此前主持了对小周的批评教育，自己不好来出面劝说，便授意"披头士"饲养员做做工作。

这位老兄拉上小周，在象房周围走一走，还吹了口琴给她听。"这个家伙还蛮多才多艺的嘛。"心气渐渐平和的小周这样想。

不知道是不是这样做引发了表演欲望，第二天早晨，小周走到象房门口的时候，听到"披头士"又在那里吹奏，曲调悠扬而颇有韵味。一边打着拍子欣赏，一边慢慢走过来，小周忽然发现了一个令人惊奇的现象——栏中的一头公象和一头母象居然走到了一起，而且……而且居然都流泪了！

天，这是什么样的吹奏水平啊，居然能把大象感动哭了。小周惊异地想着，那悠扬的曲声似乎又加了三分优美。

快步走到"披头士"近旁，等他吹奏完毕用手帕抹拭口琴的时候，小周崇拜地凑上去，两眼亮晶晶地赞叹道：

"哎呀，你的口琴太棒了！你知道吗，大象都被你感动得流泪了耶。"

"咣当"。

小周回头看去，只见"老工人"呆呆地站在两人身后，手指小周，期期艾艾地问道："周，周记者，你说啥？"

"我说披头士的口琴太优美了，连大象都被感动哭啦，两头象都哭了哦。"小周一边说，一边注意到"老工人"脚边扔着簸箕和扫帚，看来是一失神落下来的。

"咣当"。

身后传来的声音又把小周吓了一跳，回头一看，只见"披头士"那款名贵的俄罗斯口琴也被丢在了地上，他本人也是一副诡异的表情，满脸似哭似笑。

"怎么啦？"小周用手在他眼前徒劳地晃来晃去。

"这次……这次相亲成功啦！""披头士"欢呼一声，不管不顾地直奔象房冲了过去，只剩下小周一头雾水地站在那里，下巴都快掉下来了……

事后才知道，原来大象的性腺和泪腺距离颇近，所以，大象流泪，并不是感动，而是发情了。

一周以后，《动物园大象相亲》节目拍摄圆满完成。"再没有比这一对儿谈得更快的了。""披头士"感慨地说。

只是小周落下了一个毛病，至今到动物园看到大象，仍然会有拔腿就逃的冲动。

上海猪豹同笼案

猪？敢杀入豹子群里？！那还不得让豹子当菜了？连非洲的疣猪，那么大的块头，都难免变成豹子的午餐。难道是古代残留下来的巨獠猪？这玩意儿好像在人类出现之前就绝灭了……

事情得从抗战中的飞虎队说起。飞虎队，即美国志愿航空队，由陈纳德将军建立，曾与中国空军并肩作战，共同抗击日军的侵袭，是中国军民的老朋友。我到上海，和当地电视台联合制作一档关于"二战"的节目，便谈到了飞虎队。讲到中间，一张飞虎队飞机模型照片引发了大家的兴趣。

大概为了逼真，制作者在飞机模型旁边放了一名美国飞行员模型。这个是做模型的人常干的事情，无足为奇，有意思的是，他同时还在飞机的顶上放了一头豹子。

这可就耐人寻味了。众所周知，飞虎队的标志是带两个翅膀的老虎，既然如此，这模型上怎么放的是豹子？如此张冠李戴，会不会是因为制作者对历史和生物学同样模糊，功力不足造成的呢？

事实可能正好相反。飞虎队老飞行员、曾击落过多架日本飞机的吴其轺老先生（原飞虎队第五大队王牌飞行员）回忆，飞虎队的飞行员们确曾养过一头豹子，而且双方相处十分融洽，隐隐然这豹子竟有了些许吉祥物的象征意义。估摸着，这帮一个比一个刺头的家伙也明白老虎那玩意儿不好养，弄个豹子聊胜于无吧，反正它们都是大型猫科动物。

吴老的这个回忆，因一张照片的发现被证实确有其事。在一张飞虎队队员的合影中，可以看到那头豹子正在P-40战斗机的发动机顶上优哉游哉呢。而且，从飞行员们的表情来看，似乎也早已习惯了这头大猫的存在。

说来有趣，"二战"中，动物们大多为反法西斯阵线一方的人们所亲爱，比如孙立人将军曾带着部队中的少年兵和大象亲近。然而对日本人却一直不太友好，铜陵就发生过老虎吃掉日本兵的事件，而且从现在掌握的史料看，这种中国猛兽喜欢袭击日军的事情肯定不是个案。

我想起拍大象谈恋爱的编导小周曾提到，自己还参与过对豹子的拍摄。"那不是豹子，是猎豹哎。"小周对我的错误概念进行纠正。猎豹，是世界上跑得最快的动物，兽中的高速杀手。由于长得有几分相似，人们常常认为豹子和猎豹是很接近的动物。其实从血缘而言它们的关系颇远，猎豹是猫科动物中很独特的一种，很早就与其他猫科动物分道扬镳。

拍摄这种猛兽，是不是很危险的过程？正要询问，忽然看到小周的表情变得有几分古怪，或许是想起了什么有趣的事情。这更引起了我们的好奇。

"危险当然是危险啦，"小周慢条斯理地开始给我们解惑，自己却忍不住带出了一丝笑意，"你猜我在猎豹的笼子里发现了什么？"

那能发现什么？总不会是一头猪吧？

"在猎豹的笼子里……真的有一头猪啊！"

猎豹笼子里有一头猪？！小周的胡言乱语让老萨很有想去挠墙的冲动。从小就听老奶奶讲过村里大猪被豹子叼走的事情，这豹子和猪怎么可能生活在一个屋檐下呢？它们是厨子和食材的关系啊。听说上海电视台最近在讨论给编导以上人员分房的问题，这姑娘不会是受了什么刺激吧……

"我最开始也没注意到豹栏里面还有一头猪的。"小周咬着手指头回忆道，"是饲养员提醒我才发现的。"

说起猎豹和猪族的战争，的确不是一边倒的，有时候碰上特别凶猛的野猪，在其弯曲的獠牙面前，猎豹只能落荒而逃。有人称，拍到过博茨瓦纳科霍比国家公园的一头疣猪因为猎豹袭击其幼仔而勃然大怒，赶得猎豹抱头鼠窜。然而，那是野猪好不好，动物园里这头猪，明显是一头家猪嘛。事实上，动物园是将这头小猪和另一头它的同伴同时放入豹舍的，目的并不是尝试让它们和豹子和平相处，而正是想让它们充当猎豹的食物。结果两头猪都幸存了下来。事后请教专家得知，这两头无法无天的猪不但是家猪，且属于家猪中口味极佳的品种，叫作豫南黑猪。更不可思议的是，按照饲养员的说法，这两头猪如今个子已经长大了，当年被送入猎豹笼舍的时候，可是只有二三十斤的，又香又嫩，最适合做成烤猪的年龄。

好好的小猪送给豹子来吃，这倒不能说人类的心理有多阴暗，而是出于对猎豹的关爱。在上海野生动物园中有多头猎豹，算是此处的明星动物，但由于这些美丽的大猫都是出生于动物园的，所以养来养去人们发现这豹子越养倒越像狗，一点儿凶猛的气势都没有，和它们的祖先相比，除了长相，简直完全不是一种动物。于是，促使猎豹"野化"，保持物种活力，便成为动物园的一个重要课题。小猪就是在这种情况下被买来的，人们希望豹子能够通过对猪的捕食，重现其祖先猛兽的威严。

可是，小猪扔进了豹舍，过了几个小时依然活得很健康。原来，这猎豹在动物园里早已养成了养尊处优、傻吃闷睡的习惯，忽然放进一头猪来，豹子们你看看我，我看看你，居然一时都愣住了，不知该怎么对付这个奇怪的活物。双方冷场了一上午，显然猎豹根本没有把猪和食物的概念联系到一块儿——它们平时吃的都是一块一块的肉，和活蹦乱跳的猪似乎没有多大关系。

猎豹的怯懦惹怒了暗中观察的饲养员，于是它们的晚饭没有了——饲养员是在用这种惩罚为猎豹的野化创造条件——逼急了，你总得去自己捕食吧。

别说，这一招还真灵，饿到晚上，终于有猎豹反应过来，无奈之下凭借本能向小猪发起攻击。有一就有二，其他的猎豹也跟随而上，整夜值班员都听到令人心惊肉跳的嘶吼声。

这一夜到底发生了什么无从考证，但第二天早上饲养员惊奇地发现，两头小猪虽然多处负伤，但竟然都还活着，猎豹们看着小猪颇有怯意，其中还有一头变得一瘸一拐。看来，在双方的搏斗中，情急拼命的小猪还占了上风！

对猎豹的退化深感伤心的饲养员，无奈之下只好恢复了给猎豹提供饲料的常规做法。然而，令科研人员不可思议的是，就在此时，一头小猪竟然嚣张地猛扑过来，杀入豹群，强行抢夺猎豹的食物！猎豹们却目瞪口呆，不敢阻止。饲养员们恍然大悟——忘了还要给猪喂食啦。

最后的结果是，豹子和猪共同生活在了一个笼舍里，而且猎豹还把活动场地的一半让给猪，委屈地做出了"割地求和"这种有辱祖宗的事情。饲养员在两边分别给它们喂食，才得以相安无事。估计，隔壁老虎都要骂："太给我们猛兽丢脸啦！"

这个故事的结尾是这样的：两头勇敢的小猪如今已经长成大猪，被饲养员们起名"阿福"和"阿贵"，成了上海野生动物园的正式成员。由于"猪豹共舞"的画面深受游人瞩目，该动物园就又送了两头猪进入豹舍。与此同时，对猎豹的野化训练仍在有条不紊地进行，只是猎物从猪换成了鸡。

饲养员说，抓鸡，我们这儿的猎豹倒是满在行的。

事实上，这样"善良"的猎豹不仅存在于动物园之中，在信奉达尔文主义的大自然中，竟然也有类似的情景。

一名美国野生动物摄影师在肯尼亚的马赛马拉动物园拍摄狮子时，偶然发现了这样一幕：一群羚羊与三头猎豹狭路相逢，发现猎豹后，羚羊们立即掉头逃去，只有一头懵懵懂懂的小羚羊落在后面，转眼就被三头猎豹围了起来。然而，此后人们预期的屠杀却没有发生，一个令人惊奇的场景出现了——只见三头猎豹如同好奇的大猫一样走近小羚羊，竟然彬彬有礼地向它表达起爱抚之情来，而小羚羊也同样展示了善意，与这三头猎豹挨挨蹭蹭。

摄影师目瞪口呆地看着觉察到危险的小羚羊蹦跳离开，而猎豹毫无追赶之意。事后，专家分析，出现这神奇一幕的原因是猎豹当时吃饱了，而吃饱了的猎豹就像顽皮的大孩子，这也是猎豹能够列入被人类驯服动物名单的原因。这一解释是否符合科学并不重要，关键是这一点温馨的存在，一如我们在城市的荒漠里，偶然被某一丝淡淡的温情所感动。

写过猪豹同笼的事情，有位朋友发来邮件，里面有一段他和一名曾经担任饲养员的朋友的对话。从内容来看，说的也是一件猪豹同笼的事情，内容与上海那家动物园的事情若相符合，但最终无法断定是不是同一家动物园的事情。

据他的朋友说，动物园里出现猪豹同笼，其中还有一段花絮。把两头小猪送进豹笼，并不完全是野化训练的需要，还是一种略带发泄的报复。原来，这两头猪并不是动物园的住户，而是一名饲养员家饲养的"宠物"。

话说这位饲养员娶了一位热爱动物的太太——估计他的职业在挤掉竞争者方面颇有作用。一天，这位太太上街买菜，遇到一个汉子手提一只竹篮叫卖，里面躺着两头黑白花的小猪，其中一头还围着一副粉红色的兜兜。滑稽的造型让人忍俊不禁，这位太太忍不住上去询问。那汉子说这叫香猪，最大只能长到一尺长，是世界最新的流行宠物，适合家庭饲养，比养猫养狗档次高多了。觉得小猪十分可爱的太太掏了几百块钱，买下一对小"香猪"，却不料养将起来两头猪迅速上膘，很快就超过两尺长了。感觉上当的太太请老公叫兽医来鉴定，结论这只是两头普通的家猪而已，根本不是名贵的香猪——那种猪一头可以卖到数千美元的。

得知自己上当受骗，恼羞成怒的太太勒令带来不利消息的老公负责处理掉这两头猪。恰好，动物园要对豹子进行野化试验，这位饲养员灵机一动，把猪卖给动物园，成了供给豹子的试验品。然而豹子却在与猪的战斗中意外败北，两头命硬的猪虽然被主人抛弃，却在动物园找到了正式的饭碗。

在老萨看来，这个故事中和猪配戏的是豹子，而上海那家动物园里则是猎豹，并非同一种动物，因此这显然不是同一家动物园发生的事情，只是巧合而已。

不过，这个故事的内容却有较大的可信性，因为我看到过这样一则报道：《英国女生买香猪被骗，小可爱养成大肥猪》，说住在英国汉普郡的二十二岁学生梅丽萨，用自己二十一岁生日的礼金买了一只叫作亨利的宠物小香猪，当时亨利只有她的手掌大小。但很不幸，小猪长得非常快，已经长到六十三公斤重，长约一米二，预计还会长得更大。这只大肥猪非常笨拙，体形庞大，总是吃不够，什么都咬，富有攻击性，已经给梅丽萨四居室的房子造成了数千英镑的经济损失。它咬地毯，啃实木地板，咬碎花园中的草坪，还撕咬主人的鞋子。家人对它无计可施，试图将这头大肥猪赶走，但梅丽萨跟这只猪已经有了感情，舍不得它走，不停地哭泣。家人只好作罢。

梅丽萨每天牵着大肥猪出去散步的举动，慢慢成为当地的奇景。

看到这里，忽然感到，无论是上海动物园的猪还是梅丽萨家的猪，恐怕都会对这个世界有一颗感恩的心。

海南石山猛犬被杀案

大丹犬，又名德国獒，性情凶猛，是欧洲王室狩猎野猪恶狼时的得力助手。然而，海口市秀英区石山镇下属荣堂村陶罐厂看门的一头六七十斤重的大丹犬，却在 2012 年的除夕夜被神秘的野兽叼走了，一去不回，在当地引起了不小的震动。

根据《南国都市报》报道，该厂位置偏僻，处于仙人洞的原始灌木丛中，周围方圆几百米没有他人居住。这头大丹犬被叼走的时候，厂里大部分人员已经放假，只有看门人老苏还在值班。当天夜里三四点钟，老苏听到这头大丹犬和另一头看门的大黑狗在门外狂吠，不一会儿大黑狗便夹着尾巴灰溜溜跑了回来。起初认为是两狗互斗而未加关注的老苏觉得奇怪，便带着手电到外面观看，赫然发现那头大丹犬竟是被拖走了，只来得及从灌木丛中发出几声可怜的嗷叫就彻底消失。事后，老苏在那里找到了几个宽度十厘米左右的兽类足迹。

几十斤的大狗说叼走就叼走，这是什么样的猛兽啊？

不等老苏琢磨过味来，第二天那头怪兽再次来临，把残存的那头大黑狗又给叼走了。

《南国都市报》记者采访老苏，如是描述了当时发生的事情："1月23日（大年初一），又是凌晨三四点的时候，老苏在看完春晚后，又继续看电视节目《动物世界》。这时，大黑狗'小黑'像是闻到了什么，突然间朝着厂房外吠了起来，接着就冲了出去。老苏以为有野狗来捣蛋，便也跟着走出去看个究竟。刚走到厂房门口，老苏就看见大黑狗从不远的昏暗处跑回来，慌不择路地冲进工棚内躲起来，原先极其'嚣张'的吠声也变得非常担心。正当老苏感觉摸不着头脑时，一个一米多长、跟大狼狗一般高的金黄色身影突然'嗖'地一下窜出来，冲向大黑狗躲的工棚内，很快把大黑狗叼了出来，闪电般消失在陶罐厂后面的灌木丛中。从出现到叼走大黑狗，前后不过五秒钟，老苏甚至都来不及看清楚这个究竟是什么'怪兽'。"

与大丹犬不同的是，大黑狗在大年初二带着满身伤痕逃了回来，只是从此性情发生了一百八十度转变。这头平时凶悍的猛犬变得叫都不敢叫一声，天天趴在床底下躲着。因为不会说人话，谁也不知道它到底经历了什么。

案子一直没能破获，此后厂子夜里值班的工人不得不靠鸣放鞭炮给自己壮胆。

这件事最终惊动了海南省林业厅，他们派出的工作人员经过调查，认定叼走大丹犬和大黑狗的"石山怪兽"，应该是一种大中型猫科动物，但具体品种难以断定。亲历人老苏的看法，认为很像是豹子。但也有人不能认同，因为根据《海南省志·动植物志》概述部分记载，海南省无豺狼虎豹，而周围的动物园也没有豹子走失的记录。

然而，某些看得见的历史，却给"石山怪兽"案的侦破提供了异样的线索：一张1898年拍摄于海口琼州海关内的老照片，显示地面上赫然有一张布满豹斑的毛皮。

那时正值清末，清王朝海关业务的负责人是总税务司赫德，在他的推动下，各地海关雇了大量外籍人员，作为"琼海关"核心的海口也不例外。照片上便是英籍海关监督助理劳芮博士（J. H. Lowry）和他的夫人。

由于工资较高，这些外籍人员在当地享有相当舒适的生活和较高自由度，狩猎并用打到的动物毛皮装饰海关房间，也成为一种常见的现象。不过，劳芮夫妇照片中装饰琼州海关房间的豹皮，也没准不是他们的战果，而可能来自琼税务司贺智兰（Reginald F. C. Hedgeland）。贺智兰是一名优秀的摄影师，也是一名老练的猎手，他甚至捕捉过一头海南长臂猿在海关中作为宠物饲养。

如此说来，至少在清末的时候，海南是有豹存在的。这一点也得到了老萨的友人、三亚公务员智宇辉的证实。他告诉我，海南黎族同胞有以"豹"为姓的，在中西部昌江黎族自治县等地区，还有类似豹图腾的传说。

根据中国科学院动物研究所的调查，直到二十世纪六十年代，海南仍存在相当数量的云豹。1966年，寿振黄、汪松等专家对海南岛进行全面自然考察后，在《动物分类学报》上发表了《海南岛的兽类调查》一文，其中提到考察期间共收集到三件云豹皮毛标本，分别采自海口、江边和中沙，有两件为成体，另一件体色灰黄，似为未成体。

1972年，江苏人民出版社出版过一本连环画《黎勇打豹》，其中有海南岛少年与豹子搏斗的内容，情节惊心动魄。尽管这是一部文学作品，但历史上海南岛的确发生过类似的事件。《海南日报》记者郑彤向我提供了一份1960年8月7日的报纸。这份《海南日报》上有一篇文章《战士吉景清单刀斗凶豹》，描述的便是驻东方县的解放军击杀一头伤害牲畜的豹子。不过，由于撰写者仅是一名战士，可能对野生动物的情况不太熟悉，所以文中没有说明豹子的品种。从其体重来看，很可能和吉景清交手的是一头云豹。

海南岛二十世纪较为常见的食肉猛兽，便是云豹、豹猫和黑熊，其中云豹列在首位。

在中国动物界，云豹堪称明星物种，这不仅因为它珍贵稀少，而且因为曾创下一个纪录。1957年，北京动物园饲养的一头云豹不辞而别，逃出园区不知所踪，多方搜索仍未发现其踪迹，成为北京动物园唯一脱逃后不知下落的猛兽，其灵活与善于隐蔽的特点可见一斑。不过，云豹虽然名为"豹"，它却并非豹属，而属于专门的云豹属，和大多数豹子只是远亲，体型生态等各个方面都很有特点。它的牙齿锋利而狭长，形态和捕食方式都被动物学家认为是猫科动物中最接近剑齿虎的。

然而，云豹似乎并不是"石山怪兽"的合格嫌疑人，这是因为它的体形较小，最大的不过四十公斤，很难想象云豹可以迅速制伏并拖走重达六七十斤的大丹犬。更有嫌疑的是另一种豹子——金钱豹。金钱豹是分布范围最为广泛的豹属猛兽，在我国各地都有发现。1937年，美国记者哈里森·福尔曼在前往拉萨的途中曾拍过一名矫健的藏族骑兵，他穿的便是一领用金钱豹皮制作的皮袍。而清末琼海关那张老照片上的豹皮，从斑纹来看，正是一张金钱豹的皮张，与云豹有着较大区别——云豹身体两侧有六个云状的暗色斑纹，非常明显，其命名正是由此而来。

金钱豹的体重可以达到一百多公斤，性情凶猛善于夜行，也是目击者老苏认为最接近于他所见到"石山怪兽"的动物。

但是，一个重大问题是：海南岛是否曾经有金钱豹的存在？这一直没有见到明确的记载，建国后在海南岛多次进行动植物调查，也没有采集到金钱豹的标本。有些研究者认为，金钱豹需要较大的狩猎区，地域狭窄的海南岛并不存在它生存的条件。如果真的是这样，那么1898年照片上出现的豹皮就很难解释了。

实际上，海南岛的地域面积对金钱豹来说是足够的。热带地区的动植物密度远大于温带和寒带地域，使肉食动物不需要太大的狩猎面积。比如面积只有海南岛五分之一不到的印度尼西亚巴厘岛，便曾经生存过世界上最南端的老虎——巴厘虎，那是比金钱豹大得多的动物。

推论毕竟是推论，真正想获得答案，还是需要科学的探索。我再次向郑彤咨询了这个问题，他是海南资深媒体人，似乎这个岛上还很少有他不知道的事情。结果得到的第一个回答很令人振奋，他说海南当然有金钱豹啊，报道很多的。然而很快便明白，原来海南另有一种"金钱豹"，是一种珍贵的中草药，郑记者所说的，便是这个东西。

等弄明白我要了解的是那种能咬死牛的可怕动物，郑先生犹豫了一阵子，说好像也是有的，他记得看过报道，需要找一找。这样，事情也就暂时放下。

我以为这件事要变成一个无头案了，不料第二天郑先生便给我带来了回音。他告诉我，海南岛上的确有关于金钱豹生存的报道，从资料来看，金钱豹在岛上的主要活动区是在五指山麓的保亭一带。1971年10月21日的《海南日报》，曾刊登名为《保护和发展珍贵野生动植物》的文章，提到"保亭县地处五指山中，野生动植物资源十分丰富，动物有比较珍贵的金钱豹、熊、猴子、鹿、穿山甲等"。更重要的是，1982年的《海南日报》在关于尖峰岭林区的报道中，也提到了这里有金钱豹的活动。

在回复郑彤时，我忍不住写道："谢谢郑老师，您看咱们海南是多棒的一块地方啊，各种各样的好东西都让咱们占全了。"

看来，金钱豹虽然珍贵，却曾在海南岛的不同地区生存，也许"石山怪兽"便是它们的孑遗。由于人类活动频繁，海南的野生动植物资源一度处于相当危急之中，云豹自二十世纪八十年代起，已有三十年没有捕捉到活体，水鹿种群也大大减小。但海南的生态近年来一直在不断恢复，曾经被认为已经消失的海南长臂猿，2003年被证实依然生存在霸王岭林区。

希望老照片上的记忆不仅仅是历史，也许真的有一支金钱豹的子孙，依然艰难而隐蔽地生活在这片土地上，等待着有一天和我们再次相见。

华南虎香港袭警案

香港这弹丸大的地方居然有老虎，还袭击警察！有没有搞错？

这肯定没有搞错，事实上直到1965年8月5日，香港新界区助理警务处处长约翰·勒玛还曾经发出一份公函给元朗、荃湾等区的警长，要求他们组织人员猎虎。这份公函中说，在九龙一带发现虎踪，要求有关警员切实了解附近民众有无牲畜失踪、听到虎啸等信息，并组织乡村巡逻队（俗名"穿山甲"）到各处巡视，且规定猎虎必须由指定的专门警官负责，不得妄自行动。

1965年的猎虎行动没有真的打到老虎。这段时间正好内地正在进行打虎运动（当时老虎被定义为害兽），推测这头老虎应该是从广东逃过去避难的，可能感到这地方也不怎么友好，很快又溜走了。

这也是迄今为止，香港比较可靠的发现野生老虎的最后消息。

从分布地域推断，在香港出现的野生老虎都属于华南虎，这是老虎最原始也最标准的亚种，可惜在八十年代后再未发现过其野外踪迹，目前已被列入功能性灭绝的野生动物。

这份公函中提到，打虎要有专门训练过的警官来实行。这一点很值得注意，因为香港的老虎是很凶的，曾经咬死过警察。

2014年，一名叫安迪的学者在研究中国的清明节习惯时，于香港欢乐谷墓地发现了恩斯特·郭查的墓碑。恩斯特·郭查，便是被老虎咬死的香港警察……之一。

之一？难道还有之二吗？那当然，老虎，你以为是猫吗，跟它打无准备之仗，被咬死两个算轻的。

在追猎"上水之虎"的过程中，香港警方便一度打了这样一场无准备之仗。

这件可怕的事情发生在1915年，当时新界的居民找到设在上水的警察站（当时属于英国管理）反映情况，说有人看到一头老虎在龙跃头一带灌木丛中出没。还有附近的村民反映周围经常听到老虎叫，一些家禽家畜无端失踪。新界是1898年才由清政府租借给英国的，租期九十九年，此后当地乡勇还曾聚众与英国军警拼死抗争，伤亡五百多人，最终因寡不敌众、缺乏后援而失败。仅仅经过十几年，当地依然十分荒凉，出现野猪、野牛是经常的事情，但老虎……警察轻而易举地将其归结为"中国人在讲故事"。

这也不奇怪，当时香港警察当家的是英国人，这帮家伙肯定会想，我们大不列颠那么大（与瑞士或者卢森堡相比，还是很大的），上头都没有老虎，香港这么一块地方，怎么会有如此稀罕的动物？

不过，事情很快急转直下，有村民再次赶来报告，说一名农民在粉岭附近被老虎咬死，尸体还被吃掉了一半。毕竟出了命案，不能置之不理，港英警方立即派人前去。现场勘查找到了虎粪、虎毛，证明凶手的确是老虎。

为缓和与新界百姓的矛盾，港英当局出台过政策，由警方主动为当地百姓猎杀害兽。当然，这个害兽主要指野猪、狼和狐狸一类，而老虎那么大的……估计发布命令的时候没人想过。不过，英国人有猎杀大型猎物作为勇武象征的习惯，知道本地出现老虎，倒是有人跃跃欲试。1915年3月8日，龙跃头附近再次报告发现老虎拖走家畜，警察立即出动，到出事地区寻踪打虎。

一般来说，警察出动都是两人搭档，相互配合。这一回每组"打虎队"也配置两名警员，一名携带霰弹猎枪的叫郭查（Ernest Goucher，警号A162），一名携带执勤用警枪的叫贺兰士（Holands），还有一些武装村民随同。就是这样的组合。当时香港警方使用的警枪是六发左轮手枪，使用的霰弹枪是略为落后的温彻斯特M1912霰弹枪，但这种枪打大象也没问题，对付老虎已经足够了。不过，武装村民的装备只有棍棒和锄头，真的遇上老虎，战斗力几乎等于零。

这一行到达最初有人报告看到老虎的龙跃头，开始找村民盘问。

事情的开头简直如同小说，两位警官看到一名农民站在村口，有人说就是他讲这附近有老虎。警官便走过去，问他这附近真的有老虎吗？

农民说，是的，真的有老虎。

那么，警官问，老虎在哪里你知道吗？

我知道。农民说。

那它在哪儿呢？

它就在那里。农民一边说一边捡起一块石头，对着警官身后的树丛扔了过去。

众人刚刚回头，只听一声虎啸，一头愤怒的猛虎已经从那树丛中扑了出来（英文记录称为"a very angry tiger"）。郭查警官甚至来不及做出任何反应，已经像一个破布娃娃一样被那头老虎扑倒。在凄厉的惨叫声中，周围人只见老虎从血雾中出现，口中叼着一条断离的手臂，而那只手臂居然还握着枪。后来推测，猛虎是朝郭查警官的咽喉扑咬的，在最后一瞬间，郭查本能地把右臂挡在面前，竟被老虎一口咬断。

看到如此可怖的情景，村民们发一声喊作鸟兽散，只剩贺兰士警官还算镇静，当即拔枪对老虎开始射击。

据贺兰士自己回忆，他试图拯救郭查，并一口气把枪里的子弹全部打光，老虎才掉头而去，消失在树丛中。不过据后来查看射击痕迹，前五发子弹都打飞了，只有最后一发可能打伤了老虎，迫使其退却。如此距离，如此命中率，只能说这位警官已经吓蒙了。

在贺兰士警官的召唤下，战战兢兢返回的村民们合力将重伤的郭查警官抬回警署，随即送进医院进行急救。这位警官已经全身血肉模糊，除断掉一条手臂以外，腰腹部也被老虎一爪掏开，负伤十分严重。尽管进行了全力抢救，这位警官还是在3月12日不幸殉职，时年二十一岁。由此可见，老虎的爪子是一种十分可怕的武器。

得到警员被袭的消息之后，负责新界警务的助理警务总监宝灵汉（Donald Burlingham）大怒，当即调集十几名警员，携带各种武器一起前往上水，召集村民对老虎开始全面搜猎。胆战心惊的当地村民看到这样一支"庞大"的武装，终于再次鼓起勇气，协助警方开始搜寻。上水毕竟不是个大地方，3月9日中午，这支搜索队终于在粉岭附近的丛林中发现了猛虎的踪迹。最初发现老虎的龙跃头在它和今天的香港高尔夫球球会之间，而这个和老虎最后发生搏斗的粉岭，如今已经是一个大楼盘了。

不过这个发现的代价是惨重的。他们带着猎犬循踪而进，行进路线沿着山腰，一边是灌木，一边是丛林，所有警察都握着枪，却因为猎犬显得并不兴奋而放松警惕——实际上普通的猎犬在附近有老虎的时候，因为感到害怕，行为会变得温顺如猫。这一点当时的香港警察毫无概念，但他们的教训对后来人是有价值的。1942年香港再次出现虎踪时，便是因注意到赤柱警署附近的狗忽然变成一副可怜兮兮的样子，及时判断出老虎就在附近，才避免了大的伤亡。

因为警惕性不高，等几名警察忽然觉得自己离侧面树林太近的时候，已经晚了。一头斑斓猛虎怒吼一声，从林中跃出，直奔一名印度籍警员律顿星（Ruttan Singh）。根据香港动物园的专家事后分析，推测是老虎藏身的这片树林很窄，退无可退，而猎犬的气味刺激了老虎，使它做出了主动进攻的行为。这里面有个疑问至今不解——如果是狗刺激了老虎，按说它应该去扑狗啊，干吗要扑律顿星警官呢？

由于猛虎的吼声过于慑人，这位警员未来得及开枪便被老虎在近距离扑倒（也有传说这位倒霉的警员踩到了老虎的尾巴）。老虎似乎十分愤怒，将其扑倒后咬住其颈部拖拉，等增援人员赶来的时候，这位警官已经没有抢救的价值了——律顿星死于此时正在抢救的郭查之前，成为香港警察史上第一个因被老虎咬死而殉职的警员。

见到如此血腥的一幕，其他警察一面呐喊，一面一起朝老虎开枪，但老虎似乎并未受到重伤，依然朝众人扑来。看到老虎如此凶猛，大家都有些动摇，已经有人开始逃跑。就在这关键时刻，曾在英军中服役并号称神枪手的宝灵汉警监射出了关键的一枪（虽然由于当时没有弹痕测试手段来证实，但得到了现场大多数人的认可），这一弹正中猛虎的颅顶部位，射入老虎的脑部。

一道血线升起，老虎猛然向起一跳，颠三倒四地蹦了两下，便一头倒在地上抽搐起来。

凶猛的老虎，到底不是热兵器的对手。

这头老虎被击毙后，运回香港市政厅供人观览，后虎头被制成标本，一直装饰在荷里活道10号香港警察总部一楼餐厅的大门上方，1988年总部迁址，被捐赠给警察博物馆永久保存。虎头原来挂在比较高的地方，后来参观的小朋友反映看不到介绍中其头顶部的弹痕，如今已经放到较低的位置展览了，但弹痕依然要拨开皮毛才能见到。

根据鉴定，这是一头雌性华南虎——华南虎也被称为"中国虎""厦门虎"，是我国特有虎种。"上水之虎"长二点二米，体重一百三十一公斤，在雌性华南虎中属于较大型的个体。由于最终也没能发现它的巢穴，短时间周围也没有再发现其他老虎，故此判断这头虎应该是从广东越界到达香港的。

"上水之虎"和警员的搏斗，至今仍是香港警察史上几近经典的传奇，成为那段历史中难忘的记忆。

然而，今天谈到这个话题，又有些沉重。香港的虎出自广东，而华南虎在广东乃至南方各省曾经是常见的猛兽，直到二十世纪六十年代依然不时有发现，据称当时数量有数千头。但由于此后我国一度将其视为害兽进行猎杀，如今华南虎已经在野外绝迹达二十五年之久了。也许，"上水之虎"的咆哮曾令人感到惊怖，然而时过境迁，今天我们却有着异样的期待，期待有机会在丛林中再次听到那种被称作"中国虎"的神秘大猫发出它的啸声。

1915年香港曾经出现老虎，并且在上水咬死两名警察，最终被击毙于粉岭一带。这件事说来离奇，但事后想来并不是天方夜谭。当时的香港气候温暖，阔叶林遍布，特别是新界地区颇为荒凉，而作为游泳高手，老虎从内地游到香港岛或相邻岛屿再游回来并无难度，所以经常有老虎从广东跑来过冬，它们一般是在新界一带逗留三五天即走的"单身汉"，偶尔也发现过带一头或两头小虎的母老虎。不过，老虎们并不仅仅在山上活动，住在岛上的居民也经常受到骚扰。比如大屿山为香港市场养猪的居民，1911年曾被老虎咬死七八十头猪。有居民不堪其扰，把猪转移到附近的小海岛上，但或许因为他家的猪肉味过于鲜美，老虎竟然跟踪而来，照样饱食而去，只留下直径二十公分的虎爪印痕，令人胆战心惊。

上水的老虎并不是出现在香港的最后一头。1934年到1935年，曾有一头老虎连续两年到大帽山过冬，有一女子在劳作时遇虎，老虎绕着她转了一圈，可能是找寻能下口的地方。幸而这小娘子十分凶悍，抽出柴刀面对大老虎一通狂砍，吓得老虎落荒而逃。抗日战争期间广东的娘子军有正规编制并且参加战斗，看来如此民风是有传统的。然而，上水之虎还是知名度最高，它的虎头长期放在香港警察总部，成了当地曾经有虎的最有力证据。

我好奇的是，这老虎的脑袋放在警察总部，皮跑到哪儿去了呢？

是啊，虎皮在中国文化中有着特殊的含义，在世界上也曾经是珍贵的装饰品。就算老虎的肉和骨头被捕猎者消费掉了，老虎皮总不会胡乱丢弃吧？

别说，在香港赤柱的妈祖庙，还真有一块虎皮。但这张虎皮已经黑黢黢的，宛如熊皮了。这没什么好奇怪的，虎皮一直挂在那里，又没有什么保护，每日信众焚香，几十年下来不熏成这个样子才不正常呢。

略微一想，便可知道这块虎皮应该不属于"上水之虎"，因为它是连头剥制的。总不能一个老虎长出两个脑袋来。

妈祖庙这头老虎被称作"赤柱之虎"，比"上水之虎"出现得晚了大约三十年。1941年底日军攻占香港，英军放下武器投降，日军将部分英军及一些外籍人士关押在靠近南海岸的赤柱兵营，把这里变成了集中营。环境艰苦加上日方虐待，囚徒们过得十分艰难。其中有一位香港大学的生物学教授香乐思博士（Geoffrey Herklots）也在其中。为改善生活，他们设法在营区开垦了菜地。然而，1942年5月，香乐思博士惊惧地发现，在菜地中竟然留下了大型猫科动物夜间来访的足迹。另两位战俘亨利和佐士奴有更惊人的发现。他们坐在檐下扪虱聊天的时候，忽见有一大老虎趴在墙头向内张望，二人吓得魂不附体，慌忙逃入屋中，幸而老虎也未继续近迫。这件事很快传开，让周围的人草木皆兵，以至于有印度籍看守把正在干活的战俘错当成老虎给打了——这得什么眼神啊，能看出这种效果？

香乐思博士将他的所见所闻记录在了《野外香港岁时记》（*The Hong Kong Countryside throughout the Seasons*）一书中，并描述这头老虎终被发现射杀。而这头老虎的虎皮，便保留在了妈祖庙中。根据妈祖庙的说明牌，这头老虎是在赤柱警署门前被一名印裔警员阿星射杀的，与香乐思博士的记录吻合。只不过当时的报刊有更详细的记载，《南华早报》报道称，射杀这头老虎的是一名印度籍"宪查"爹亚星（Rur Singh）——英军投降时解散了香港警队，其中的印度籍警察后多被日军起用，用于看守集中营等任务，职务则称为"宪查"或"高级宪查"。

原来，老虎出现后，日军十分警惕，当即由宪兵平林中佐部署，指挥三十余名主要由印度籍宪查组成的队伍进行猎虎，但因老虎非常警觉机敏，最初没有收获。不久有人发现，赤柱警署附近的狗忽然变得异常安静，感到奇怪，于是打虎队迅速赶来，果然在警署附近发现了老虎的踪迹。那名印度宪查爹亚星首先开枪命中老虎头部，而后双方发生战斗，另一名印度宪查头颈部负伤，但老虎也因为颈部、肺部多处中弹而死。日方曾为此大肆宣传，表达所谓消灭猛兽之功。

这头老虎一说是内地的华南虎泅渡入岛，另一说则是当时到香港演出的沈常福马戏团遭到日军轰炸，老虎属于逃散的动物。

对此，我认为这头老虎应是野生的。因为日军轰炸香港在1941年底，如果那时老虎出逃，这半年的时间它怎能在香港岛上生活而没有被人们发现呢？毕竟香港不大，难道这老虎会隐身术？

不过，老虎皮保留在妈祖庙中，则另有原因。日军攻占香港过程中，当地居民多到妈祖庙避难，一枚大型炸弹正好落入庙中，却不知为何没有爆炸。人们认为是妈祖显灵，故此得到虎皮后，便将其供奉在了这里，直到今天。尽管经年之后虎皮已经破败不堪，但当地人对其仍颇为敬重。2011年妈祖庙发生盗案，供奉的钱箱被撬开，丢失善款约七千港币，但旁边悬挂的虎皮，贼却不敢去动。

既然这张虎皮和"上水之虎"没关系，1915年射杀的那头老虎，皮又到哪里去了呢？有一个不权威的说法是，老虎一度被制成标本放在警察总部，三十年代总部搬迁，为节省空间，警方仅将虎头保留，而虎皮便暂时收存起来。香港日占时期，有日军将虎皮缴获，随船运走时因被盟军击沉而消失。由于这个说法没有照片佐证，尚不能作为定论来看。

而那头"赤柱之虎"，仍不是香港最后被射杀的老虎。

香港历史上最后被射杀的老虎，是荔园动物园一头名叫"虎王"的圈养老虎。这头明星动物在1974年12月因饲养员疏忽忘记锁门而出逃，虽然因驯养二十多年已无野性，只在动物园里走动了一阵，并无危险举动，但惊恐的管理人员依然用麻醉枪朝其连射三枪，导致老虎因药量过大死去。对比"赤柱之虎"在三十多名持枪人员的围攻中仍重伤一名印度警员，暂时忘掉人虎之别，我们大概会慨赞那头野生老虎的刚烈凶猛了。

那么，时至今日，香港还有野生老虎吗？

二十世纪前期，香港曾屡次发现虎迹，但香港毕竟没有老虎长期生活的条件，所以随着二十世纪中期内地华南虎的渐渐消失，这类消息也不再出现。香港比较可靠的老虎出没报告，最后一次是1947年，当时香港警方曾大举出动打虎，但并没有收获。推测是老虎觉得情况不对，虚晃一枪跑回广东那边去了。广东的大片原始森林在大炼钢铁时代便被摧残殆尽，不再有老虎生活空间，如果今天香港忽然有人发现有老虎跑过来，那就应该被视为真正的天方夜谭了。

然而，2018年5月13日，香港警方却接到一对夫妇报警，称在吊手岩一带丛林中遇到了老虎。这对夫妇上午十时左右在上山途中，忽见一头黄纹大猫状动物从林中穿出，体长约三尺，高约两尺，还露出了獠牙。他们认为遇到了老虎，二人抱头而逃，一度在山中失去方向，故此打手机求救。警方紧急组织消防、救护部门前往营救。所幸二人很快被救护队员救出，除了惊吓以外，别无伤害。

这对夫妇均为三十余岁的登山爱好者，平时经常到山区活动，但这么刺激的事儿，还是有生以来第一次遇到。今天上山还能遇到老虎？消息引人围观，香港媒体纷纷进行报道。并有专家对两名登山客进行了询问，结论是：他们所描述的动物应该确是一种猫科猛兽，在相应地点也可找到动物活动痕迹。

那么，是老虎吗？

专家先生也不敢肯定，但认为是野生老虎的可能性不大，毕竟华南虎在野外已经消失三十多年了。不过，专家称香港一些富豪人家兴趣怪异，多有饲养猛兽的，保不齐是某个富家子弟始乱终弃，遗弃宠物老虎造成事端。专家先生并罗列了万一野外遇到老虎的注意事项，以便大家参考。听了专家的话，周边人士反应不一，有的表示担心，有的则大笑要去和老虎合影。

然而到第二天，便有动物保育方面的学者做出了新的反应。他们询问遇"虎"的登山客夫妇，得知他们所说遇到的老虎身长三尺，其实是算上了尾巴的，据此相关人士认为这不大像是老虎。如果老虎长这个尺寸，应是一岁左右的幼兽，不可能单独生活，而如果吊手岩上还有一头成年的母老虎，很难想象这样一家子靠什么活下来。这很可能是一种类似于老虎的猫科猛兽，被没有经验的登山客看错了——真看错了也可以原谅，毕竟没有太多的人在野外见到过老虎。

　　既然如此，这会是一种什么动物呢？

　　被询问的登山客对于看到的"老虎"身上到底是怎样的斑纹有些含糊，便有人猜测，会不会他们遇到的是一头豹子？

　　如果这是真的，同样令人震惊，而香港历史上确实存在过豹子。据香港大学香乐思博士记载，1931年12月20日，大埔八仙岭以北的涌背村村民击毙了一头豹子。当地村民一直有设陷阱捉黄麂的习惯。当月20日上午，一名锄草的女村民听到丛林里传来怪声，以为有黄麂中了陷阱，便叫朋友来帮忙。一班村民迅速赶来，领头的一个男村民拿着布袋，准备把落入陷阱的黄麂装走。他走入丛林里，发现那里的确夹到了一头野兽，那头猛兽也看到了他！原来是一头豹子被夹中了，它的左前腿被捕兽器夹住受伤，不断挣扎，扯断了连系捕兽器和旁边一棵树的绳子，但拖着捕兽夹无法逃脱。豹子见到村民便带伤扑来，将男村民的头脸部抓伤。伤者拒绝到医院，其他村民帮他进行了治疗。

　　博士描述了此后发生的事情："现场有一人被派回村，将事情告诉三名拥有手枪或步枪的男子。他们赶到现场将豹打死。之后村民开始争论谁应该拥有豹子的尸体，三名持枪男子说，由于豹是他们打死的，尸体也应归他们。最终事情就这样决定。豹子的尸体被剥皮，其肉、骨、头、牙、须髯和爪，分别当食物和药材卖出去，共卖得一百五十港元。那些有幸吃过豹须和豹牙粉的家庭成员其后添丁时，肯定会说这显示了豹须豹牙的（壮阳）功效！""村民把豹皮保留下来，但过程中曾经短暂放在沙头角警署。我一名朋友告诉我此事，而管事的警官Coleman准许我为豹皮拍照并做些量度……皮上有三个弹孔，两个在头部，一个在背部。豹皮的状态极佳。"这张豹皮，后来可能被一名富商重金买走，村民算发了一笔小财。

要是今天吊手岩上出现豹子……这对登山客能生还的概率会非常低，因为豹子的动作比老虎还要敏捷，可以攀爬十分陡峭的山崖和上树（老虎也能上树但比较笨拙）。

在香港可能出现的野生老虎和豹子，从地域分布来看，推测当是华南虎和云豹。一个物种的繁殖要有延续性，如今在周边都已经是消失或基本消失了的动物，香港应该不会像变戏法一样让它们在野外复活。所以，热闹之后，绝大多数人都认为那对登山客是被吓昏了，遇到的不可能是老虎。那么，吊手岩上的究竟是什么动物呢？香港相关方面的学者其实更倾向于一种更小的猫科动物，那就是豹猫。

豹猫是一种中型猫科猛兽，又名石虎（好歹也带个虎字），也是香港如今证明仍然生存的唯一猛兽。

香乐思博士曾在香港采集到一头豹猫的毛皮，而今天在大埔等地还有豹猫出没，已经被列入保护动物。它的体型比家猫更为纤细修长，头尾长度达到一米并不算过分，形象又确实是典型的猫科，猝然相遇之下被错认为小老虎是有可能的。唯一古怪的是豹猫属于夜行性动物，不大可能在白天被发现。

吊手岩上的"老虎"到底是不是豹猫，还是未定之事，不过，香港近年来不时有豹猫出现倒是真的，反映出当地和周边的环境日益好转。其中，香港动物园本土动物区的一头豹猫，便是2001年10月在米埔野外发现的。当时它受了伤，而且很幼小，为避免其死亡，工作人员将其救助，后来送到动物园展出。

我们只能说，即便是猛兽，它们如今也是需要人类来帮助，才能够在这个世界上继续生存下去了。

西沙群岛野牛变异案

快过年的时候，老萨给三沙市委宣传部主任打电话拜年，快放下电话的时候忍不住嘱咐一句："看好了你们家的牛啊。"

对方哈哈大笑，说牛好着呢。

很少有人知道，中国最南端的牛，生活在西沙群岛上，而且还是野牛。

我小时候没少听说关于野牛的传说，比如某个善射的大将出场，那形象常常便是手持一张宝雕弓，弓弦都是野牛筋的——没有野牛，哪儿来的野牛筋做弓弦呢？后来看生物地图，才发现中国真正的野牛实在不多。北方的牛主要是黄牛，而黄牛的身世十分可疑，根据基因组合判断，它很可能是西伯利亚野牛被驯服的后代。西伯利亚野牛是一种很大的牛，有着漂亮的长角，但在史前时代这种牛就绝灭了。它们的远亲在北美遗存下来，成了如今已经数量不多的北美野牛。周口店也出土过一种大角牛的化石，但它们也在人类进入文明时代之前就消失了。

欧洲的新石器时代岩画中有很多野牛的形象，但在我国可能因为国人很早便开始使用驯化的牛，所以几千年前的岩画中，牛就已经是一副家畜的样子了。北方野牛是标准的温带草原动物，而这一带正是农耕文明兴起的地方，或许是人类与牛的生存竞争，使它们早早离开了这个世界。

在孟子生活的时代，他讲过洞庭湖地区还有兕和犀，后者虽然叫犀牛但不是牛，而前者则表示在远古时期野牛的分布到达过长江流域。中国南方的野牛，今天分布区域已经大大缩小，主要存在于云南南部西双版纳地区。这种野牛属于印度野牛，体重可达一吨半，雄健蛮猛。

而在我国南海三沙市的西沙群岛上，也有一种野牛。

西沙群岛属于珊瑚岛，它们的特点是岛屿面积小，而且相对来说地面植被较为贫瘠，这种地方能够生活野牛，让人颇感意外。

最早发现西沙群岛上有牛的，是我当地驻军。经确认，西沙群岛的岛屿中，只有东岛一个岛上有野牛生存。西沙群岛实际上由东侧的宣德群岛和西侧的永乐群岛两部分组成，东岛位于南北绵延的宣德群岛中部，距离三沙市政府所在永兴岛（古称林岛）约五十公里。而东岛面积一点七平方公里，又称鸟岛，是西沙群岛第二大岛，只有驻军没有居民。岛上密布麻风桐等热带乔木，且有大量鲣鸟，被发现时，还有牛数十头。

这些牛的外观很明显带有中国北方黄牛的特征，肯定不是本地土产，故此人们推断，牛虽然是野的，但从动物学角度来说，它们却属于家牛，是外来人将其带入岛屿，并在西沙野化后繁衍的后代。如今它们已经完全适应了岛屿生活，除偶尔会被台风吹到海里以外，它们的生活几乎没有谁能打搅。这种外来生物在海岛野化，并不是独一无二的案例，如今钓鱼岛上有很多山羊，也是被人遗弃在那里的一对羊繁殖起来的。

甚至有些科研人员还对这批"野牛"的来历进行了考证。这种时候总会有各种各样的证言，有的说牛是伏波将军马援带来的，有的说是前些年渔民带上岛的，然而最终还是科学给出了答案：在东岛上的水塘周边，有历史性的牛粪堆积，最早的可以上溯到三百年前，说明西沙群岛野牛最初来到这里大约在明末清初。这倒和一种传说对上了号——有人曾讲这些牛是明朝末年下海逃避战乱的人们带来的，后来逃难者继续前往南洋，牛却被留了下来，并在此繁衍生息。

不过，守岛官兵后来却遇见了一件烦恼的事情。

平心而论，戍守孤岛，好不容易有了一些看着像家畜的同伴，所以守岛官兵对于这些牛极尽保护之能。最初上岛时，官兵们发现岛上的牛大多瘦小衰弱，还特意引进了雄壮的大牛改善它们的品种，此后数十年如一日，还警戒这西沙群岛唯一的野牛群不被偷猎。到二十世纪八十年代，一些学者给驻军讲过环境问题，他们便越发注意保护牛群生活的树林，严禁砍伐，尽量为它们保持原始的生存环境。

可是到了新世纪，他们发现这些牛越繁殖越多，竟达到了一百五十多头，而周围的环境却越来越糟糕，不但树木大量枯萎死亡，而且鲣鸟也越来越少。

按说鲣鸟住在树上，和牛没什么竞争关系，它们数量的减少，难道也和牛有关？这中间有人认为，是对牛保护过度了。可是也有人反驳，说我们没上岛的时候，牛也是这么生活啊，科学家说它们都这样过了三百年，不会我们一来，连牛带鸟都发生了变异吧？这事儿，还真是不好解释。

这个谜团，直到2003年某位生物学家上岛，官兵们向他请教，才隐隐解开。

原来，问题还真的出在牛太多上面。由于牛的大量繁殖，又没有天敌，于是地面的植被很快不够吃了（科学家发现东岛当时地面几乎没有草本和灌木植被了），饥饿的牛开始啃食麻风桐的树皮，麻风桐因此受到一定的伤害，同时，这种撕啃导致树木摇晃，树上鲣鸟的幼雏大量被晃落到地面（科学家发现林间地面上经常可以看到鲣鸟幼鸟的尸体），这导致鲣鸟的数量迅速下降。而鲣鸟数量下降，使依靠鲣鸟粪便生长的地面植物艰于生长，牛的食物越发不足，对麻风桐的攻击便更加猛烈，形成了恶性循环。

那么，为什么以前没发生这样的情况呢？很简单，正是战士们的好心惹的祸。他们看到岛上牛群不够强壮，于是引进了新的牛来改良其品种，但按照这位科学家的假说，正是这一举措使东岛的牛群走上不归之路。根据他的假说，古代在西沙群岛的多个岛屿上可能都有人类带去的牛，但为何只有东岛的牛能够繁衍至今呢？很有可能是由于东岛的牛品种欠佳。

品种欠佳反而能够活下来，更好的牛反而死光了，这是什么道理呢？

很简单，那些品种好的牛很快繁衍开来，如同东岛如今的景象，于是很快把岛上植物摧残殆尽。如果岛屿大一些，可能最后会发展成新的生态平衡，但西沙群岛的岛屿不但面积小，而且彼此距离远，牛除了继续在本地挣扎外没有别的出路，结果造成树木死亡，地面植被破坏，最后牛也就都饿死了。而东岛这边情况不同，牛的品种比较差，繁殖率和成活率低，只能勉强维持一个四五十头规模的种群，正好和当地植被能够提供的食物达成了平衡，所以这里的牛才能繁衍三百年之久。如今引进了繁殖力更强的牛，改良了品种，也恰好打破了这个平衡。

问题怎么解决呢？其实也很简单。

在专家的建议下，经过上级批准，岛上官兵开始定期射杀野牛，最终把牛群的规模控制在了五十头上下，这样一来，岛上的植被和鸟群，便开始慢慢恢复了。

当然，还有一个重要的好处，就是西沙的官兵们可以定期来点儿牛肉打打牙祭，毕竟，天天吃海鲜，也有吃腻的时候对不对？

强有强的发展之道，弱有弱的生存之机，大自然的平衡，竟然是如此奇妙。

棋盘与网络

吴 晨

如何管理聪明的头脑，成为知识经济最重要的问题。

冯·诺依曼的传奇

美国研制核武器的"曼哈顿计划"，为什么有那么多来自布达佩斯的犹太科学家参与？这些操着口音的外乡人，在美国人看来好像一群来自火星的异类，甚至被戏称为"火星人"，从未来给地球人带来智慧。这群匈牙利科学家自己却并不认为有多了不起，谈起各自的不同，他们一致夸耀的是冯·诺依曼（John von Neumann），公认他才是这群人中的翘楚，是超越人类智慧的人。

各个时代与诺依曼有过交集的人，都能感受到他的聪明过人。一个人感叹，和诺依曼在一起，感觉就只有他一个人是清醒的，而自己则是半梦半醒；另一位讲述道，诺依曼很会和孩子打交道，跟自己三岁的孩子也能放下身段很好沟通，他担心诺依曼和自己沟通时多半也在"放下智力的身段"；还有一位则觉得，诺依曼看其他人游戏一定百无聊赖，只能换上一副人类学家的眼镜（用观察低等物种的方式唤起好奇心），才不觉得那么无聊。

二十世纪初的布达佩斯是犹太人的天堂，作为奥匈帝国的双首都之一，这里吸引了大量东南欧的犹太人，成为医生、律师、教授、银行家和商人这些新兴中产阶层的塑造工厂。匈牙利的自由主义给受过教育的犹太人以更大的发展空间，确保了犹太人的富足和安乐。

诺依曼出生在一个犹太富商家庭，外祖父有算数天赋，诺依曼应该继承了外祖父的基因，父亲则是律师兼投资银行家，家族开辟了类似西尔百货这样的邮购业务，也倚重奥匈帝国的庞大市场快速致富。上中学的时候，数学老师就看出了诺依曼的早慧，邀请一位大学老师专门为他做私教，却分文不取——能教育如此聪明的孩子，本身就是幸事。

在布达佩斯，冯·诺依曼住在有十七个房间的豪华公寓里。移居普林斯顿大学之后，诺依曼依然是欧洲富人的生活做派，喜欢开快车，开车技术始终没有进步，还让普林斯顿校园内的一个十字路口很快有了别称"诺依曼路口"，以纪念这位马路杀手。因为车很快就会被撞走形，诺依曼每年都会买一辆新车。他偏爱凯迪拉克品牌，据说是因为没有哪个车商愿意卖给他一台坦克。

事故很多时候是撞到固定物。撞车之后，诺依曼的描述每每充满"诗意的理性"：一切都很顺利，道路两旁的树木以每小时六十英里的速度奔驰而去，直到有一棵不知从哪里冒出来的树扑面而来。在没有安全带也没有安全气囊的时代，诺依曼竟然能做到基本毫发无损，也算是奇迹。

没有熟悉的咖啡馆，诺依曼就在普林斯顿的家里开沙龙，酒水放题，人流不息，而他则常常一有了思维的火花就端着一杯鸡尾酒上楼去解题写作。他很习惯于在嘈杂的环境中思考，也特别能从自己不感兴趣的语境中跳出，进入到自己的思维天地。但同时，他又需要聪明的头脑聚集所产生的嘈杂，只有重现欧洲咖啡馆和美酒沙龙里的那种思维碰撞，才能激发他的思想火花。

诺依曼并不是两耳不闻窗外事的科学家，相反，他比同时代人有更敏锐的政治嗅觉和判断力，这也是为什么他后来如此支持曼哈顿计划的原因。他很早就清醒地认识到，纳粹上台，意味着欧洲在十年之内必然有下一场大战，便尽其所能帮助亲人和朋友移居美国。到美国后，他大力推动美军参战，继而为美军在弹道学、轰炸效果等方面提供科学建议。曼哈顿计划开启之后，他每年一两个月到拉莫斯实验室，帮助美国成功制造了第一颗原子弹，用自己的科学头脑为美国"二战"获胜付出努力。

之所以被称为天才，甚至关于诺依曼的一本最新传记都直接用《来自未来的人》（*The Man from the Future*）来形容，因为他几乎是最后一位在多个领域都产生巨大推动作用的科学家，这些领域从计算机到现代经济学中重要的博弈论，再跨越到奠定"二战"之后地缘政治基础的核能，加总起来帮助界定了我们所熟悉的现代性。

诺依曼撰写的关于计算机架构的文献影响至今。他最早提出计算机应由中央处理器、中央控制器、内存、输出和输入五个部分组成。这种模拟大脑的计算机架构，帮助后续计算机设计者加以完善，也催生出第一批软件工程师。而第一批码农——为计算机编写指令、进行预算的人——大多数都是年轻女性，包括诺依曼的第二任太太，就像在"二战"期间，"计算机"（Computer，跟Carpenter一样指代的是人）都是女生，利用计算尺来为军方做计算。

计算机发明的背后，除了诺依曼这样高智商兼具影响力的人的推动之外，更离不开美国军方的需求。早期是对火炮弹道的计算，后期是曼哈顿计划中研制氢弹所需要的计算，基于计算机演算的蒙特卡罗模型。当然蒙特卡罗模型后来在金融领域找到了广泛的应用场景，比如演算股市的走势。

诺依曼和合作者写了一本关于如何用数学分析博弈论的开山之作，其背后的主要推动力是他对当时经济学缺乏数学支撑、距离成为一门科学还很远的担忧。这本书出版五十年后，诺贝尔经济学奖颁发给了不少研究博弈论的经济学家，从纳什到罗斯到卡尼曼，当然这些人也把日常生活、心理学等元素引入到了博弈论的研究中，以替代纯粹理性的行为。

有趣的是，诺依曼对待博弈论的态度与纳什截然不同。

纳什的囚徒困境，以及更为复杂的多人参与的博弈，都基于参与者相互之间不会有任何的信息传递。以囚徒困境为例，纳什强调的是人人为己的情况下，理性追求利益最大化的结果是双输的结局。诺依曼并不认同这样的假设，因为他成长在一个鼓励交流和合作的学术环境中，好的想法都应该是在咖啡馆和美酒沙龙里碰撞和讨论出来的。他很难想象人人为己、人人都是独行侠的世界。

诺依曼参加美国军方在战后成立的兰德智库，因为这与他的兴趣高度吻合：研究算力提升的计算机，用数学方法来解决经济学和社会学问题的博弈论，以及新式武器和防御体系的研究，因为他对纳粹德国的新式武器对欧洲文化的戕害心有余悸。当然这也体现了他作为成功跨界者的出类拔萃。

诺依曼符合我们关于天才的定义：有着过人的智慧，研究跨越多个领域；同时又持有特立独行的性格，至少在外人看来是很不一样的做派和奇特的行为。不过，当我们抹去关于天才的油彩之后，会发现一些更深层次的东西。

天才不是孤独的，而是生活在一群聪明人之中，比如诺依曼作为"火星人"中的出类拔萃者，如果没有火星人之间的碰撞，不可能让他脱颖而出。这就引申出天才与大环境的关系，天才与组织的关系。如果没有普林斯顿大学的弗莱克斯纳创建了普林斯顿高等研究院（IAS），吸引大量欧洲科学家迁居美国，包括最著名的爱因斯坦和诺依曼，营造出一个世外桃源式的环境，就不可能有诺依曼后续的成功。IAS

培养出了三十三位诺贝尔奖科学家，三十八位美国最佳数学奖得主，还有不可胜数的沃尔夫奖和麦克阿瑟奖得主。

诺依曼是天才，但天才是不世出的，我们不能寄希望于天才来解决大家所关注的问题。在当下这个时代，充满了不确定性和未知的未知，复杂新问题层出不穷，而整个时代也正在发生本质的变化，从诺依曼的工业经济时代正转型为知识经济的时代，更需要发挥群体的智慧。在中国，这一改变也更加迅猛，每年一千万大学生毕业，比所有发达国家大学毕业生的总和还要多。知识经济，就是知识工作者扎堆的地方，受过高等教育的人扎堆的地方，或者用我们通俗的话说，人才扎堆的地方。如何管理聪明的头脑，便成了知识经济最重要的问题。

知识经济带来的改变

怎么理解这个快速变化的时代？这可以说是一个数字经济的时代，因为大数据、人工智能、Web3成为火热的潮流，数字技术推动的迭代不断加速。也可以说是乌卡时代，乌卡是英文缩略语VUCA（volatile, uncertain, complex, ambiguous）的音译词，指代波动性、不确定性、复杂性和模糊性，我在新书《超越乌卡》中做过详细介绍。在乌卡时代，问题变得日益复杂，涌现出来的新问题越来越多，这时候，单兵作战、单兵突进式解决问题的方式，甚至仅仅靠专业人士解决问题的方式，都可能出问题。

这也是一个范式大转移的时代。在这个时代，我们看到一系列的变化和转型：从工业经济向数字经济／知识经济的转型；从工业时代向乌卡时代的转变；从有形经济向无形经济的递进；从零和的有限游戏到多赢的无限游戏的转变。

从工业经济向数字经济的转型，一个重要的特点就是知识经济兴起。从数据到信息到知识，是一个清理、整合再连接成为体系和知识网络的过程。因为无形资产的特性，知识用之不竭，天生具备共享属性，在交换和碰撞过程中不仅没有损耗，还可能迸发出创新思想。未来人与机器的协作中，人的优势恰恰在于人群之间知识的共享、交流、碰撞，跨界思考，触类旁通。知识工作者也因此是知识经济中最重要的财富。而聚合知识工作者的组织，则需要全新的管理模式。

相对于工业时代不断细化的专业化分工，乌卡时代强调的是跨界的协作；工业时代更注重流程、效率和执行力，乌卡时代更注重创造力，在混乱中抓住核心问题的能力，以及韧性；工业时代是有正确答案的时代，而乌卡时代，提出好问题比答案更重要。

从有形经济向无形经济的转变正在发生。生产和贸易是最常见的有形经济，可衡量易比较，可以用来计算GDP；数字经济是典型的无形经济，"眼球经济"中羊毛出在猪身上狗买单的逻辑，就不是那么容易衡量和比较，免费的服务如搜索和社交媒体，甚至无法被传统的GDP记录。在这种转变中，无形资产变得比有形资产更重要，而想法和创意则是最重要的无形资产。

棋盘和网络是这一系列转型的形象比喻，也是我在本文中会经常用到的譬喻。

可以用棋盘和网络来划分有形资产和无形资产的区别。作为有形资产的代表，棋盘看得见摸得着，定义清晰，规则明确，但改变会很慢，棋盘上博弈的可能性有限。国际象棋领域，1997年IBM的"深蓝"就打败当时的国际象棋大师卡斯帕罗夫，凸显了机器计算的能力；近二十年之后，谷歌的人工智能AlphaGo在围棋棋枰上战胜韩国棋王李世石，所依赖的就是神经网络所训练出的人工智能。

网络凸显了这种没有边界的可能性，凸显了无形资产的重要性。网络与棋盘不同，规则混乱且不断变化，边界无限拓展，可能性爆棚。人与人之间的网络，或者组织结构中非正式的网络，都没有清晰的定义，社交网络更是由无数无形关系所组成，神经网络则是最新的发展前沿。

棋盘与网络，也是有限游戏与无限游戏的绝佳比喻。套用博弈论的理解，棋盘的世界是有限游戏，规则明确，一定会分出输赢，可以从过去的、有限的数据分析中找出模型，国际象棋是第一个算法超过大师的领域；网络的世界是无限游戏，不在意分出输赢，需要展望未来，过去的经验和模型并不能清晰预测出未来，算法起到辅助的作用，但真正的创造性仍然在人。因为只有人可以举一反三，会跨界思考，擅长旧瓶新酒，习惯于拿来主义。

这一系列范式转移中，最重要的是组织的变化，落脚点是如何管理聪明的头脑。

工业经济是强调效率和流程的时代，是比较容易抄作业的时代，组织特别强调秩序和执行力，经验很重要。也可以说是崇尚强人的时代，管人要求令行禁止。知识经济则不同，它更强调组合、跨界和协作，组织注重在混乱中创新的能力，崇尚自主、自发，需要多中心众创的模式，创造人才创新的土壤成为关键，这些都意味着，管理聪明的头脑需要有新思维。

用棋盘到网络的转变，也可以来形容组织的转型。

棋盘和网络很好地诠释了这种转型在组织层面需要引入的改变。棋盘的秩序，适合管理阶层组织，好像等级森严的金字塔，底层由数量庞大又可以替换的小螺丝钉组成，依赖流程和纪律来管控，工业经济中的秩序大致如此。但用棋盘的规则来管理知识工作者，则会适得其反。知识工作者最重要的产出是创新和创意。苹果公司以设计著称，乔布斯特别强调，苹果的产品需要在技术和艺术的十字路口找到答案。管理一帮设计师，一定不能简单套用流程和规则的方式，而需要给他们足够的创意空间，需要他们根据不同的项目和需求建立各种网络，也需要他们与公司外部的设计师和艺术家的网络保持有机的联系，不断更新创意的想法。未来更多人将成为知识工作者，他们也需要完全不同的组织模式和管理模式。

也可以用秩序与混乱的区别来理解工业经济与知识经济的分野。秩序是熟悉的可预测的，每个人都恪守某种明确的社会规范，秩序是人群合作的基础。秩序也意味着阶层、等级和次序，为整个社会提供了明确的规则。秩序还是每个人脚下坚实的土地，给你信心。混乱则是无序的，不可预测的，从熟悉的环境中突然涌现而出的陌生，它很可能给人带来无法忍受的痛苦，缺少支持，甚至传统的塌陷。但混乱也是我们需要去探索的，全新的环境中不仅孕育着新的机会，也蕴含着新知。重要的是，推动社会向前发展和变革的，不是秩序，而是混乱。

从技术和制度的视角来看组织转型，会发现，制度转型每每滞后于技术的发展。

数字化转型表面上是大数据、人工智能等高科技的使用，但跟人类历史上任何一次技术转型一样，高科技的推广和广泛使用，必须辅之以相应的管理和组织变革，对组织创新的投资与对技术的投资同样重要。比如从蒸汽动力向电力的转型，需要工厂的管理和组织发生巨大变化，因此也耗时超过半个世纪。关键科技带来的变革需要时间去消化去推广，改变社会习惯、改变管理方式、改变认知都需要时间。新冠疫情如果说有什么"乌云的金边"的话，那就是它加速了数字科技的推广，也加速了习惯和认知的改变。远程虚拟办公、在线协作的技术早已成熟，却迟迟无法推广，直到新冠作为触媒才遍地开花。

科技的应用一定会带来一系列的变化，带来体制机制的创新，给经济注入新的元素，所以，旧工作的被取代和新工作的创造，都是表象，背后真正驱动的是创建出了新的经济元素和经济组织形式。

从棋盘向网络组织的转变，恰恰是非常好的诠释。

数字经济时代带来了两大最重要的变化，而这两个重要的变化，都需要从棋盘到网络的转型。

首先是技术的变革在加速，这将导致环境不断发生巨大变化，也要求商业在剧变的环境中必须不断应对全新的挑战和抓住涌现出来的新机会。

这种变化给组织提出了三个重要要求：第一，不再有全知全能的人，没有谁能了解和追踪所有的变化，群策群力变得非常重要，组织需要能够尽可能多地利用集体的智慧，我们也称之为"众包的智慧"；第二，因为变化剧烈，要求组织有快速的相应能力，这对习惯于自上而下，习惯于执行却缺乏思考能力的个体组成的组织是一大挑战；第三，组织在剧变的时代最看重的，是创造性解决问题的能力和创新的能力，组织需要为拥有这种能力的个人和小团队赋能。

由此可以引出转型的第二点，就是越来越多的组织都将变成知识密集型组织，而知识经济的运行法则，知识工作者的协作机制，与大规模制造的工业组织截然不同。创造力和创新，是推动知识经济发展的最重要引擎，要释放创造力并鼓励创新，就需要充分调动人的自主性和判断力。

那天才还有用么？其实棋盘与网络也比较好地诠释了天才诞生的土壤。天才不是石头里蹦出来的孙猴子，而是知识网络中的弄潮儿，而知识网络古已有之，并不是知识经济独享的。

为什么创新的浪潮不是单点出现，而往往呈现出一个又一个大的浪潮，在一定时期，类似的发明总会接踵而至？一些人几乎在同时创造新的发明，并不是历史的偶然，而更多是因为他们都身处于类似的知识网络之中，都站在前人研究的基础上，也就很可能有同样的发明。这也恰恰是科学发展的意义所在，科学发展是站在巨人的肩膀之上不断向前拓展的，而那些巨人，其实就是人类的知识网络。

思想的发展也是如此，无论是苏格拉底这样的古希腊文明的思想家，或者是萨特这样的当代哲人，都是思想社交网络的中心，他们处于信息交汇的中心点，网络成就了他们，反过来，他们也成就了这些网络。同样，诺依曼何尝不是科学社交网络的中心？"火星人"在讲述各自传奇的时候都跳不过诺依曼，而诺依曼的成就也离不开在科学社交网络内的不断碰撞。

如果用网络互动和共同进化的思路而不是个人英雄主义来观察创新在特定时空爆发的现实，不难发现，作为个体的天才之所以稀缺，是因为技术的手段限制了知识网络的拓展。在知识经济时代，我们需要的是推动知识网络的大发展，就可能创造出更多有想法有创意的人，并为他们搭建更广阔的舞台。

在大转型的时代，与个人的智慧相比，群体的智慧更重要，无论从科研还是公司的创新创业来讲，一群人的创造比一个人的创造要重要和有效得多。而且也有实证证明，一群类似的、来自同一个圈层的人，和一群不同的、多元的、来自不同圈层的人，后者解决问题的能力要更强，碰撞出的思想火花也越多。

这就引出了下一个话题，多元化的团队。

精英主义与多元化团队

在知识经济中如何管理聪明的头脑，全球流媒体领先者奈飞给出了精英主义的视角：增加人才密度，尽量淘汰组织中的庸才，减少管理庸才的成本。

奈飞创始人哈斯廷斯的人才策略有两面，一面是筛选牛人，另一面则是鼓励直率的批评，减少信息不对称，鼓励信息快速流动。

哈斯廷斯认为，组织的成功需要找到最牛的人，智力、能力和情商都非常高超的人，从而增加公司的人才密度。这一想法源自奈飞创业之初的教训。2000年互联网泡沫破裂之后，奈飞资金吃紧，不得不裁员三分之一。剩下的八十人都是管理层自认为挑选出来的精英，哈斯廷斯担心裁员之后士气会低落，但很快发现事实并非如此，一两周之后不仅士气恢复了，而且工作效率更高。

这变相验证了知识经济时代的人才符合幂律分布。什么是幂律？可以用二八分布来类比，也就是一个好的人才可以抵上好几个平均的人才。在硅谷特有的精英主义眼里，X因素非常重要，因为一名编程大牛，其生产率和创造率可能超过一群庸碌的码农。高薪吸引最好的人才，整个团队不会臃肿，管理者也不用在管理庸才上浪费太多精力，整个精简的团队战斗力更强。

哈斯廷斯的管理哲学第一点因此变成了：公司不能容许有庸人的存在。聚合一群牛人在一起，他们相互之间的互动、鼓励和竞争，本身就能提升公司的管理和效率，为此付出市场上最高的价格争夺人才是必要的。如果发现庸人，或者工作状态一般的人，当然也包括并不适应公司文化的人，尽快用优厚的分手费送出门。

直率的批评，用哈斯廷斯的话说就是，在别人背后说的批评一定要能够当着面向对方提出。这种直率的批评挑战了普通人正常的行事原则。一般的做法都是：当面表扬，私下批评，给人留以余地和面子。但哈斯廷斯认为这样不好，他希望每个奈飞人看到自己认为不好的现象，或者内心对于提出的想法有不同意见和看法时，能够第一时间提出来，因为只有随时提出建设性的批评，才能不断加强反馈回路，帮助每个人提升。他也特别强调，当一个人位子坐得越高，越可能出现穿上"皇帝的新衣"而不知，甚至裸奔而没有人愿意指出来的情况。如果不去培养一种直言不讳地建设性批评的文化，企业管理者的盲点和错误的习惯就会积累起来，最终给企业带来大问题。

选择最优秀的人，鼓励人与人之间非常坦诚地交流并提出建设性意见，加速组织内部的信息流动，在这一系列举措的基础上，奈飞企业文化中还有一个他们经常对外大书特书的特点：奈飞给员工以特别大的自由空间，可以随时休假，没有时间限制，报销没有上限，也不需要烦琐的流程，一切全凭员工"自觉"。

自觉和自主，是奈飞团队文化的核心。当然，"随时休假，放手花钱"并不是真像奈飞所讲的那么自由，但奈飞的确高调地把一些象征性的管控取消。休假、差旅、费用报销，都是很烦琐很浪费时间的管控，完全可以取消，或者用其他更简便的方式来管理。但象征性的取消并不是真正取消管控，而是鼓励员工能合理自主地去做出安排，背后是"自由＋责任"的一体两面。奈飞内部没有完全放任的自由，休假的前提是工作的高效完成，报销开支必须符合奈飞公司的利益，直率的批评也让任何希望浑水摸鱼或者滥竽充数的人无法藏身。

独特的企业文化，的确帮助奈飞在初创期和发展期保持强劲势头，保住了其作为全球流媒体老大的地位。但面临后疫情时代的发展停滞，奈飞似乎暂时也无法给出更好的对策。作为硅谷高科技企业中的新秀，奈飞也不免面临一系列挑战，最让人诟病的恰恰是，这种"精英主义"的追求会不会陷入同质化陷阱，缺乏应对未来挑战所需的多样化团队？

同质化的一大挑战就是群体迷思。有一项很著名的实验，实验中让两个团队去解题，一个团队由四个很熟悉的朋友一起，另一个团队里除了三个朋友之外，还加入一位陌生人。结果是，全部由朋友组成的团队，其解题正确率大大低于掺了沙子的团队。同时一个很有意思的观察：加入了陌生人的团队，解题过程更火爆，充满更多内部冲突和更多不同意见，需要更多相互之间说理说服的工作，整个流程一点儿也不轻松，而且团队对解题的结果信心不足；相反，完全由朋友组成的团队，解题过程比较流畅，大家的观点都差不多，比较容易达成共识，而且对自己答案的信心比较足。

这一实验得出一项惊人的结论：圈层一致的人群更容易达成共识，但是也更容易犯错，更可怕的是，他们出错的时候自知之明却更少，而且更可能在错误的道路上一条路走到黑。换句话说，一群用类似方式筛选出的精英做出的团体决策，很可能因为缺乏不同的声音而减少了纠错的可能，一旦犯错，反而会错得更离谱。

在知识经济中为什么多元更重要？恰恰因为知识经济同时也是乌卡的时代，每个团队都面临不确定性和未知的未知。比较一下体育竞技和企业创新，就能明白其中的差别。4×100米接力这样的比赛一定是精英主义获胜，个人能力最强的四名运动员组合在一起一定能赢，多元化选择运动员没有意义。但复杂问题的切入点就很不同，背后的一个最重要假设是：面对复杂问题，每个人都只能拥有部分信息，而不是全部。同质化的一群人，再优秀，所能分享的新信息仍然有限；相反，多元化的一群人，可以带来更多重要的新信息、外部信息，让他们对复杂问题的研判更透彻。

这一方面是因为现实的问题更加复杂，理解和解决这些问题也不可能依赖简单的线性思维，依赖简单的算力（其他个体的能力都可以用算力来形容）来提升，它需要从不同的视角去看问题。另一方面，当问题变得日益复杂的时候，每个人都不大可能看到问题的全部，每个人都可能有看问题的盲点，有时候这样的盲点恰恰是因为专业过专而见树不见林，有时候则是因为文化和习惯导致的。这时，如果有着多元视角的不同背景的人组合在一起，相对于圈层单一的人而言就更具洞察力。因为他们有可能拼凑起更全面的图景；因为意见不统一，他们可能碰撞出新的火花；也因为他们中可能有局外人，能够点出当局者迷的要点。

斯坦福大学前校长汉尼斯对团队管理有自己的一套经验，他认为团队需要尽可能多元，因为最有创造力的团队一定拥有尽可能不同的技能、观点和性格特点，而管理团队需要鼓励争论，但避免个人之间的相互攻讦。

二十世纪七十年代，老派的华尔街投行如雷曼兄弟，会不拘一格吸引人才，招募退役军人和CIA探员，让他们在工作中学习和练习金融。投行之所以选择另类人才，并不是为企业做慈善，而是因为这些人恰恰能带来并非同质化的思维模式、关系网络和处事原则。金融思维是可以学习的，社会上的历练却无法学习，多元化人才则推动了华尔街投行的欣欣向荣。但到八十年代之后，华尔街已经被著名商学院的MBA所占领，多元背景的人失去了加入的机会，"华尔街之王"、黑石集团董事长苏世民就批评MBA是"自欺欺人、自以为是"的圈层化人群。

七十年代不只是华尔街，其他行业吸引多元人才也是常态。当菲尔·奈特创建耐克时，他聘请了一些长跑运动员加入耐克和他一起工作，因为他清楚，这些人可能缺乏商业知识，但他们的毅力足以弥补这一短板。长跑运动员永远不会放弃，即使遇到困难，他们还是会忍受痛苦，直至比赛结束。奈特相信，成功是可以跨界影响的。

在很多情况下，团队的互补性非常重要。火星旅行的宇航员中需要什么样的角色？可能有人会说需要领导者、工程师、飞行员和科学家，但很多人忽略了一个更为重要的角色：小丑。几十个人在狭小的封闭式空间中飞行十八个月，心理上的压力需要疏解，潜在的矛盾需要化解，此外单调的生活也需要人调剂，小丑或者说具备幽默感的船员因此变得特别重要。

多元团队，团队成员之间的互补性，对保证整个团队的动能非常重要。仅仅是聪明人扎堆，缺乏多样性，缺乏互补性，团队也很难持久。

跨界、非线性、激发主动性

管理聪明的头脑，需要推动跨界。工业经济的一大特点是专业分工越来越细，脑体差别越来越泾渭分明，白领和蓝领很早就分流。在许多国家甚至在中学阶段就已经规划好了孩子的不同未来，有的进大学，未来成为知识工作者，另一些孩子则进入职业学校，未来成为职业工人。

这样的分流在知识经济时代需要重构。以脑力和体力简单的人才两分法，已经不足以满足未来的需求。无论是智能制造还是实验创新，都需要脑力与体力的跨界。

随着自动化生产线替代大量蓝领工人，劳动者的岗位会发生巨大变化。未来需要大量的高级技术工人，他们要能够使用复杂的软件，操控精密的设备和仪器，善于和人打交道，这需要打通设计、创意和基础科学与工程之间的通道。或者说，未来要培养白领工人，那些有动手能力、能够帮助企业研发实践的工人。

同样，科研人员也需要对现代生产流程深入了解。工程师应该是会动手的科学家，科学家应该是会动脑的工程师。

马斯克打造的特斯拉工厂就凸现了这种新趋势。工厂的一大特点是工程师并没有单独的办公室，而是在开放空间里与技术工人一起工作。马斯克希望消除的，就是工程师的设计和研发与规模化制造之间的任何衔接问题，鼓励工程师参与到制造的全流程。以特斯拉Ⅲ的工厂为例，在产能爬坡阶段，马斯克基本上是吃住在工厂，不断推动工厂革新。

这种做法并不是马斯克的独创。美国洛克希德公司在冷战时代就制造出了一系列高性能战机，比如U-2和SR-71侦察机，而这些战机都是传奇飞机工程师凯利·约翰逊的手笔，他主导的臭鼬工厂是团队跨界的典型。约翰逊将设计师安排在冶金学家、电工身边，鼓励他们交流和互动，认为这种邻近的安排会让设计师在设计时考虑到结构或电路问题，不会设计出无法塑形或者电路无法连接的飞机。通过打通设计和生产，推动设计师和工人的紧密交流，加快反馈回路，臭鼬工厂开辟了未来精益制造的模型。

以生产富有设计感的吸尘器和电吹风著称的戴森也有类似的安排，公司吸尘器生产线上马时，创始人戴森本人在吸尘器的生产线上一待就是两周。戴森拥有宽阔的视野，而背后是他对设计的执著。他特别强调设计师、工程师、企业家三合一的重要性，认为设计师需要了解制造的全过程，工程师需要理解销售的全流程，有着设计师能力和工程师思维的企业家，需要更好地了解用户的反馈来设计新产品。融合跨界团队是戴森成功的核心。

以此类推，也不难发现科学家与企业家的不同，或者说以发论文为导向的科学家和以市场为指针的企业家的不同，即早期科研与面向应用的开发之间的不同：前者在一千次实验中只要有一次有效数据就能发论文，千里挑一就可以；后者在一千个产品中只要出现一个次品也会有消费者找上门来，百密一疏也不行。

跨界之外，对于知识工作者而言，开放和包容同样重要。创新来自碰撞与协作，来自将成熟的技术和想法在全新领域内尝试。

由数学家而成为投资家的詹姆斯·西蒙斯在科学家领域可以说是异数。他创建的对冲基金"复兴技术"，以利用科研来做研究著称，不仅他本人是数学家转型，利用大数据分析挖掘市场中微小的套利机会而赚了大钱，还从IBM挖来语音识别专家，将语音识别的技术运用在市场大数据分析中，不断探索全新的量化投资方法。

西蒙斯很了解科学家的行为模式。他清楚，科学家要取得成功，必须互动、辩论、分享，需要在群体中相互激发，他所塑造的复兴科技的企业文化也因此是开放和鼓励共享的。任何人都能了解公司的内部算法，并且可以修改算法，这就需要公司秘密对每个人都开放，曾经甚至连秘书都有权限进入系统。这种文化也面临挑战，当有人离开或者被竞争对手挖角后，公司的秘密就可能泄露。拴住泄密的手段是利益的捆绑，公司收益最高的大奖章基金只对内部人开放。

当然，不仅仅开放是推动力，同侪的压力也是推动科学家们不断探索突破的源泉。西蒙斯在公司内用慷慨的奖金来替代学术突破发表的荣誉，他的名言是："想要拿到更多的奖金？想方设法帮助我们增加收益率。"

成为亿万富翁之后，西蒙斯的旨趣又回归学术。作为华尔街的亿万富翁，能够创建一所成功的私人研究院么？西蒙斯的答案是熨斗研究所。熨斗研究所的初衷与西蒙斯离开学界进入金融市场打拼背后的执著如出一辙：既然自己和合作者精湛的数学模型能够解构金融市场，那么其他基础学科的突破也一定能给人类带来巨大回报。他也把复兴科技的文化带入到研究所中，因为他深刻理解管理科学家与管理普通人的不同，需要更自由，更开放，鼓励更自主和更自发，而西蒙斯则为之提供丰富的共享资源。

开放和碰撞又导出了知识经济时代的一个重要特点——非线性。传统流程管控的组织，强调大规模生产中提升效率和减少不确定性（风险）的组织，是工业时代最重要的组织形式。如果一家企业或机构的首要目标是降低风险、确保安全，比如医院或者航空业，流程管控一定被放在第一位，清单革命带来的流程革命会极大提升效率。但在知识经济时代，管理一群聪明人组成的团队，必须理解非线性，不能简单地追求效率，以为有多少投入就会有多少产出。在不确定的时代，投入与产出不成正比，简单地集中力量大规模投入资源，并不能保证高效的产出。创新无法计划，只能试错，不过一旦取得成功，其成果常常超乎预期，这也是非线性的另一特点。

F1大奖赛就是很好的例子。经常会有大金主花重金购买一支车队，希望通过加大投入来赢得好成绩。连续获得八个赛季车队总冠军的奔驰车队领队沃尔夫对此有一句评论：亿万富翁以为F1很容易，但光有金钱并不能保证他们拿冠军。奔驰车队当然不缺资源，F1赛事方为让比赛更具悬念，甚至给车队开支设定了上限，但赛场上有太多不确定性，资源并不能确保胜利，人才和团队才能真正带来胜利。

爱因斯坦就曾经说，自己特别喜欢不可预测的互动，其实就是对研究产生非线性结果——令人吃惊的结果——着迷。管理聪明的头脑，需要将一群人才用非线性的方法混合在一起，创造出不可预测的甚至是混乱的互动。

搭建非线性团队的一个基本准则，就是用规则的确定性应对结果的不确定性，让每个知识工作者主动参与其中。要想在一个领域实现革命性的突破，一个不可预见的飞跃，团队必须有不可预测性。在失败的团队中，沟通由少数具有超凡魅力的成员主导，而不是由最好的想法来引导。新问题由旧办法解决，常常导致进展停滞不前。

如果把开放、跨界和非线性推到极致，就需要打破专业化分工的泾渭分明。科学家兼小说家查尔斯·珀西·斯诺在1959年就曾经指出科学和人文之间日益扩大的不健康鸿沟。他经常向文学家提问，问他们多少人能描述热力学第二定律；他也经常向科学家提问，问他们多少人读过莎士比亚，得到的答案比例很低。当下，这一比例可能会比六十多年前更低。如果专业之间缺乏换位思考、相互了解，怎么能推动融合和创新呢？

如果说精英和多元是一股张力，效率、执行力与跨界、非线性则是一组张力。强调多元或者跨界，并不是否认精英主义和效率、执行力，而是要走出精英主义和效率的误区，因为在剧变的时代，仅仅如此是不够的。

除此之外，还有第三维度，即放权与收权之间的张力，其核心是如何发挥员工的主观能动性。

我们会有一种误区，以为军队作为工业时代的产物，一定是效率优先的组织。任正非经常引用军队的比喻来推动团队改革，比较著名的一句话是"让听得见炮声的人决定怎么打仗"。这句话并非他的原创，而是他从德军组织中学来的。

与我们的认知不同，德军是最早学会培养和管理聪明人的组织。在一百五十年前的俾斯麦时代，德军就开启了向知识经济的转型，德军参谋本部是研究机构、教育机构，其目的是研究战史，培养有素质有知识的军官团。德军一百年前就清楚理解现代战争是总体战，对将士有全新要求，经验和勇敢已经不足用，还必须有知识，对军官的培养变得尤为重要。这可以看作是一种精英主义的转型。

在任正非推崇的曼施泰因元帅回忆录《失去的胜利》中，可以看到军队并不是我们以为的令行禁止的战斗机器，反而是发挥聪明人自主性的竞技场。

德军的最大特点并不是命令与服从，或者极强的执行力，而是纪律性与自主性的结合。高层军官确定了战略目标和任务之后，并不会去干涉下级军官的具体执行。每一层级都是如此，也就是在大目标一致的情况下，德军特别强调让一线的军官有决策空间，当然也需要为其决策的后果负责。这种权责一体化的安排，让德军能够保持强大的机动性，并且把握得住战机。

德军有两个基本指导原则，也是效率与自主性结合的典范：第一，对于作战的指导必须经常地保有弹性；第二，使各级指挥官都尽量保有主动和自主的范围。

"让听得见炮声的人决定怎么打仗"，本质上就是如何授权和鼓励一线指挥官自主决策。留下如何执行以达成目标的空间，而不是事无巨细地去越级指挥，就是为了避免下级执行者不考虑一线的情况而采取盲从刻板的行为，也为了鼓励一定程度的冒险，让下级指挥官抓住战场中决定性的机会，采取独立果敢的行动扩张战果。这种机制，尽可能让局部视角和全局视角得到统一，避免上级因为不了解一线的情况瞎指挥带来的坏结果，也避免下级机械执行上级的命令而无法抓住战机。

同样可以用"棋盘和网络"的比喻来形容自下而上的自主与自上而下的命令之间的不同。

棋盘式思维强调的是令行禁止，是高效的执行力。在现实中，棋盘式的思维意味着，如果想让一个人以某种方式行事，你需要用激励的手段来鼓励他采取某种行动，或者用抑制或惩罚的手段来约束他的行为。

网络思维则完全不同，它特别注重影响力。如果想要传播一种创新或行为，你就不应只关注个体，而应该改变人们之间的联系。换句话说，你需要思考的是如何改变网络结构，改变不同人的连接方式，挖掘KOL——也就是在网络中特别有影响力的人——来影响网络中人的行为。

而这种网络思维，恰恰是从工业时代迈向知识经济时代的变化。如果以军队为例的话，军队强调的是给予下级军官一定程度的自由裁量权，因为战场就是乌卡之地，瞬息万变，战争的迷雾让任何不在一线现场的人都无法有效指挥。现代战争中，师一级指挥员或许还有机会下沉到一线去参与指挥，再上一层的指挥员完全只能在制定战略之后相信自己的下属能够在战场上相机应变。依靠地图在指挥部越级指挥，一定会一败涂地。

不过，军队本质上仍然是一个强调令行禁止的组织，知识经济时代的组织则又向前迈了一大步，不仅仅是下级管理者需要有一定的自主性，每一个知识工作者都需要给予他们一定的自主性，这时候，影响力比硬约束要更有效。

工业时代的职业轨迹，可以归纳为大公司的内部晋升机制，企业文化上强调对企业的忠诚，而企业也强调对长期员工的保护，包括非常优厚的退休金。能够确立这种机制的前提，是企业内部所处的是正反馈的环境，在狭窄领域内积累的经验随时间的增长会更值钱，企业所面临的挑战不会不断改变。相反，知识经济时代发生了巨大的变化，职业发展的主导权在有知识和技能的工作者手中，相对于企业内部单向的职业阶梯，企业外部的职业网络更有吸引力，从一而终变成了择善而栖。

知识经济时代的组织更像是网络组织，需要打破边界，领导者同样也需要打破边界。企业管理者通常还是内向视角，关注能给员工什么样的晋升阶梯，员工却已经很习惯于开放式机会的网络，打破组织的边界。

只有理解了这种变化，才能做一个合格的领导者。

发展的人才观

回到领导者，管理聪明的头脑，第一步是要能发掘人才，有做伯乐的眼光。

在快速变化的时代，人才当然也不是一成不变的，发掘人才因此也需要有发展的眼光。古语云，士别三日，刮目相看；现在最流行的是"一万小时定律"，其实把这两者衔接起来，就能发现那些具备自驱力不断进步的人才。

用一个体育术语来比喻，人才需要培养"肌肉记忆"。一万小时定律很好地诠释了人才成长的规律，即便是有天赋的人，成才也需要经过很多年高强度练习、前辈的指导、不断反馈之后才能达成。长时间专注、刻苦的练习，可以让潜意识转化成长期记忆，从而产生非凡的创造力。

如果说一万小时的肌肉记忆帮助一个人成为当下的人才，那么一个隔一段时间就能给人眼前一亮感觉的人，才是具备超强潜力的人才。当"士别三日"与一万小时定律勾兑起来，会让你更容易发现优秀的人才。

换一个金融的视角来分析，这叫作人才成长的复利原则。一百块钱的本金，一年百分之十的利息，如果连续存十年，连本带利可以拿二百五十九元，这就是复利的力量。同样，判断一个人才是否优秀，不仅要看他现在的能力如何，更重要的是要看他未来的潜力，一个非常重要的指标就是其终身学习的能力和毅力。

人才的成长遵从复利原则，愿意投资自己学习的人，其未来的潜能比现在更重要。

《爱丽丝梦游仙境》中的红皇后曾经对爱丽丝说，只有当你不断奔跑，才能站在原地。在不进则退的时代，"红皇后效应"（Red Queen Effect）诠释了终身学习的重要性。为保持最好的竞技状态，运动员每天都会练习体能和技巧，不能偷懒；成名之后，钢琴家每天还是需要练习弹奏，否则很快就会生疏。同样，在剧变的时代，每一位成功者都需要找到终身学习的练习方式和节奏，持之以恒。

管理聪明的头脑，第二步是培养人才。很多人都懂得

"授人以鱼，不如授人以渔"的道理。很简单，给别人最好的恩惠，不是简单地喂饱他，而是教会他一项技能，帮助他能够自力更生。

如果用发展的眼光来看培养人才，"授人以渔"也已经不够了。在剧变的时代，仅仅帮助人获得一项谋生的技能，远不足以抵御外部的变化。

授人以渔，不如授人以如何成立捕鱼公司，不如与人一起研发替代鱼的全新食品。这个脑洞一开下去，一下子有了无限的可能。这其实是从发展的视角去看人才，从人才成长曲线的视角去培养人才：捕鱼是技能，如何成立捕鱼公司则是一种更重要的组织能力，上升了一个维度；一起开发替代鱼的全新食品，需要全面的技术创新，又上了一个大台阶。

同样是给予维生的技能，授人以鱼只能保持一顿的温饱；授人以渔则能保证一段时间的小康；但如果要获得更广阔的成长，如果能尝试成立捕鱼公司，则不仅自己有机会过上富裕的生活，还能带动一批渔民一起致富，让更多人能吃上鱼，这是创业的力量，也是企业家精神之所在；如果能尝试去研发替代鱼的全新食品，就像过去五年硅谷特别流行的"人造肉"运动那样，其前景更加富有想象力，这是创新的精神，如果成功，将给这个世界带来重大的改变。

讲完这则新时代的寓言故事，对人才和领导者的互动关系就会有全新的认知。杰出的人才会越来越多，我们需要创造环境去培养杰出的人才，但归根到底，人才的成长最需要的是自己的投资。人才与组织的动能，最终体现在领导者身上。优秀的领导者从人才中脱颖而出，当他们拥抱创业的动能，或者投身于创新的实验中去的时候，带来的改变就更加巨大。

当然，无论是创业还是创新，想要获得成功，仍然离不开人才，因为未来优秀的创新创业组织，一定是优秀人才扎堆的地方，怎么吸引人才、调动人才、善用人才，将是领导者的必修课。

领导者的修养

领导者想要做伯乐，首先需要提升自己的修养。在筛选人才时，需要注意三点：

首先，想要慧眼识珠，领导者首先要提升自己的修养。你本身不是特别的人才，凭什么就能挖掘出特别的人才呢？换句话说，如果你没能达到更高一层的境界，是无法体察到那些已经高维的人的。珍珠被埋没，也是因为领导者缺乏伯乐的境界和格局。

其次，筛选人才要趁早，所谓璞玉可雕就是这个意思。"早"是什么概念呢？当人才很年轻的时候，他的塑造性很强，潜力也比较容易发挥出来；当人才来自不同文化的时候，他可能带有某种还没有被泯灭的多元特质，值得巩固发展；当人才来自卑微出身的时候，还没有进入奢华的殿堂，他带有某种含着金汤匙出生的二代所没有的质朴和新鲜，值得保存。相反，当一个人经历职场风霜之后，你再去慧眼识人才，可能已经晚了。

第三，合适的场景和匹配最重要，要想发挥人才的潜力，需要匹配最合适的场景。在合适的环境中，有可能让人才按照规律来培养，因为人才需要发挥的舞台，人才的评价需要语境来衡量。在一个比较成熟的舞台上，空降一个人才意义不大，越有创意，挫折感可能越强，这时，你需要是那种适应力强的人。一个草创的舞台则不同，这个舞台上如果能聚拢多方面的人才，让他们去塑造未来发展的方向，给他们以空间，他们可能会合作得更好。

领导者不是天才，天才也很难成为领导者，因为他们生来就是独行侠，大多数天才就不具有团队精神。天才需要特立独行的空间，想要在任何领域寻求突破，都需要执著和努力，心无旁骛。沉迷工作时，天才很难设身处地为他人着想，很难换位思考。

天才很难成为领导者，是因为领导者所需要的能力与天才所需要的能力不同，有着完全不同的场景。领导者需要给天才创造出天马行空的空间。

天才倾向于忽略他们不知道的事情，这限制了他们的决策能力。非天才更容易跳出问题，看到整个组织的需求，所以我们要区分两种不同的框外思维，天才是跳出规则的局限，善于利用外部视角来审视问题；领导者则是跳出具体需要解决的问题，从而在更高维度上理解更宏大的相关议题。

领导者与天才的对比，就在于他不可能只关注一个问题，而需要发挥组织协调资源的能力。换句话说，领导者最大的价值在于搭建舞台，从而激励人才。领导者需要推动组织的前行，为组织制定方向，解决组织面临的关键挑战。组织是由人来组成的，领导者的主要工作是管理人和激励人，尤其是在知识经济的时代，这样的工作变得特别重要。

天才不可得，人才多多益善，发现人才、吸引人才、组成团队就变得特别重要，而这恰恰是管理者的角色。未来依赖天才改变世界的机会越来越少了，因为我们面临的问题更加复杂和多元，攻克这些问题都需要团队协作和努力，当然也离不了管理者的智慧。

领导人才的领导者，必须更像是一个提供数据、支持和流程而不指定解决方案或方向的隐形经理。领导人才需要提供选择而不是决定方向，领导者必须拥有对整个组织的视角，拥有整体思维，并在此基础上做出判断。

人和动物一样，都会出现头羊，即有着超强影响力的人。人与动物又有所不同的是，人群中还会演化出另外一种领袖，他们靠自己的榜样力量，靠帮助别人而赢得众人的尊重，可以感召出一群人来跟随他。前者的性格是主导和统帅，说一不二；后者的性格是影响力，以柔克刚。前者拥抱零和游戏，后者则强调多赢。

人类还有一种心态，当面临巨大不确定性的时候，我们更希望强人出现，能够帮助我们，给我们带来一种确定性。"一战"之后墨索里尼和希特勒的上台就是如此，在面临很多艰苦和复杂情况的时候，反而是有着坚忍性格的强人脱颖而出、快速成长的时代。

吊诡的是，面临外部环境复杂多变的时候，事实上需要的不是强人，而是每个人把自己的观察和观点分享出来，需要集体的智慧来应对外部的变化，而恰恰是在这样的时刻，人类进化出的本能却让我们更认同于强人，而强人常常给我们带来灾难。

领导者需要有开放的心态和谦虚谨慎的态度。领导者需要善用人才，能够理解专家的想法。领导者需要避免的是过于自信而无视专家的想法。领导者要善于倾听，一个领导者的权力越大，他因为犯错而受到惩罚的风险就越小。由于不倾听而做出的糟糕决策的分量，最终可以摧毁领导者的权力基础，这可能意味着组织的灭亡。

知识经济时代，管理聪明头脑的核心是如何让知识工作者更好地协作创新，创造更多价值。这对领导者提出了一系列要求。

首先是发现和留住人才，这需要领导者能够与知识工作者有效沟通，跨界思考与保持好奇心就显得特别重要。

其次，也需要深刻理解多元、开放、包容、鼓励分享、推动信息流动等知识经济的基本运行法则。领导者需要鼓励组织内部各个维度的信息分享，鼓励知识工作者之间偶然的碰撞和自发的连接，激发自主性，构建实验和创新的空间。

在强调执行力的阶层组织中，领导力主要体现为命令加激励。如果想改变一个人的行为，领导者往往自上而下发布指令，辅之以激励或惩罚的手段。而在知识经济中，领导力则体现在影响力上，如果想要推广一种创新或行为，领导者需要花时间去改变知识工作者之间的联系，重塑组织架构。

乐队的指挥是很好的策划。不少人把知识工作者扎堆的组织比喻成爵士乐队，整个团队有一个基本的基调，但每个参与者都可以且需要即兴发挥，因为相互之间的熟悉和信任，又能够做到步调一致、相互配合。

知识工作者扎堆的组织更像是一个网络组织。爵士乐队的比喻突出了网络组织的一大特点，如果能够建立深度联系，就好像乐队成员之间的强关联，可以创造信任又灵活的合作环境。但除了成员之间的深度联系外，网络组织还需要建立更广度的联系，需要领导者撒下一张捕捉新事物的大网，把新的想法和信息流带入创新过程中。资源集中和大规模分布的结合，是网络力量的本质，也是伟大策划的秘密。

连接更是网络组织的本质。网络组织的领导者需要是好的连接者，能够发掘协作的机会，鼓励内部知识的分享和信息的碰撞。连接者如果能够看到企业内部网络的脱节点，并且能够填补进来，就会带来巨大价值。

更重要的是，因为网络组织的边界变得更加模糊，创新往往来自自有网络之外。两个没有太多连接的网络之间交叉之后产生的张力，恰恰是创新和创造的源泉。推动创新的领导者应该能跨界挖掘不同网络之间的连接机会。

苏世民大学毕业时就立志要成为"电话交换机"，无师自通地领悟到了网络组织领导者所必备的能力——在不同网络中经营连接。他很清楚，商业中最重要的资产就是信息，你连接的人越多，掌握的信息也越多，拥有的视角也越广泛。因为连接、交换而建立起的信息优势，一般人很难比拟。

领导者要花时间鼓励组织内部多维度的沟通，向上向下，以及平行横向的沟通，鼓励各级人员以人人都能理解的方式报告变化所造成的影响。平行沟通尤其重要，需要让团队管理彼此之间的日常协调，而不是通过领导者这个中间人。至于领导者本人的沟通，也应该着重在分享自己思考的方式，而不是思考的结果，这样才能更好地集思广益，指导不指挥。

对于领导者而言，终身学习至关重要，尤其在一个资讯满天飞的时代，获得深度认知不容易，却更需要。何谓深度认知？在阅读中能够与作者达到心领神会的境界。在管理聪明的头脑时，更需要领导者能够持续学习，这样才能保持宽广的格局和看问题的高度，同时持续培养自己对新鲜事物的敏锐度，一万小时定律，对领导者同样有用。

基辛格说，教育并不是一个人在年轻的时候赢取的某个徽章，成年之后就可以挂起来不再关心了，终身学习其实是在智识维度和道德维度的努力，学无止境。

数字时代给了每个人无与伦比的获取信息的便利，但每个人都需要在数字时代保留一些前数字时代的习惯，阅读书籍就是一种。阅读本身可以电子化，但浏览社交媒体上的碎片信息与静下心来阅读一本书完全不同。基辛格特别强调阅读的重要性，因为它能够不断巩固深度认知。

广泛的阅读是获得深度认知的不二法门。对于领导者而言，坚持阅读有五点重要意义：

第一，它能帮助领导者掌握分寸感，学会审时度势，对外部的刺激诱惑保持心理上的距离。

其次，它能培养类比思维，而类比恰恰是最重要的创新法门，也是解决新问题的好助手。长期阅读之后，领导者一边可以引经据典，另一边又能反思推演，脑海中有大量具体的知识可以在面对新问题时被调用。

第三，应对剧变，领导者在实际工作中试错的机会并不多，机会窗口稍纵即逝，很少给你再次尝试的机会。相反，书里的现实条理分明，前因后果都被梳理清楚，可以很好地复盘，可以帮助领导者在面对现实问题之前做好准备。

第四，与智者展开跨越时空的对话，其乐无穷。不同领域的跨界思考也极具启发性，扩展视野。

最后，阅读能激发思考。历史上伟人的事迹既是激励，也是镜鉴。

回到诺依曼

1957年，诺依曼身患癌症不久于世。濒死之时，他很害怕死亡，妻子则质疑他的双标："你可以平静地考虑（使用核武器）消灭成千上万的人，却无法面对你自己的死亡？"诺依曼的回答很经典：两件事完全不同。

诺依曼的妻子对他的评价可以说是对天才的经典定义：他是一个既矛盾又颇有争议的人，有时候很孩子气却充满幽默感，见多识广却野蛮不开化，聪明至极却又缺乏哪怕基本的控制力来管理自己的情绪。

或许这种多维度的矛盾性恰恰定义了天才。他们特别具有创造和想象力，为此必须享受思想上的孤独。通常，超群的智力使他们在童年时就形单影只。他们喜欢用自己的方式，按照自己的节奏解决问题。恰恰因此，天才能够冲破复杂的迷雾，看到别人看不到的事情。因为他们常常打破常规，跳离现状，反而可以形成突破。

诺依曼这样天才的时代已然谢幕，管理聪明的头脑、发挥组织力的时代才刚刚开始。

《山海经》里的男化张爱玲

谢有坤

发掘尘封近八十年的张爱玲化名作品《上下其发》。

张爱玲熟读《红楼梦》，曾花十年迷考据，不同版本的异文都能轻松辨出，"稍微眼生点的字自会蹦出来"。作为张爱玲迷，我对她的作品也有一片痴心，甚至幻想练成辨识张著的"蹦字神功"。

常有网友找我鉴别一些文字是否出自张爱玲，因为网上流传的伪语录实在太多了。有些假话的文风、口吻完全不像张爱玲，可以立马识破；但也有一些是篡改自原文，改得顺口好记，使人觉得似像非像，就不容易辨别真伪和出处。为更好地查证，我便想在个人电脑内建立"张爱玲作品全文数据库"。她的名篇虽在网上有电子版流传，但不甚可靠，屡见错漏，都要依据原著纸书来校对，甚至运用不同年代的版本进行汇校；而那些冷门作品、书信集、译作、重要史料等，则需要一点点录入。目前，这项工程已基本完成，随便搜一个字，只要是张爱玲写过的，都会弹出详细结果，这也算是某种意义上的"蹦字神功"吧。

最感谢上海图书馆的祝淳翔老师，是他教会我查史料、做考据，建"数据库"也是受其影响——他编过很多民国作家如唐大郎、陶亢德、金性尧、严独鹤的散佚文集，全是从故纸堆里检出原文来一句句打字整理的。这件工作虽苦，但常能拾到宝，他不是张迷，却已挖掘出张爱玲早期英文习作、致《海报》《亦报》编辑佚信等珍贵史料，都是张爱玲研究界此前一无所知的。

2018年开建"数据库"的时候，祝老师又告诉我一桩逸闻。他发现北京杂书馆保存着一本作家苏青（本名冯和仪）主编的稀见刊物《山海经》（1946年4月10日创刊号），便调阅档案、爬梳旧报，详细考证此刊的出版经过并厘清误传，写成《苏青主办方型旬刊〈山海经〉》一文公之于世。

为了办刊，苏青投入很多资金，大拉稿件与广告，却因销数惨淡而蚀本关门，创刊号变成了"终刊号"。但这份十二页的刊物在当时还是引起过反响——1946年4月15日上海《香海画报》第五期，署名"一之"的《张爱玲改名连云·苏青不忘〈天地〉》中指出：

> 在某一本新出的旬刊中，我发现了两个秘密，一个是《上下其发》的作者，署名"连云"，其实是张爱玲小姐的男化写法，另一个是《堕胎记》的作者，署名"黄丽珠"，

只出版了一期的《山海经》1946 年 4 月 10 日创刊号，头版中有短消息《张爱玲谈张恨玲》。资料提供：雜·書舘

《山海经》创刊号第四版上署名"黄丽珠"的《堕胎记》，有人说"黄丽珠"是苏青的笔名。资料提供：雜·書舘

其实就是苏青。过去有"文坛女纵横家"的张苏风头，现在她们又走上卖文之路，想来大有苗头，可惜她们换了笔名，自然读者不容易知道了。

最近苏青编某报，报名上面有八个字："谈天说地，博古通今"，乃是她不忘过去她编的《天地》半月刊与她的朋友朱朴之编的《古今》半月刊，两个半月合而为旬刊，内容仍有《天地》作风，且多是《天地》作者，有人说这是苏青的"枪花"，或者是不错的。

"一本新出的旬刊"和"最近苏青编某报"，都指《山海经》，刊头确有那八字，连云《上下其发》印在第十页，黄丽珠《堕胎记》分载第四、七页，《天地》老作者尧公（本名谢兴尧）写了《红楼痛语》（第六页），还有潘柳黛、周錬霞、张宛青共聚"女作家谈：做丈夫的资格"专版（第十二页）。与苏青合作已久的张爱玲，只在封面消息《张爱玲谈张恨玲》中出现：

三月二十八日晚上苏青往访张爱玲，座上有张爱姑及其他男宾三人，谈话中间，苏青忽然对张爱玲说道："近来在某周报上发现有署名张恨玲者，你爱她恨，倒也有趣。"于是某先生（张爱姑之友）就搭口道："而且爱玲的名字是从英文 Eileen 译出来的，而恨玲更可说是 Helen 的译音。"张爱姑听了点头道是，最后张爱玲才微笑发表意见道："我很喜欢看张恨水的小说，恨玲名字听起来倒像是张恨水的妹妹。"

消息作者署名为"月"，祝淳翔老师推测是苏青另一笔名"鱼月"的简称。这点我很赞同，因为刊内还有一篇署名"鱼"的短文《陈公博家中的七个洋娃娃》，大谈"据笔者所知"的内幕。张、陈刚巧都是苏青可以接近到的人物。

对于"连云"是张爱玲化名一说，祝老师表示怀疑，认为张爱玲当时没有精力写稿，况且《上下其发》还流露出了男性口吻，何必既隐名又易性呢？为此，他发来原文影本询问我的看法，我读后也不敢妄下定论，只当是奇文共欣赏。

但以后重读张爱玲，总有些文辞使我联想到它，历经数年，竟越看越觉得是她写的，便将点滴证据梳理出来，首先拿给祝老师过目，他欣然认可了我的推断。现在我已拥有搭建"数据库"的完整经验，在充分比对了张爱玲与连云的文字之后，终于得出以下考证，供方家参考批评。

一

先说说写作背景。1946 年初，张爱玲远赴温州找胡兰成，上海报刊纷传她"失踪"了，前引《张爱玲谈张恨玲》则表明她 3 月 28 日已返沪。《上下其发》最早当写于此年 3 月底，因为文中提到一个具体事件："近来有烫发被剪的谣言，据说对于头发做得高的尤为严厉，说她们日本化。"可参考1946年3月11日上海《吉普》周报第十七期封面新闻："本月某日下午永安公司楼上，突有大批手拿剪刀之女警察奉令驾到，凡见烫发女郎彼等即一一捕牢，然后以利剪刀将各式曲发一律剪短"；3月25日《吉普》第十九期又刊《女人将禁止烫发》澄清："不曾发现剃头的情事"，"只是禁止女人梳东洋式的头发，在先施公司和黄金大戏院附近，确有两个女人因为梳了日本式的头发而受罚"。按辟谣时间来看，张爱玲有机会读到或听闻，但《山海经》4月10日出版，写稿时限只有十余天，远道乍归的她有精力撰述此事吗？

比舟车劳顿更现实的问题，是张爱玲的经济状况。散文《异乡记》详细记录了她出门数月之开销，吃行住用都要花钱，在山村饭店就餐还被欺生的老板娘大敲竹杠。自传性小说《小团圆》则点出她在温州时的不安："别后这些时她一文进账也没有。"确实，她久未在文坛现身，上一次发表新作还是1945年7月，翻译了好友炎樱的几篇短文。而她回到上海后，又立即给胡兰成寄钱，附信说："我怎么都要节省的，今既知道你在那边的生活程度，我也有个打算了。"（据胡兰成《今生今世》）她最实际的"打算"，自然是要继续写作赚钱，若创办新刊的苏青此时来约稿，她应该会答应。当时就有人信誓旦旦宣告张爱玲之近况："我可以用人格来告诉你，她现在正为一家海派周报大写其稿子呢。"（据1946年4月20日《图画风》周报第一期）

《山海经》创刊号第十版上署名"连云"的《上下其发》，
有人说"连云"是张爱玲的笔名。资料提供：雜·書館

胡兰成说过，张爱玲的写作速度是每日二千五百字；另
有据可查的是，她写电影《不了情》剧本初稿只用了半个来
月。《上下其发》不长，全文如下：

上下其发

连云

已经是好几年前的事了，美国女界初以道士头为时髦，
杂志上有一篇文章以触目的大字提出这问题："头发向上还
是向下？"两边分刊着照片，分别讨论向上与向下的利弊。
以我们男子纯粹局外人的观点看来，道士头唯一的好处不过

是一个"清爽相"，尤其在夏天，永远有一种"浴后"的诱惑性。头发统统捋上去，露出光光的颈项，这颈项若生得美丽，平时都埋没在长发与领圈之内了。然而道士头始终没有普遍流行，大概因为这不是一种"宜人"的装扮，极少人配梳这样的头，一定要有一张小巧玲珑的尖面孔，否则很容易显得脸大。虽然谁都喜欢人家夸一声"面子大"，究竟"大面"是不怎么可爱的。

"前高后低"的折衷样式，其所以普遍流行这些年，也有它的理由。额发做得高而光整，固然清爽相，耳边又有鬓发的护持，调剂之下，那庄严就不至于太老气。而且前面的头发一把提了起来，一个人真的就提起了精神，没有垂头丧气的样子。前面的头发做得牢靠一点，尽管风吹雨打，后面的鬓发由它乱蓬蓬，也算不得披头散发；对于轧电车的女学生与写字间女性，是莫大的便利。东方女人特别适于梳这样的头，因为（一）东方女人矮小的多，头发高了可以显得高些。（二）东方女人圆脸的多，加上头发的高度，较近"理想的鹅蛋形"。（三）常嫌额角太低。额前的头发高起来，比较显得开朗。虽然我们对于女人并不要求太多的头脑，到底，如一个西洋作家所说的：人的额头就是风景画里的天——总要多留下一点天空才好，不然的话，看了总觉得低气压。

近来有烫发被剪的谣言，据说对于头发做得高的尤为严厉，说她们日本化。其实倒是中国古已有之的，"城中尚高髻，四方高一尺"，有诗为证。现代的再度流行，也是欧

318

美传来的，与日本绝不相干。日本女子的趋时，比较落后；她们中间的烫发的，至今还没有普遍采取这种"前高后低"的式样哩！现在我们光复之后，如果一定要忙着一些不急之务，如同改路名之类，似乎且不必到女人头发上去搜求日化的遗迹，倒是公用事业的账单上的什么"瓦斯公司""御支付"等等字样，可以把它们改去了吧？

而且根本，爱国的大帽子是罩不住女人的头发的！要打倒高髻，唯一的办法是说："现在不时髦了！"根据最新到的美国画报，也的确是不时髦了，而在上海最前进的小姐群中，你看，也的确已经一个个的头发"如水之就下也"，不过要这风气深入妇女大众，尚需时日而已。

法国路易十五年间流行高髻，是皇帝的一个情妇首先提倡的。（似乎不是杜巴利夫人，是在她之先的一位。）后来这夫人失了宠，这种高髻路易十五看在眼里也感到厌倦了，下令禁止，竟然无效。起初两天一班夫人小姐上朝之际果然把头发放了下来，不久便又我行我素，将发髻绷在二尺高的木架上，上面厚厚地腻上一层油膏，防它披散下坠，然后插上花朵首饰。因为头发高得空前绝后，贵妇出入乘轿，必须把头伸在轿子外面！据说一个矮小的女子的脸正处于她的头顶与脚心的中间。高髻继续风行了几年之后，有一位英国公爵夫人入觐，整个的朝廷倾倒于她的美貌，而她梳的是低髻。从此都是低髻了。

高髻因为油抹得太多，又不洗濯，往往生虱。一班贵妇人绝不想到基本的改良，却发明了一种长柄细雕的象牙小钉耙，携带着以为时髦，随时随地可以在头发窠里搔痒而没有云鬓蓬松之虞。

男人的头发也有它的传奇故事。十八世纪欧洲通行戴假发——也是因为自己的头发污秽生虱，洗起来太麻烦，索性剃光了头，套上假发。假发上面扑粉，理发匠用大粉扑蘸了粉，立在楼梯上向楼下拍打，整个的房屋面粉飞扬，直到主顾头上雪白均匀为止。英国有一个时期大饥荒，而成千上万袋的面粉被用在假发上，著名的首相辟脱不得不定出一条法律，禁止供给理发店的面粉。——在人类的愚蠢上，向来是男女各不相让的。

现在的男人，不在头发上用心思了，却去发明原子弹，发明新型的战争的武装和平。如其这样的玩弄自己的头脑，还情愿他们像女人一样的玩弄自己的头发的！

《上下其发》畅谈古今中外的发式变迁，细腻描写多款发型特点，旁征博引各国风尚，丰富视角堪比张爱玲的《更衣记》《谈音乐》《谈跳舞》《被窝》等知识性散文。在生活中，张爱玲喜欢谈论"衣服和头发等等琐事"（据张爱玲1956年7月31日致邝文美信），她创作时也爱细写穿着打扮，会强调头发是怎么梳的、可有烫过、是否趋时，藉此活画出人物性格及身份地位。《上下其发》的主题，至少是她兴趣、能力所在。

连云的阅读范围很广，分别引用了西洋作家言论、汉乐府《城中谣》诗句"城中尚高髻"[1]、"最新到的美国画报"以及典出《孟子》的"如水之就下也"[2]。这些都是张爱玲常读的，她在《气短情长及其他》写过对孟子的印象，其他读物则可从胡兰成《今生今世》里找到全部印证——他说她"现代西洋文学读得最多"；两人一起读过《古诗十九首》《子夜歌》等乐府诗；在温州时，她谈到"美国的画报"上的一群孩子。

十八世纪的英法趣史在《上下其发》占了很大篇幅，这也是张爱玲熟悉的领域。她从小对两国充满向往："英格兰三个字使我想起蓝天下的小红房子，而法兰西是微雨的青色"（据散文《私语》），因此一定钻研过相关历史，才能在文章中如数家珍——《炎樱衣谱》说十七八世纪法国人穿着华靡，《沉香屑：第二炉香》谈及十八世纪谒见乾隆皇帝的英使马卡德耐[3]（George Macartney），《忘不了的画》点出十七世纪英国宫廷画家受中国文化影响，《洋人看京戏及其他》提到法王路易十六的王后玛丽安东尼（Marie Antoinette，今通译为玛丽·安托瓦内特）。

①一般都作"城中好高髻"。张爱玲引用古诗文常有异文，可能是她读的版本问题或记忆失误（她的记性其实不很好）。
②《孟子》有多处提到过这个比喻，"民归之，由水之就下，沛然谁能御之？"（《梁惠王上》）；"民之归仁也，犹水之就下、兽之走圹也"（《离娄上》）；"人性之善也，犹水之就下也"（《告子上》）。
③张爱玲原文为："我正在图书馆里阅读马卡德耐爵士出使中国谒见乾隆的记载。"此人名今通译为乔治·马戛尔尼。

引述这些历史，离不开张爱玲的英文能力，但《上下其发》也显示了作者懂日语，文中指出"瓦斯公司""御支付"等字样才是"日化"遗迹，此言甚是——日本人率先将荷兰语或英语"Gas"（意为"气体"）音译成汉字词"瓦斯"，日语读作"ga su"，发音十分相近；"瓦斯"一词再传到中国，读音已与"Gas"原文发音相去甚远。"御"则是日文中的敬语接头词，有尊敬、自谦之意。

张爱玲确实有日语基础。根据散文《烬余录》和小说《易经》，1941年末日军占领香港后，港大学生被迫学习过日文，张爱玲也不例外。1961年10月，她到台湾观光，还能用日语与作家王祯和的母亲交流。她晚年对"日化"问题依然敏感，写过《对现代中文的一点小意见》，指出日译英文名词对中文的影响。

《上下其发》还有几点独特言论，都与张爱玲的观察视角、私人喜好与生活经验十分吻合。

一是认为"前高后低"发式普遍流行。张爱玲小说《桂花蒸 阿小悲秋》的主人公阿小就梳这种头："脑后的头发一小股一小股恨恨地扭在一起，扭绞得它完全看不见了为止，方才觉得清爽相了。额前照时新的样式做得高高的"；小说里另一人物秀琴披着长长的鬈发，"打扮得像个大学女生"，可对应《上下其发》说轧电车的女学生"后面的鬈发由它乱蓬蓬"。

二是看重美丽的颈项，惋惜它被"埋没"。张爱玲一直有这偏好——《异乡记》写小孩"领口里面露出的颈项显得很脆弱",使她想象到母爱的感觉;《半生缘》写曼桢低头补袜,露出一块柔腻的脖子,世钧很想亲吻它;《同学少年都不贱》写赵珏认为男人脑后发脚下那块地方可爱,"正如日本人认为女人脖子背后性感"。

三是"画中留白"观点:"人的额头就是风景画里的天——总要多留下一点天空才好,不然的话,看了总觉得低气压。"文中虽说这句话引自西洋作家,但张爱玲也多次表达过相近的意思——《被窝》设想如何描绘"鸡鸣":"一定要多留点地方给那深赭红的天";《小团圆》写尊重隐私:"越是亲信越是四周多留空白,像国画一样,让他们有充份的空间可以透气";《中国人的宗教》用"中国画上部严厉的空白"来形容"一切思想悬崖勒马的绝对停止"。"低气压"则是她爱用的词,《殷宝滟送花楼会》《魂归离恨天》《小团圆》[①]里都有,信中也会写"这两天有点低气压"(1955年12月18日致邝文美)。

四是对女性心理的洞悉:"要打倒高髻,唯一的办法是说:'现在不时髦了!'"可联想到张爱玲曾对姑姑说:"现在没有人写'狠好'了。一这样写,马上把自己归入了周瘦鹃他们那一代。"这话直接击中姑姑怕落伍的心态,促使她改掉了把"很好"写成"狠好"的旧习(据《姑姑语录》)。

---

① 《魂归离恨天》是电影剧本,其他两个是小说,按创作时间排序。

二

可偏偏《上下其发》有两句话却像在自称男子。第一段："以我们男子纯粹局外人的观点看来"，第二段："我们对于女人并不要求太多的头脑"。如果是张爱玲化名，她为何还要这么做呢？

久未发表新作，张爱玲或许有自身灵感暂缺、诸多刊物停办等因素影响，但最挫伤她的还是舆论环境。因受胡兰成连累，她被人骂作"文化汉奸"，饱受攻击诋毁，由报上出现戏谑之名"张恨玲"可见一斑。苏青处境亦然，很多人还把她俩并在一起骂。但苏青个性爽直要强，曾放言决不更改笔名，1946年3月她在《大光》周报写文诉苦："人们在胜利之初是骂汉奸，后来则骂他们与有蛛丝马迹可寻的女人，后来则索性专骂女人了，因为骂女人就不免牵涉色情或秽亵之类……于是乎女人又倒霉矣。"这番话没有获得同情，反而立即招来骂声："难道这家周报不请苏青写稿子，就一定会'关门大吉'，而偏偏要请这个附逆过的女作家帮忙？"（见《海潮》周报第二期）紧接着4月10日苏青创办旬刊《山海经》，没敢署社长、主编姓名，连申办文件都是托名"韩晶华"填写的（现藏于上海市档案馆）；5月13日，她开始起用新笔名"鱼月"。以"大胆"著称的苏青尚且如此，一向谨言慎行的张爱玲只会更加小心翼翼，若她游戏笔墨，既化名又"男化"，将自己双重隐匿起来，应能免除不少麻烦而专心写作。

但《上下其发》结尾似乎露了马脚——"还情愿他们像女人一样的玩弄自己的头发的！"——俨然女子的揶揄口吻。

那会不会是有人化名"连云"模仿张爱玲呢？上海文坛当时已出现一位"男版张爱玲"李君维，笔名叫"东方蝃蝀"（这是从张爱玲《必也正名乎》里摘出来的四个字），曾在苏青主编的《天地》杂志写过谈论服装的文章，时人认为他"简直像张爱玲的门生一样，张派文章里的小动作全给模仿像了"。李君维晚年撰写《笔名心迹》，历数用过的笔名还有东方玄、枚屋、唐优，都用过不止一次，最久的达十余年，可见他的长情。连一个小题目，他都不会轻易放弃——1946年《辛报周刊》第六期有他以"枚屋"笔名写的影评，文末添写"剔银灯"三字（受张爱玲《借银灯》启发）作为专栏名；1949年他以"东方蝃蝀"笔名在电影丛刊《水银灯》上开专栏，又重拾"剔银灯"为题。

"连云"却是个昙花一现的名字，在上海图书馆主办的"全国报刊索引·民国时期期刊全文数据库"里，都鲜有署此名的文章，它像是某人在《山海经》中偶一为之的代号，无意于将其打响。而李君维当时还是文坛新人，实无必要刚"出名"就换个一次性笔名，又不是写得罪人的文章。

李君维文风与张爱玲的相似之处，源于刻意模仿。他的散文《穿衣论》中，"时代也愈跑愈快了，趁早！趁早！"化用了张爱玲《〈传奇〉再版的话》里"出名要趁早呀！……快，快，迟了来不及了，来不及了！个人即使等得及，时代是仓促的"；他的长篇小说《名门闺秀》以"三十年代的月亮是陈旧的"开头，袭自张爱玲《金锁记》；短篇小说《牡丹花与蒲公英》的寓意则套用张爱玲《红玫瑰与白玫瑰》。模仿得好坏暂且不论，但很明显，李君维只能"承前"，去学习借鉴张爱玲当时已公开发表或出版的作品。

《上下其发》也有"张腔张调"的词句，却在发表时间上"领先"于张爱玲。如开头第一句"已经是好几年前的事了"，张爱玲写过近乎翻版的开篇语——《十八春》（1950年）："他和曼桢认识，已经是多年前的事了"；《红楼梦魇·自序》（1977年）："这是八九年前的事了"。又如第一段的"女界"二字，张爱玲此前并未用过，却在1951年发表的《小艾》里用了，"在当时的'女界'仿佛有一种不成文法"。这么一看，倒像是连云在"启后"。

三

抗战胜利后，张爱玲"复出"文坛的标志性事件是1946年11月出版了小说集《传奇》增订本，书尾有篇散文《中国的日夜》，描写一个道士的头顶心梳小髻，"很像摩登女人的两个小髻叠在一起"，这不正是指"道士头"么；还说

"眼睛与头发同时一把拉了上去"，此语近似连云写的"前面的头发一把提了起来"；并使用了"蓬松""传奇故事"等词，都是《上下其发》出现过的。

甚至"连云"二字，也藏在这首诗里：

中国的日夜

我的路
走在我自己的国土。
乱纷纷都是自己人；
补了又补，连了又连的，
补钉的彩云的人民。
我的人民，
我的青春，
我真高兴晒着太阳去买回来
沉重累赘的一日三餐。
谯楼初鼓定天下；
安民心，
嘈嘈的烦冤的人声下沉。
沉到底。……
中国，到底。

张爱玲很喜欢这首诗，据《有几句话同读者说》，诗是1945年冬天作的，因怕人看不懂，她写了散文《中国的日夜》解释创作背景，将这首同名诗囊括在内。

不难发现，第四、五行诗句分别嵌有"连""云"二字。散文《中国的日夜》补充道："街上一般人穿的蓝布衫大都经过补缀，深深浅浅，都像雨洗出来的，青翠醒目。我们中国本来是补钉的国家，连天都是女娲补过的。"后文还说："'心连手，手连心。'……我真快乐我是走在中国的太阳底下。我也喜欢觉得手与脚都是年青有气力的。而这一切都是连在一起的，不知为什么。"诗中意境可归结为：街头民众的衣衫补丁，如彩云连天般新妍可喜。"连"字是诗眼之一。

关于女娲，古老的《山海经》、集大成的《红楼梦》都有记述。这一时期的张爱玲也喜欢谈起她，除了上面的句子，还有《异乡记》说乡下做年糕像"女娲炼石"（此素材后被她移植进小说《秧歌》）。结合补天神话来看"连云"，亦使人联想到霞光满天、云海连绵的景象，衬得上旬刊《山海经》的名字。

《上下其发》发表时，张爱玲已写好短诗《中国的日夜》但未公布，诗文随《传奇》增订本出版后，却能解释她传闻中的笔名"连云"之寓意，这惊人的互文，简直像刻意留下的解谜钥匙。

今人研究《山海经》，有一种方法是依循书内记载，在现实世界寻找对应的山海地貌。现在不妨依照此法，将《上下其发》纳入张爱玲的人生历程与作品序列，细细查考其中的牵涉关系。为此我做了这个表格，按时间线排出重要线索，可直观看出前后顺序：

时间	事件
1943年1月	张爱玲发表英文散文 Chinese Life and Fashions，后改译为《更衣记》，同年 12 月在《古今》杂志发表。
1945年冬	张爱玲创作诗歌《中国的日夜》，完成后没有立即发表。
1946年初	张爱玲自上海远赴温州，一路途经杭州、诸暨、丽水等地。散文《异乡记》详细记录了此行见闻，生前未发表，现存残稿。
1946年3月25日	苏青托名"韩晶华"申办方型旬刊《山海经》。
1946年3月28日	苏青夜访已返沪的张爱玲。

发表时间	篇名	发表处	署名	备注
1946年4月10日	《上下其发》	《山海经》创刊号	连云	时人认为是张爱玲化名作品
1946年4月10日	《堕胎记》	《山海经》创刊号	黄丽珠	时人认为是苏青化名作品
1946年6月3日、6月10日	《一粒星》	《香海画报》第十二期、第十三期	苏青	
1946年6月15日至17日	《不变的腿》	《今报》"女人圈"副刊	世民	陈子善考证认为是张爱玲化名作品
1946年8月25日	《寄读者》	《诚报》	张爱玲	
1946年11月	《中国的日夜》（散文）	《传奇》增订本	张爱玲	文中收录诗歌《中国的日夜》

在"连云"之前，张爱玲没写过专论发型的文章，但有《论写作》分析中外老年人的脱发问题，文中以（一）（二）作序号的书写习惯也与连云相同。还有篇英文散文 *Chinese Life and Fashions*（《中国人的生活与时装》）写了几节谈发型的文字，她将此文中译为《更衣记》时，却删去了关于发型、帽子的大部分内容，使文章主题凝聚于衣装变迁。

细读这些删弃的英文，会发现即使语言不同，张爱玲与连云的文心依然相通。如张爱玲将前无刘海、后梳成髻的发式写作"Cooling Coiffure"，语意类同"清爽相"的道士头；又说扬州式发髻较高，苏州式较低，也像"向上还是向下"的对比。内中还有很多观点可与《上下其发》互为对照补充，略举一些内容大意：二十世纪的头几十年，唯一普遍流行的是人字式刘海，它使脸显得瘦小。1928年，中国女性开始卷发，并紧随西方潮流，虽然总是落后一两年。西方发型师设计的现代发式，中国古已有之。秦始皇喜欢的高耸入云式发髻，很适合身材娇小的女子。

这篇英文散文登在 *The XXth Century*（《二十世纪》）杂志上，散文《中国的日夜》提到的一位俄国漫画家Sapajou（萨巴乔），就在这杂志开漫画专栏。据此可做一猜想：张爱玲为写《上下其发》，翻找了英文旧作 *Chinese Life and Fashions* 来参考，并在杂志中重温了Sapajou的漫画。

四

"连云"之后，也有一篇张爱玲化名文章《不变的腿》，可与《上下其发》并读。此文2015年由陈子善教授发掘[①]，首要线索也是一条小报消息——1946年6月26日上海《香雪海画报》第一期，春长在《张爱玲化名写稿》："张爱玲近忽化个叫'世民'的笔名，写了许多小品，交最近出版的《今报》的'女人圈'发表。她的第一篇东西叫《不变的腿》，是一篇颂扬女性大腿美的赞美诗，写来清（轻）松有味，引证亦多。据该报'女人圈'的编者苏红说：'张爱玲还有十几篇题材写给我，并要求我，每篇替她都换上一个新的笔名呢。'"

苏红（本名冯和侠）是苏青的妹妹，她生前受访并未提起自己做过编辑。陈子善教授根据编者口吻、"鱼月"交代编务等线索推测，《今报·女人圈》主编实为苏青，或由苏红从旁协助。

又与苏青有关，看来此事值得深挖。《今报》前身为创刊于1919年的上海老牌小型报《晶报》，受战事影响于1940年5月全面停刊。1946年初开始传出《晶报》由周斐成接办、正申请复刊的消息。当年5月，《晶报》已确定复刊日期为

①陈子善教授的考证文章题为《"女人圈"·〈不变的腿〉·张爱玲》，首发于2015年6月21日《东方早报·上海书评》。但他后来又对文章进行了修改，"定本"收入《不为人知的张爱玲》一书。

6月1日，"聘吴农花为总编辑。黄转陶，苏青，王敦庆为编辑"（据《快活林》周刊第十七期《碧湘楼杂录·晶报复版在即》）。《香海画报》报道得更详细，第十期说"苏青已于月①之十五日到晶报馆开始视事，连日所发出的给与本外埠的女作家的函件，有数十通之多，张爱玲仅其中之一人而已"；第十二期刊发《苏青高就·苏红代替·"青红帮"打进晶报》，作者亲眼看见苏红在《晶报》编辑室办公，苏青另有要职在忙，闲时仍会来尽力；第十三期还有人写了篇《苏红赞》，"我最近才在一个出版机关里认识了苏红……她与张爱玲是同样地沉静"。这些文字应是可靠的，毕竟苏青自己也会在《香海画报》写稿。因登记审核遇到问题，《晶报》没能如期复刊，拖延了半个月，才改名《今报》在6月15日创刊出版。此后就有人写苏青在《今报》编辑室发生的趣事，详见《香雪海》周报②第二、三期（苏青也会给它写稿），可见她又回去办公了。直到8月20日，有报道称苏青已辞去"女人圈"编务，预备在家赶写小说（据《快活林》周刊第二十六期《苏青写〈结婚十年〉续集》）。

综上可说明苏青确为《今报》副刊主编，苏红也曾襄助，这在当时小报界都不算秘密，而且她们编报时都与张爱玲有过联络。作为创（复）刊号的重点文章，《不变的腿》原定发表时间大概是6月1日至3日。

---

① 指当月，即5月。
② 前文提到的《香雪海画报》是另一种刊物，不可混为一谈。

《不变的腿》以德裔美国影星玛琳·黛德丽（Marlene Dietrich）为例，审视中外对腿的审美，不仅提到本埠新闻与美国流行事，还援引欧洲十六七世纪的男子"美腿"逸史，取材用笔与《上下其发》极其相似。世民开笔第一句，"据医生说：人的衰老，是自顶至踵渐渐往下移的"，就像在接续连云的话题。

二文发表时间相距两个月，但这接榫关系使我疑心会不会是同时写的。《不变的腿》提到的电影《平步青云》（原文如此，应作《平地青云》）于1946年2月27日在上海首映，可定为查考的起始时间。文中还说，"前两天报纸上载着游泳池畔发现一条人腿的新闻记录中'该腿……该腿……'个不了"，查同年3月27日上海《申报》简讯《人腿一条·真相大白·医院中病人截下之足》："上海实验戏剧学校内游泳池旁，前日下午二时许，发现人腿一条。"文中出现三次"该腿"，因此可推断《不变的腿》写于其后两天，与前文分析的《上下其发》写作时间十分接近，都是1946年3月底。

《张爱玲谈张恨玲》说苏青在3月28日晚间拜访张爱玲，大概就是为了约稿。《上下其发》一千五百余字，《不变的腿》近一千四百字，字数相当，两个四字题目分别讨论变与不变，很可能都为《山海经》而写。

关于笔名"世民"，陈子善教授引《晏子春秋》典故，认为意指"世代为民"。但结合同期双生的"连云"来看，我想它也脱化自张爱玲《中国的日夜》诗文，应作"世间之民"解。她诗里写："乱纷纷都是自己人……补钉的彩云的人民"；她文中说："看着他，好像这世界的尘埃真是越积越深了"。她关切的是生活在尘世间的中国人民，"民"字是又一诗眼。

《上下其发》题目似改自"上下其手"，符合张爱玲擅用旧典谱新篇的拟题习惯，例如《道路以目》《有女同车》。但这一次的词源带有贬义，结合文中写的"玩弄"头发，易使人产生不洁联想。《不变的腿》更甚，用整段篇幅大谈男摄影师脱光了看四个裸女打网球；还说"我们君子国，对于女人的这些身边琐事向不深究"，她似乎又自居为"局外人"，暗以男性视角来品评女体。

张爱玲引过一句话，"从头看到脚，风流往下落"[1]，拿来形容这两篇化名作品的内容、定位倒也莫名贴合。"二战"胜利后，上海涌起办方型刊物的热潮，苏青应势推出方型句刊《山海经》，本质上就是一份小型报。很多文人瞧不起小报文章，因它格调不高，常以低级趣味和情色内容招揽读者，如《山海经》封面便用红字大书"女汉奸尹梅伯艳史"，内中还有《莫国康这女人》写莫与陈公博的"一笔混账"。苏青之被骂，很大原因是她曾在陈公博手下做事，拿过他的

---

[1] 见张爱玲《道路以目》："世上很少'从头看到脚，风流往下落；从脚看到头，风流往上流'的人物。"这俗语典出《金瓶梅》第九回："吴月娘从头看到脚，风流往下跑；从脚看到头，风流往上流。"

钱办杂志，被人目为"露水妃子"。（现在她匿名办刊，编发多篇骂汉奸的文章，并以女汉奸的秽亵事做噱头，其心态亦十分复杂。）

作为常驻书刊杂志的纯文学作家，张爱玲对小报没有偏见，不仅坦陈从小爱读，还为它们写过稿子，虽然事后觉得"体裁不相宜"，"登了出来看看很不顺眼"，这是1945年7月她在《杂志》社举办的纳凉会上说的话。供稿《山海经》时，张爱玲已失去杂志舞台，大半年无新作发表，为了谋生，她总要适应小报作风，略带香艳的选材、流言纷飞的笔调、男性视角的对焦，可能都是她做出的调试，力图让小市民读者感到"顺眼"，不署本名也是为了爱惜羽毛。若按张爱玲晚年严苛的自我要求来审读，不免代她苦笑：又出土了一件她不想要的"破烂"。

《不变的腿》有个细节值得注意：摘引了张恨水《啼笑因缘》的文段。张爱玲曾告诉作家水晶，读张恨水能使她神经松懈，"有一种relaxed（放松）的感觉"；她又向记者殷允芃透露，《半生缘》是读了许多张恨水小说后的产物，"像是还债似的"，"写出来一吐为快"。连云时期的张爱玲似乎也在重温张恨水，前有小说《创世纪》写"张恨水的小说每一本她都看了"，近有对苏青笑谈"张恨水的妹妹"，再加上世民的摘抄文段，似乎说明她心绪很坏，一直需要读张恨水解压。她从中获得的益处，直接体现在《上下其发》那句话："以我们男子纯粹局外人的观点看来，道士头唯一的好处不过是一个'清爽相'，尤其在夏天，永远有一种'浴后'的诱惑性。"它与张爱玲散文《童言无忌》的观点遥相呼应，"张恨水的理想可以代表一般人的理想。他喜欢一个女人清清爽爽穿件蓝布罩衫，于罩衫下微微露出红绸旗袍，天真老实之中带点诱惑性"，她其实是借了张恨水的眼光去看道士头，揣摩出了"我们男子"亦即"一般人"的观感。为适应小报园地，也为发挥张恨水的养分，她此后渐渐转变作风，陆续写出了表现悲欢离合、情节通俗感伤的《多少恨》《郁金香》《十八春》《小艾》等小说。

总的来说，以《上下其发》对照《不变的腿》，不仅能互证同出张爱玲之手，也佐证了苏青主编《今报》副刊，更说明苏红所言非虚：张爱玲写了不止一篇化名文章。但记者"春长在"似乎不知道两个月前发表的《上下其发》，"连云"也成为目前所知的张爱玲第一个笔名。

五

张爱玲曾惊讶于好友宋淇笔名之多："我的真姓名，学名，笔名都是同一个，尚且很少读者知道我，你这样做岂非在同自己开玩笑？"（据林以亮①《前言与后语·序》）

①林以亮是宋淇的笔名。

她生前承认过的笔名只有一个"梁京"，并说以它署名的《十八春》是meant to be a potboiler（意为"赚稿费用的作品"，据张爱玲1978年9月16日致邝文美、宋淇信）。

1946年初的情况更艰难，她写短文自然没有连载小说来得钱多而稳定，化名"连云"被揭穿，只好弃之扮"世民"，在不断分身中延续着写作生命。直到当年8月，张爱玲勇敢现身，用本名发表了《寄读者》声辩："我从来没写过违背良心的文章，没拿过任何津贴，也没出席过所谓'大东亚文学者大会'。"对于那些打着爱国名义伤害同胞的荒唐行径，她其实已在《上下其发》加以讽刺，那首《中国的日夜》则是她真切写实的爱国诗。

《上下其发》诞生在这低气压的心境里，短时间连写两篇，张爱玲难免会"急就章"。赶写痕迹体现在第五、六、七段话，所谈史实全部本自美国人类学家Robert H. Lowie（罗伯特·路威）1929年的著作*Are We Civilized?—Human Culture in Perspective*（《我们文明吗？——人类文化透视》）。此书旨在阐明"文明"的历史，分为文化、地理、种族、饮食、时装、婚姻、文字、艺术、宗教等章节。熟悉张爱玲的读者不难看出，这些都是她会感兴趣的话题。为方便阅读，现依照吕叔湘中译本《文明与野蛮》，抄出第十章的三段话（有节略，段落次序有调整）：

十八世纪富有白人之极端修饰的佳例。在玛丽安都旺

（Marie Antoinette）王后的时代，法国太太们的髻梳得很高，一个矮小女子的下巴颏儿正正在头顶和脚尖的中间。头上的纱，花，鸟羽堆成一座宝塔，坐车非常不便。王后在一七七六年时把她头上的鸟羽尺寸加高，弄得进不了车门，只能在登车时卸去一层，下车时再加上。宫里的女官坐车时只好跪在台板上，把头伸出窗外。跳舞的时候总怕碰到挂灯。重重扑粉厚厚衬垫的金字塔终于生满虱子，非常不舒服，但西欧的天才并不因此而革除这种时装。他发明一种安上象牙钩的棒，拿来搔痒算是很漂亮。

在玛丽安都旺登位以前，高髻已经交过红运，得过路易十四的朋友丰唐侯夫人（Marquis do Fontanges）的提倡。后来这位侯夫人失宠，路易便讨厌这种高髻。他提倡梳低髻，但时髦社会置之不理。不错，当他命令那些夫人小姐们屏除丰唐髻的时候，丰唐髻便不梳了，但不到几年又盛行起来，路易劝告，演讲，乃至发怒，可是无效。忽然风气突变，在一七一四年，英国大使什留斯布里（Shrewsbury）公爵的夫人入觐，那些时髦夫人小姐们觉得她的低髻好看，立刻仿效起来，从一个极端飞向另一极端——使皇上大不高兴。其实他早就应该明白些。时装是个叛徒，从来不知道什么法律。

欧洲男性的愚蠢亦复旗鼓相当，他们有他们的假发。……假发当然是要扑粉的。在那个歌舞升平的时代，巴黎的假发匠手拿着梳子和粉扑满街跑。主顾的头上已经装修完竣，便领他到楼梯口。那位艺术家把粉扑用力向天花板上拍打，雪花便飞舞在顾客的假发上——有过不免殃及刚走上楼梯的不幸的来客的衣服上，在几十万英国人和法国人饿着要死的时候，大量的面粉浪费在发粉上。然而哲学家还像煞有介事的讨论野蛮人的无远虑！后来毕德（Pitt）的粉税令出，才把这个恶俗在英国扫除。

很明显，《上下其发》摘录了这些内容，虽有裁剪，但穿插得并不违和，文笔也比吕译本流利晓畅。张爱玲应是根据英文自译的，其中有她掩藏不住的独特笔触，如吕译Pitt为"毕德"，连云版则译成"辟脱"，这与张爱玲1953年译作《爱默森选集》将Jupiter译为"裘辟忒"、1956年译作《海明威论》将Pilar译为"辟腊"的用字习惯一致：喜欢将pi音译为"辟"。"头发窠里"也是她的惯用词组——《红玫瑰与白玫瑰》："像下雨天头发窠里的感觉"；《异乡记》："安全地躲在她头发窠里"。

文中记不清"一个情妇"的名字（吕译"丰唐侯夫人"），又略去"英国公爵"的名字，疑因手边无书。张爱玲很少买书，更不爱藏书，但喜欢做笔记。《创世纪》有句话像她当时的自身写照："他曾经投稿到小报上，把洪杨时代的一本笔记每天抄一段，署名'发立山人'。"1945年她确实写了很多笔记式散文如《气短情长及其他》《秘密》

《丈人的心》《吉利》《天地人》《姑姑语录》，全是一段段的妙语、笑话及小故事，有几篇就登在《小报》《光化日报》等小报上。《上下其发》那三段话也许是她从英文笔记里摘译的，笔记不全，导致了漏记漏译。

这本《文明与野蛮》值得品鉴的内容还有很多，"文抄公"周作人也大篇幅摘录过，见散文《虱子》。我印象深的是格陵兰岛人[①]认为，"船将沉，鼠先逃；人将死，虱先跑"（吕叔湘译），身上无虱反令他们不安。二十世纪八十年代，张爱玲受"虫患"困扰而频繁搬家，常与好友、编辑"失联"，外界更传出她病重、身故的谣言。她想写一篇《不扪虱而谈》分享近况，不知会不会忆起上面的理论，用一贯的自嘲口吻说：虱子缠身倒能证明我还活着，大限未至。最终她没有写成，但出了本《续集》，表示会"继续写下去"。

六

按苏红所说，张爱玲在"世民"之后还有"十几篇题材"，她会写些什么呢？想必还是关于身体的某些部位，

[①] 吕叔湘译成"格林兰人"，此处参考《文明与野蛮》张庆博 2012 年译本，他译作"格陵兰岛人"，似更通俗准确。

《不变的腿》已经提到了"上乳下腿""肩背腰臂[①]"等词，相信她都可以拿来趣谈审美风尚，笔涉中外古今。且引她后期散文《谈看书》的一段话，可视作谈"乳"素材："法国大革命后开始时行希腊风的长衣，常用稀薄的白布缝制，取其轻软，而又朴素平民化，质地渐趋半透明。那时候不像近代透明镂空衣料例必衬里子，或穿衬裙，连最近几年前美国兴透明衬衫，里面不穿什么，废除乳罩，也还大都有两只口袋，遮盖则个。拿破仑的波兰情妇瓦露丝卡伯爵夫人有张画像，穿着白色细裥薄纱衬衫，双乳全部看得十分清楚。拿翁倒后，时装发展下去，逐渐成为通身玻璃人儿。"

最后谈谈苏青，感念于她对张爱玲的多年支持，我也想为她的作品尽点力。揭露连云真实身份的"一之"说，黄丽珠《堕胎记》是苏青化名作，我认为也是极可信的，有这几点线索：一、苏青很看重《堕胎记》《上下其发》，1946年4月9日《申报》刊登的《山海经》出版广告，专列两行将二文并置；二、笔名"黄丽珠"与苏青有关联，1945年4月10日上海《杂志》发表一位聋人读者写的《访苏青记》，说苏青愿与她交朋友，并答应在文章中写她，她名叫"黄静珠"；三、苏青构思过堕胎故事，在1944年3月16日《杂志》社举办的女作家聚谈会上，苏青说，"我想写一篇小说，说一个女人打胎的故事，给《杂志》发表，可是人家劝

①"臂"疑为"臀"之误。

我不要发表，为了怕人家说是我自己的故事，所以女人写文章，还有这许多困难"；四、在《堕胎记》之后，苏青有相似作品《一粒星》发表，用第一人称讲述悲惨痛苦的婚姻生活，副题虽以"结婚十年续集之一"为号召，但篇幅、文风更近似《堕胎记》，起载日期也与张爱玲化名作《不变的腿》原定发表时间几乎同步。由此看来，《一粒星》《不变的腿》可能都是《山海经》第二期的待发稿件，但苏青折腾了一个多月办刊无望，便将二文拿到他报登出。幸好如此，都没有湮灭。

图书在版编目（CIP）数据

读库. 2302 / 张立宪主编. —— 北京：新星出版社，2023.4
ISBN 978－7－5133－5179－9

Ⅰ.①读… Ⅱ.①张… Ⅲ.①中国文学－当代文学－作品综合集 Ⅳ.①I217.61

中国国家版本馆CIP数据核字(2023)第044074号

读库 2302

主　　编：张立宪
责任编辑：汪　欣
责任印制：李珊珊

出版发行：新星出版社
出 版 人：马汝军
社　　址：北京市西城区车公庄大街丙3号楼　100044
网　　址：www.newstarpress.com
电　　话：010-88310888
传　　真：010-65270449
法律顾问：北京市岳成律师事务所
经销电话：010-57268861
官方网站：www.duku.cn
邮购地址：北京市海淀区万寿路邮局67号信箱　100036
印　　刷：北京雅昌艺术印刷有限公司
开　　本：770mm×1092mm　1／32
印　　张：11
字　　数：220千字
版　　次：2023年4月第一版　2023年4月第一次印刷
书　　号：ISBN 978－7－5133－5179－9
定　　价：42.00元

我们把书做好　等待您来发现

读库微信　　　读库天猫店　　　读库App

读库微博：@读库
读库官网：www.duku.cn
投稿邮箱：666@duku.cn
客服邮箱：315@duku.cn